조선시대 서학 관련 자료 집성 및 번역·해제 6

한국연구재단 토대연구지원사업 총서

조선시대 서학 관련 자료 집성 및 번역·해제 6

동국역사문화연구소 편

역주: 노대환, 신경미, 이명제

경인문화사

▎발간사 ▎

본서는 한국연구재단의 토대연구지원사업에 선정되어 동국대학교 동국역사문화연구소에서 '조선 지식인의 서학연구'라는 주제로 2015년부터 2018년까지 3년에 걸쳐 수행한 작업 결과물이다.

'서학(西學)'은 대항해라는 세계사적 흐름에 의해 동아시아 사회에 등장한 새로운 사상적 조류였다. 유럽 세계와 직접적 접촉이 없었던 조선은 17세기에 들어 중국을 통해 서학을 수용하였다. 서학은 대부분의 조선 지식인들이 신봉하고 있던 유학과는 전혀 다른 것이었다. 조선 지식인들은 처음에는 호기심에 끌려 서학을 접촉했지만 시간이 지나면서 서학에 관심을 갖는 이들이 늘어났다. 18세기 후반에 이르면 서학은 조선 젊은이들 사이에 하나의 유행이 되었다. 이들은 천문·역학을 대표되는 과학적 성과뿐만 아니라 천주교도 받아들였다. 서학의 영향력이 확대되자 정통 유학자들이 척사적 태도를 견지하면서 서학은 사회적·정치적 문제로 비화하였다. 그 결과 서학은 조선후기 사회의 방향성을 결정하는 가장 중요한 변수가 되었다.

중요한 주제인 만큼 서학에 대해서는 그동안 많은 연구가 이루어졌지만 아쉽게도 조선후기 서학을 통괄할 수 있는 작업은 진행되지 못하였다. 이에 동국역사문화연구소에서는 조선후기 서학의 수용 양상을 종합적으로 정리하겠다는 계획 하에 토대연구지원사업에 지원하였는데 운이 좋게도 선정되었다. 본 사업은 크게 ①조선에 수용된 서학서 정리 ②조선 지식인에 의해 편찬된 서학서 정리 ③조선후기 서학 관련 원문 자료 정리라는 세 가지 과제의 수행을 목표로 설정하였고, 3년 동안 차질 없이 작업을 수행하여 이제 그 결과물을 내놓게 되었다.

본서는 많은 분들의 도움과 노력으로 출간될 수 있었다. 우선 본 과제를 선정해주신 심사위원분들께 깊은 감사를 드린다. 많이 부족한 연구계

획서를 높이 평가해주신 것은 의미 있는 결과물을 만들어 학계에 기여할 수 있을 것으로 기대했기 때문이었을 것이다. 연구진은 그러한 기대에 어긋나지 않도록 최선의 노력을 기울였다. 본 연구를 수행하는데 가장 중요한 역할을 한 분들은 역시 전임연구원들이다. 장정란·송요후·배주연 세 분 전임연구원분들은 연구소의 지원이 충분치 못한 환경에서도 헌신적으로 작업을 진행하셨다. 세 분께는 어떤 감사를 드려도 부족하다. 서인범·김혜경·전용훈·원재연·구만옥·박권수 여섯 분의 공동연구원분들께도 깊이 감사드린다. 학계 전문가로 구성된 공동연구원 선생님들은 천주교나 천문·역학 등 까다로운 분야의 작업을 빈틈없이 진행해주셨다. 서인범 선생님의 경우 같은 학과에 재직하고 있다는 죄로 사업 전반을 챙기시느라 많은 고생을 하셔 죄송할 따름이다. 이명제·신경미 보조연구원은 각종 복잡한 행정 업무를 처리하는 것은 물론 해제·번역 작업에도 참여하였다. 두 보조연구원이 없었다면 사업의 정상적인 진행은 어려웠을 것이다. 귀찮은 온갖 일을 한결같이 맡아 처리해준 두 사람에게 정말 고마움을 전한다. 이밖에도 감사를 드려야 할 분들이 더 계시다. 이원순·조광·조현범·방상근·서종태·정성희·강민정·임종태·조한건선생님께서는 콜로키움에서 본 사업과 관련된 더 없이 귀한 자문을 해주셨고 서종태 선생님의 경우는 해제 작업까지 맡아주셨다. 특히 고령에도 불구하고 두 시간 동안 쉬지 않고 강의를 해주시던 이원순 선생님의 모습은 잊을 수 없다. 이제는 고인이 되신 선생님의 영전에 삼가 이 책을 바친다. 마지막으로 사업성이 없는 본서의 출간을 맡아주신 경인문화사 한정희 사장님과 본서를 아담하게 꾸며주신 편집부 분들께 감사드린다.

이렇게 많은 분들의 도움과 노력에도 불구하고 본서에 부족한 점이 있다면 그것은 전적으로 연구책임자의 잘못이다. 아무쪼록 본서가 조선후기 서학 연구 나아가 조선후기 사상사 연구에 기여할 수 있기를 기대한다.

연구책임자 노대환

1. 수록범위

본 해제집은 3년간 진행된 연구의 결과물이다. 연구는 연도별 주제를 선정하여 진행되었고, 각 연도별 수록범위는 아래와 같다.

〈연차별 연구 주제와 수록 범위〉

연차	주　제	수록범위
1차	조선 지식인과 서학의 만남	17세기 이래 조선에 유입된 한문서학서
2차	조선 지식인의 서학에 대한 대응과 연구	조선후기 작성된 조선 지식인의 서학 연구 관련 문헌
3차	조선 지식인의 서학관련 언설	서학 관련 언설 번역

2. 해제

① 대상 자료에 대한 이해를 위해 서지정보를 개괄적으로 기술하였다.
② 해제자의 이름은 대상 자료의 마지막에 표기하였다.
③ 대상 자료의 내용, 목차, 저자에 대해 설명하고 대상 자료가 가지는 의의 및 영향에 대해 기술하였다.

3. 표기원칙

① 한글 표기를 원칙으로 하되, 필요에 따라 한자나 원어로 표기하였다. 한글과 한자 및 원어를 병기하는 경우 한자나 원어를 소괄호( )에 표기하였다.
② 인물은 이름과 생몰연대를 소괄호( )에 표기하고, 생몰연대를 모를 경우 물음표 ?를 사용하였다.
③ 책은 겹낫표『 』를, 책의 일부로 수록된 글 등에는 홑낫표「 」를 사용하였다.
④ 인용문은 " "를 사용하여 작성하고 들여쓰기를 하였다.
⑤ 기타 일반적인 것은「한글맞춤법 규정」에 따랐다.

4. 기타

① 3년간의 연구는 각 1·2권, 3·4권, 5·6권으로 나누어 수록하였다.
② 연구소 전임연구원의 연구결과물은 1·3·5권에, 공동연구원과 외부 전문가의 결과물은 2·4·6권에 수록하였다.
③ 1·2권은 총서-종교-과학, 3·4권은 논저-논설, 5·6권은 문집-백과전서-연행록으로 분류하고 가나다순에 따라 수록하였다.

목차

발간사 ㅣ 일러두기

『歐邏鐵絲琴字譜』

「第一 刱來條」

　歐羅琴入于中華　以帝京景物略攷之　則自利瑪竇始　名曰天琴卽鐵絲琴
也　-(中略)-　流出我東　則幾止六十載　終無飜曲　徒作文房奇器摩弄而已
正宗朝【年當俟考】年　掌樂院典樂朴寶安者　隨使入燕　始學鼓法　飜以東音
自此傳習　而以手相授　苦無字譜　旋得隨失　歲在丁丑仲春　同典樂文命新
講作此譜　嘗見文獻錄中　有人於小紙列書某某書及梁琴一譜　而梁字雖異
與洋字異　而音則同焉　似是此琴之譜　今不可攷

【역문】「제일 창래조」

　구라금(歐羅琴)이 중화에 들어온 것을 『제경경물략(帝京景物略)』[1]으
로 살펴보면 이마두(利瑪竇)로부터 비롯되었고 천금(天琴) 즉 철사금
(鐵絲琴)이라고 한다고 한다. -(중략)- 양금 같은 것이 우리나라에 흘

---

　* 『구라철사금자보』는 이규경(李圭景)이 엮은 양금보(洋琴譜)로 유럽의 철사로 된
　금(琴), 즉 양금의 악보라는 뜻이다. 내용은 크게 두 부분으로 나누어지는데, 첫째
　부분은 양금에 관한 글로 창래(刱來)·율명(律名)·자점(字點)·의용피자(宜用彼字)·
　제형(製形)·장기(藏棄)·고법(鼓法)·금명(琴銘)·전고(典攷)가 실려 있고, 둘째 부분
　은 악보로 조현(調絃)은 우조조현과 계면조현, 「영산회상(靈山會相)」(대 1~4, 중
　1~4, 소 1~4, 제(除) 1~4, 환입(還入) 1~4, 하현환입(下絃還入) 1~4), 「가곡(歌曲)」
　(속칭 「자지나엽(紫芝羅葉)」)과 「시조(時調)」의 악보가 율자보(律字譜)로 기록되
　어 있다. (한국민족문화대백과)
　1) 『제경경물략(京景物略)』: 명의 유동(劉侗)·우혁정(于奕正)이 편찬 책으로 북경의
　　경물(景物)에 대해 기록하였다.

러나온 것이 거의 60년이 되어 가는데 끝내 곡을 번역한 것이 없고 다만 문방의 기이한 기물로 만지며 좋다고 할 뿐이다. 정조 년간【연도는 상고를 기다린다】에 장악원 전악 박보안(朴寶安)이라는 이가 사신을 따라 연경에 들어갔다가 처음으로 연주법을 배워 우리나라 음악으로 바꾸었다. 이로부터 전습되었는데 손으로 전해주어 악보가 없으니 배우면 곧 잊어버렸다. 정축년(1817) 중춘에 장악원 전악 문명신(文命新)이 악보를 만들었다. 일찍이 문헌 기록 가운데 어떤 사람이 작은 종이에 어떤 어떤 책과 『양금일보(梁琴一譜)』[2]를 적어 놓은 것을 보았다. '양(梁)'자가 '양(洋)'자와 다르나 음은 같으니 양금의 악보 같은데 지금은 확인할 수 없다.

〈역주 : 노대환〉

---

2) 『양금일보(梁琴一譜)』: 『양금일보』는 1610년(광해군2) 양덕수(梁德壽)가 지은 거문고 악보인 『양금신보(梁琴新譜)』를 가리키는 것이 아닌지 모르겠다.

『老洲集』

「答洪伯應」

邪賊黃嗣永帛書看來 窮凶絶悖 載籍以來 所未有之變也 盖其設心造謀
不但止於註誤一世 殆欲以其術易天下而後已 若無辛酉大懲創之擧 則燎
原之火 將不知至於何境 由是言之 ■貞純聖后偉功盛烈 非特嘉靖我邦家
雖謂闢邪衛道 亦未爲過矣 然時移事往 人心狃安 而顧其爲術 妖邪陰巧
內絶君臣父子 而外則隨世循俗 與常人處 誰知烏之雌雄 所可懼者 匈醜
遺孼 潛滋暗蔓於不知之中 復致猖獗 塞路滔天 而顧瞻在位 不以爲慮 置
諸相忘之域 令人癙憂也 一自邪書爲國禁書之後 不可以寓目 縱欲辭闢
實莫知其源委也 嘗盛聞安廣城鼎福 於此誠心排攻 有所述天學考 直探其
眞臟斷案 蔑有加矣 尋常欲見之 日前偶得其文字 晷緯一閱 其所論辨 殊
甚草草 不如曾所聞者 莫或此只是一篇而非全本耶 然其所引實義眞道自
證 皆是邪書書名 其中所謂原祖再祖之稱 天主親來救世之說 乃其原頭宗
旨 而無倫無理 不成說話 決不可以誑婦孺之愚 而高明者往往陷溺 無乃別
有幻術妖技謎人耳目而奪其心者乎 甚可異也 然苟使其術所據而爲法門者
不過如此書所云 則亦何足多辨耶 直勘以矯誣上天之罪而誅之可也耳

---

* 『노주집』은 오희상(吳熙常, 1763~1833)의 문집으로 26권 13책으로 되어있다. 서
(書)는 문집의 반을 차지하는 분량으로 시사(時事), 권중업(權重業)·홍직필(洪直
弼) 등과 경전에 관해 문답한 내용, 상례(喪禮)의 의정, 성리학의 논변 등이 중심
을 이루고 있다. 이밖에도 기의 본원에 대한 임성주의 통찰이 한원진보다 더 뛰
어나다고 평하고, 명나라의 학자인 나정암(羅整庵)에 대해 평한 내용도 있다. 이
문집에는 저자의 예론(禮論)에 대한 그의 견해와 아울러 실학에 대한 관심이 잘
나타나 있다. (한국민족문화대백과)

【역문】「답홍백응」1)

　사학 역적 황사영(黃嗣永)의 백서를 보니 매우 놀라워 서적이 있은 연후에 없었던 변고입니다. 대개 그가 마음에 준비하고 도모한 것은 단지 일세를 미혹하고 속인 데 그치지 않고 거의 그 술책으로 천하를 바꾼 연후에 그만두고자 한 것입니다. 만약 신유년에 크게 징치하는 조치가 없었다면 들판을 태우는 불길이 장차 어디까지 이를지 알 수 없었을 것입니다. 이로써 말하면 정순왕후의 위대하고 성스러운 공렬(功烈)은 단지 우리나라만 잘 다스린 것이 아니고, 사악한 것을 막아 도를 지켰다고 해도 과언이 아닙니다. 그러나 시간이 지나니 인심이 편한 것에 길들여져 대수롭지 않게 생각하고 있습니다. 그러나 사학의 술법을 살펴보면 요사하고 음교(陰巧)하여 안으로는 군신과 부자의 관계를 끊고 밖으로는 세상을 따르고 풍속을 쫓아 사람들과 함께하니 누가 그들을 구분할 수 있겠습니까. 두려운 바는 흉악하고 추악한 남은 종자들이 모르는 사이에 마구 번성하여 다시 창궐하여 길을 막고 하늘에까지 이르게 되는데 자리에 있는 자들을 보면 염려하지 않고 잊은 듯 내버려 두어 걱정스럽게 하는 것입니다. 한번 사서를 금서로 만든 후에 눈으로 볼 수 없어 사설을 물리치고자 하여도 그 근본을 알 수가 없었습니다. 안정복이 이에 성심으로 사설을 배척하였고, 그가 저술한 『천학고(天學考)』는 진장(眞臟)의 단안(斷案)을 곧바로 추구한 것이 더할 수 없을 정도라는 것을 익히 들었습니다. 그런데 대략 한

---

1) 「답홍백응」: 『노주집』 권10에 수록. 오희상이 사상적 동지였던 홍직필(洪直弼, 1776~1852)에게 보낸 서신이다. 산림 1815년 조보(朝報)를 통해 영남 지방에 천주교가 전파된 사실을 비로소 알게 된 오희상은 큰 충격을 받고 천주교 문제에 본격적인 관심을 갖게 되었다. 경상도 관찰사 李存秀(17728~1829)에게 대책을 촉구하는 편지를 보내기도 했던 오희상은 홍직필과 천주교 문제에 대한 의견을 교환하였다. 이에 대해서는 노대환,『세도정치기 산림의 현실인식과 대응론 - 노론 산림 吳熙常·洪直弼을 중심으로 - 」,『한국문화』42, 2008 참고

번 읽어 보았는데 그 논변한 것이 매우 간략하여 일찍이 듣던 바와는 달랐습니다. 혹시 이것이 전 책이 아니라 단지 한편이어서 그런 것인 가요. 책에 인용된 『천주실의(天主實義)』·『진도자증(眞道自證)』은 모두 사서(邪書)의 서명인데 그 가운데 원조(原祖)와 재조(再祖)의 호칭이나 천주가 친히 내려와 세상을 구원했다는 이야기는 그 본래의 종지로 조리도 없고 사리에 맞지 않아 어리석은 부녀자나 젖먹이도 도저히 속일 수 없는 것인데 고명한 사람들도 왕왕 거기에 빠져드니 아마도 따로 신기하거나 요상한 환술로 사람들의 이목을 미혹되게 하고 인심을 빼앗기 때문이 아니겠습니까. 심히 이상한 일입니다. 하지만 만약 사학의 술수가 근거하여 법문(法門)으로 삼고 있는 것이 이 책에 쓰인 것과 같다면 어찌 크게 논변할 것이 있겠습니까. 다만 하늘을 속인 죄를 따져 주벌하면 그만일 것입니다.

〈역주 : 노대환〉

『梅山雜誌』

陽明之學 本領不止 故一轉而爲李贄何心隱顔山農 其放縱無忌憚 不可
但以詖辭言 山農者以一慾者 作爲法門宗旨 許筠得之 -(中略)- 近來西洋
邪術 通色爲主 男女無別 狐蠱鬼妖 靡所不至者 亦出於農筠作俑 向後憂
虞 豈有旣哉

【역문】

  양명학의 본령이 그치지 않은 까닭에 한 번 바뀌어 이지(李贄)·하심
은(何心隱)·안산농(顔山農)이 되었는데 그 방종하고 기탄이 없음을 단
지 피사(詖辭)[1]라고 말해서는 안 된다. 안산농은 욕망 한 가지로 법문
의 종지를 삼았는데 허균이 그것을 체득하였다. -(중략)- 근래 서양의
사실이 색정을 통하는 것을 주로 하여 남녀 사이에 분별이 없고, 숫여
우와 요사스러운 귀신이 이르지 않는 곳이 없으니 역시 안산농과 허
균이 허수아비를 만든 데서 나온 것이다. 향후의 근심이 어찌 끝이 있
겠는가.

〈역주 : 노대환〉

---

* 『매산잡지』는 조선 순조(純祖) 때 홍직필(洪直弼, 1776~1852)이 중국과 우리나라
  의 야사(野史)·일화(逸話)·고사(故事) 등, 평소 견문한 것을 기록한 것이다.
1) 피사(詖辭) : 『맹자』에 나오는 용어이다. "한쪽으로 치우친 말에서 그의 마음이
   가려 있음을 알며, 지나친 말에서 마음이 빠져 있음을 알며, 부정한 말에서 마음
   이 도(道)와 멀리 떨어져 있음을 알며, 회피하는 말에서 논리가 궁함을 알 수 있
   다.(詖辭知其所蔽 淫辭知其所陷 邪辭知其所離 遁辭知其所窮)" 『맹자(孟子)』, 「공
   손추 상(公孫丑上)」.

『梅山集』

「與老洲吳丈」

安氏所謂天學考 論辨草草 儘如盛敎 洋書所云亞當耶蘇及天主親來救世等說 無倫無脊 不經不道 都無足辨 而安則以爲此等言語 其可謂十分停當而從信之者 抑亦過與而太恕也 其言當下不成說 豈有停當不停當之可論哉 愚昧慢尊一句語 亦未足爲闢廓之辭也 嘗聞所謂天主者 以詩書所稱上帝 一切歸之於眞有 擧在帝之庭在帝左右等語 以實其語 今此托胎降生之云 尤是悖理之大者 假托上天 乃所以狂惑下民 其所謂專以事天爲宗旨者 非敬天也 卽褻天也 不直火其書 亦當滅其類 不敎毫髮苗脉存留世間已矣 喜生惡死 人之常情 而爲此術者 視刀鉅如茶飯 雖欲人其人 亦不可得 縱使莅之以堯舜之聖 刑政無所懲 而仁術無所施 是尤所哀矜者耳

＊『매산집』은 조선 후기의 학자 홍직필(洪直弼)의 시문집으로 53권 28책이다. 권말에 임헌회(任憲晦)의 발문이 있다. 이때에 제자들이 홍직필이 남긴 자료를 완전히 수집·정리하지 못하다가 새로 발견되는 자료를 거듭 모아 편집을 완료했으나, 끝내는 간행을 못한 채 『매산속집』이라는 필사본 5책으로 남아 있다. 이 속집에는 간행본에 실려 있는 것도 있고, 처음 초고본에서 교정할 때 제외시켰다가 뒤에 속집에 편찬 추가된 정사(淨寫)본도 그대로 수록되어 있다. 또한 『매산선생서증편(梅山先生書贈編)』 4권 2책도 필사본으로 합본되어 있는데, 홍직필이 종유(從遊)하던 사람들에게 보낸 서한문을 1875년에 제자들이 모아 엮은 것이다. (한국민족문화대백과)

【역문】「여노주오장」1)

　안씨(安氏)의 이른바 『천학고(天學考)』는 논변이 제대로 갖추어지지 못했으니, 모두 하신 말씀과 같습니다. 양서(洋書)에서 말하는 "아당(亞當)2), 야소(耶蘇)나 천주(天主)가 친히 와서 세상을 구원했다"는 등의 이야기는 조리도 없고 사리에 맞지 않아 도무지 변론할 것도 없습니다. 그런데 안씨는 말하기를 "이러한 말들을 십분 온당하다고 여겨 믿고 따를 수 있겠는가"3)라고 하였으니, 이는 또한 과도하게 허여하고 지나치게 너그럽게 봐준 것입니다. 그 이야기는 당최 말도 되지 않으니 어찌 온당한가 온당하지 않은가를 논할 것이 있겠습니까. "우매하여 존엄함을 업신여겼다"는 한 구절도 또한 사학(邪學)을 물리친 말이 될 수 없습니다. 일찍이 들으니 이른바 천주는 『시경(詩經)』과 『서경(書經)』에서 칭한 상제(上帝)를 모두 진짜 있는 것으로 만들어 『시경』의 "상제의 뜰에 있다", "상제의 좌우에 있다"는 등의 말을 가지고 그 이야기를 실증하였다고 합니다. 또 지금 "성모(聖母)의 태반에 의탁하여 강생(降生)했다."라는 말은 더욱 이치에 크게 어긋나는 것으로, 상천(上天)에 가탁한 것은 바로 백성들을 속이고 미혹시키기 위해서입니다. 그들이 말하는 "오로지 하늘을 섬기는 것을 종지로 삼는다"라는 것은 하늘을 공경하는 것이 아니라 바로 하늘을 더럽히는 것입니다. 그 책을 불태울 뿐만 아니라 또한 마땅히 그 무리를 다 멸종시켜 터럭만한 싹도 세상에 남겨두어서는 안 될 것입니다. 살기를 좋아하고 죽

---

1) 「여노주오장」 : 『매산집』 권5에 수록. 오희상이 보낸 편지에 대해 1818년 9월 14일에 홍직필이 보낸 답서이다.
2) 아당(亞當) : 아담(Adam)을 말한다.
3) 이러한 ~ 있겠느냐 : 안정복(安鼎福), 『순암집(順菴集)』 권17, 雜著, 「天學問答」, "其愚昧無知 侮慢尊嚴甚矣 此等言語 其可謂十分停當而信從之乎(그 우매하고 무지하여 존엄함을 업신여기는 것이 심하다. 이와 같은 말들을 십분 온당하다고 여겨 믿고 따를 수 있겠는가.)

기를 싫어하는 것이 인지상정인데 이 술수를 믿는 자들은 형틀을 사용하는 것을 다반사처럼 여기니, 그를 사람으로 만들고자 하더라도 할 수 없습니다. 만약 요순과 같은 성인으로 하여금 그들을 다스리게 하더라도, 형벌로 징계할 수 없고 인술(仁術)을 펼 수 없을 것이니, 이것이 더욱 가련할 따름입니다.

〈역주 : 노대환〉

『明谷集』

「西洋乾象坤輿圖二屛總序」

皇明崇禎初年 西洋人湯若望 作乾象坤輿圖各八帖爲屛子 印本傳於東方 上之三十四年春 書雲觀進乾象圖屛子 上命繼摸坤輿圖以進 －(中略)－ 坤輿圖則古今圖子非一揆 而皆以平面爲地方 以中國聲敎所及爲外界 今西士之說 以地球爲主 其言曰 天圓地亦圓 所謂地方者 坤道主靜 其德方云爾 仍以一大圓圈爲體 南北加細彎線 東西爲橫直線 就地球上下四方 分布萬國名目 中國九州 在近北界亞細亞地面 其說宏闊矯誕 涉於無稽不經 然其學術傳授有自 有不可率爾卞破者 姑當存之 以廣異聞

【역문】「서양건상곤여도이병총서」1)

명나라 숭정 연간 초년에 서양인 탕약망(湯若望)이 '건상곤여도' 각 8첩을 병풍으로 만들었는데 인본(印本)이 우리나라에 전해졌다. 임금 34년 봄에 서운관에서 '건상곤여도' 병풍을 바치자 임금께서 곤여도를

---

* 『명곡집』은 최석정(崔錫鼎, 1646~1715)의 문집으로 34권 17책이다. 시는 문집에서 많은 양을 차지한다. 시체별(詩體別)로 수록하지 않고 저자의 생애에 따라 초미록(焦尾錄:)·중광록(重光錄)·문형록(文衡) 등으로 제목을 붙여 각 체를 수록하였다. 정감(情感)보다 사유(思惟)를 함축한 분위기를 자아내고 있다. 부에는 4수가 수록되어 있다. 경서에 대한 것이 여러 편이며, 서양건상곤여도(西洋乾象坤輿圖) 등 서양 문물에 관한 것도 있다. (한국민족문화대백과)
1) 「서양건상곤여도이병총서」: 『명곡집』 권8에 수록. 1708년(숙종 34) 숙종의 명으로 〈곤여만국전도(坤輿萬國全圖)〉와 〈건상곤여도(乾象坤輿圖)〉를 제작해 바치면서 쓴 발문이다.

모사하여 바치라고 명하셨다. -(중략)- 〈곤여도〉는 고금의 그림이 한 가지는 아니지만 모두 평면으로 땅을 모나게 하였고, 중국의 성교가 미치는 곳을 바깥 경계로 하였다. 지금 서양 선비의 학설은 땅이 둥근 것을 위주로 하였다. 그들이 말하기를 "하늘은 둥글고 땅 역시 둥글 다. 이른바 땅이 모나다는 것은 땅의 도가 정(靜)을 주로 하므로 그 덕 이 바르다는 것을 말하는 것뿐이다."라고 한다. 이에 하나의 큰 원을 본체로 하고, 남북으로 가는 곡선을, 동서로는 가로로 직선을 그은 다 음 지구의 상하 사방에 만국의 이름을 분포시켰다. 중국의 구주(九州) 는 북쪽 근처의 아시에 지역에 위치하니 그 학설이 매우 거칠고 허망 하여 황당하고 정도에도 어긋나다. 그렇지만 그 학술이 전수된 것에 유래가 있어 함부로 변파할 수 없어 그대로 두어 새로운 식견을 넓히 고자 한다.

〈역주 : 노대환〉

『樊巖集』

「不衰軒記」

八年秋 順菴安公 爲東宮桂坊官 旣肅命 上特賜對喜曰君不衰 公時年
七十三 初 上之在銅闈 公以桂坊官 屢入書筵 剖說經義 上知公學術精醇
眷待異於衆 御極之六年 誕生元良 越三年 復設春桂坊 上耿然念公舊 特
命除是職 又喜其十年之間容貌辭氣無减乎昔也 公退而名其軒曰不衰 蓋
感聖諭也 余聞而語于中曰 公閉戶窮經 意其事物之理 窮格殆盡 今以名
其軒觀之 無乃滋人之惑歟 夫盛衰 理之常也 天地不能免焉 聖人亦不能
免焉 然天地與聖人 其氣有時而衰 而其理無時而衰 雖以不衰蔽之 可也
人之不可以幾於聖 猶天之不可以梯也 往古來今 人物之盈於兩間者曷嘗
有不衰也哉 上所以諭公者 特指其五官之精而已 未必並論其在中之理 而
公乃毅然以二字自命 謂之因是而自警則可 謂之自居則吾未見其可也 未
幾 聞公大困於年少輩口舌 譁然以老妄歸之 蓋西國利瑪竇輩所著書 近始
有流出東國者 年少志學之人 厭舊聞而喜新奇 靡然棄其學而從焉 至曰父
母比天主 猶爲外也 人主無眷屬而後可立也 二氣不能生萬物也 堂獄的然
爲眞有也 太極圖不過爲對待語也 天主眞降爲耶穌也 蓋其爲說 汪洋譎詭
千百其端 而無一不與程朱乖盭 其所以詆排釋氏 直盜憎主人耳 古之聖人

---

 * 『번암집』은 조선후기의 문신 채제공(蔡濟恭, 172~1799)의 문집으로 60권 27책.
   목판본. 1791년(정조 15) 정조의 어명과 「어정범례(御定凡例)」에 의해 편성된 것
   이다. 수권(首卷)에 정조의 어제어필(御製御筆)로 되어 있는 「서번암시문고(書樊
   巖詩文稿)」·「어정범례」, 1800년에 작성된 「부주」, 이어 수권 상으로 사륜(絲綸)
   46편, 수권 하로 사륜 51편 및 어찰(御札) 9편이 실려 있다. 권1~19까지는 시로
   구성되어 있고 권20~60권에는 소차(疏箚), 서계(書啓), 헌의(獻議), 기(記), 서(書),
   등이 수록되어 있다. (한국민족문화대백과)

以楊墨爲憂 至比之洪水猛獸者 蓋極言其弊之入於無父無君耳 爲楊墨者
曷嘗自以君父爲可外 如瑪賫之說也哉 公窮山永夜 隱憂永歎 以孑然一身
起以當方生之勢 或嚴辭而斥之 或溫言而曉之 吾道可衛 則譏嘲有不恤也
邪說可拒 則患害有不顧也 不有砥柱 狂瀾何得以障也 不有孤燭 暗室何
由以明也 盛矣哉 公之仁且勇也 於是乎人皆知天之使公而不衰者 非不衰
公也 欲吾道之不衰也 公之以二字自居 可知其自信之篤 而上之以是而諭
公者 亦可驗知臣之明也 余懦者 聞公之風而立 遂援筆作不衰軒記

【역문】「불쇠헌기」3)

정조 8년 가을에 순암(順菴) 안공(安公)이 동궁(東宮) 계방관(桂坊官)
이 되었는데 숙배(肅拜)한 뒤에 상[정조]께서 특별히 불러 마주 대하시
고는 기뻐하며 말씀하시기를 "그대는 쇠하지 않았구려." 하셨다.4) 당
시 공의 나이가 73세였다. 처음 상께서 동궁에 계실 때 공이 계방관으
로 여러 차례 서연(書筵)에 들어가 경전의 뜻을 자세히 설명하니5), 상
께서 공의 학술이 정밀하고 순일한 것을 알아 다른 이보다 특별히 아
끼셨다. 상께서 등극하신 지 6년에 원자가 탄생하였고 3년이 지나 다
시 춘계방(春桂坊)을 설치하자 상이 공과의 옛 인연을 생각하여 특별

---

3) 「불쇠헌기」 : 『번암집』 권35에 수록.
4) 정조 8년 ~ 하셨다 : 정조는 1784년(정조 8) 7월 세 살의 원자(元子)를 왕세자(문
효세자)로 책봉하였으며 이때 안정복이 익위사 익찬에 임명되었다. 정조는 창덕
궁 중희당(重熙堂)에서 춘방과 계방의 관원들을 만났는데 안정복이 나이가 들어
직책을 감당하기 어렵다고 하자 "쇠하지 않았다."고 하였다. 이에 안정복은 감격
하여 자기 집 이름을 '불쇠(不衰)'라고 하였다. 안정복(安鼎福), 『순암선생문집(順
菴先生文集)』, 「순암선생연보」.
5) 처음 상께서 ~ 설명하니 : 안정복은 61세이던 1772년(영조 48) 5월 익위사 익찬
(翊衛司翊贊)에 제수되었다. 안정복은 서연에 참여하여 후에 정조가 되는 세손에
게 강의하였다.

히 이 직책에 제수하셨다. 또 10년 사이에 용모와 음성이 예전에 비해 조금도 달라지지 않은 것을 기뻐하셨다. 공이 물러나 자기 집을 '불쇠헌(不衰軒)'이라고 이름 붙였는데 성상의 말씀에 감격했기 때문이었다. 내가 듣고 마음속으로 말하기를, "공이 문을 걸어 잠그고 경서의 뜻을 연구하였으니 생각건대 그 사물의 이치를 거의 다 궁구하였을 것이다. 이제 집을 불쇠헌이라고 한 것을 보면 사람들의 의혹이 불어나지 않을 수 있겠는가. 성쇠(盛衰)는 일상적인 이치라 천지(天地)도 면할 수 없으며 성인 또한 벗어날 수 없다. 그러나 천지와 성인의 경우 그 기운이 때가 되면 쇠퇴하지만, 그 이치는 쇠할 때가 없으니, '불쇠(不衰)'라고 해도 괜찮다. 사람이 성인에 가까워 질 수 없는 것은 하늘에 사다리를 놓을 수 없는 것과 같다. 고금을 통틀어 천지 사이에 가득 찼던 인물들이 어찌 쇠퇴하지 않음이 있었는가. 성상께서 공에게 말씀하신 것은 단지 오관(五官)이 정밀을 가리킨 것일 뿐이지 꼭 마음속의 이치까지 아울러 거론한 것은 아니다. 그런데 공이 의연히 불쇠라는 두 글자를 간직한 것은, 이로 인해 스스로 경계한다면 되겠지만 자처한다고 하면 나는 안 된다고 생각한다." 하였다.

얼마 뒤 공이 연소배들의 구설로 큰 곤경을 당했다는 이야기를 들었는데 떠들썩하니 노망이 났다고 했다는 것이다. 대개 서양 이마두(利瑪竇)의 무리가 저술한 책이 근자에 처음 우리나라에 흘러들어왔는데, 연소하고 배움에 뜻을 둔 이들이 묵은 얘기를 싫증내고 신기한 것을 좋아하여 바람에 휩쓸리듯 그 학문을 버리고 새로운 것을 쫓으며, 심지어 말하기를 "부모도 천주에 비하면 오히려 남이다. 임금은 일가붙이가 없어야 세울 수가 있다. 음양의 두 기운이 만물을 만들 수 없다. 천당과 지옥이 틀림없이 진짜로 있다. 태극도(太極圖)는 짝을 맞춰 말한 것에 불과하다. 천주가 진짜 강림하여 예수가 되었다."라고 하였다. 대개 그 주장은 속임수로 백 가지 천 가지가 하나도 정주와 어그러지지 않음이 없으니 그들이 불교를 배척하는 것은 바로 도적이 주인을 미워하는 격일 따름이다. 옛날의 성인이 양주(楊朱)와 묵적(墨翟)을 걱정하여 홍수와 맹수에 비유까지 하신 것은 그 폐단이 아버지를 업신여기고 임금을 업신여기는 데 빠져들게 될 것을 극언한 것이다. 양주와 묵적이 어찌 이마두의 이야기처럼 스스로 임금을 남으로 여길 수 있다고 했는가. 공은 궁벽한 산속의 긴긴밤에 남몰래 근심하고 길이 탄식하며 혈혈단신으로 일어나, 막 일어나는 사학의 기세에 대해 혹은 엄한 말로 배척하고 혹은 따뜻한 말로 깨우쳤다. 우리의 도를 지킬 수만 있다면 비난과 조롱받는 것을 근심하지 않았고, 사설을 물리칠 수 있다면 환난과 해로움을 당하는 것도 생각하지 않으셨다. 지주(砥柱)가 없다면 미친 물결을 어떻게 막을 수 있으며 촛불이 있지 않다면 어두운 방을 어떻게 밝히겠는가. 훌륭하도다! 공의 어질고 용감함이여. 이에 사람들이 모두 하늘이 공을 쇠하지 않게 한 것은 공을 쇠하지 않게 한 게 아니라 우리 도를 쇠하지 않게 하고자 한 것임을 알았다. 공이 '불쇠' 두 글자로 자처하였으니 자기 믿음이 독실한 것을 알 수 있고, 상께서 이것을 가지고 공에게 말씀하신 것에서 또한 신하를 알아보시는 총명함을 징험할 수 있다. 나는 나약한 사람이라 공의 풍모를 듣고 마침내 붓을 당겨 '불쇠헌기'를 쓴다.[6]

〈역주 : 노대환〉

---

6) 한편 안정복은 1786년 채제공에게 편지를 보내 젊은이들이 천주교에 빠져들고 있음을 걱정하면서 「불쇠헌기(不衰軒記)」 내에 천주교를 배척한 내용이 있어 그 사실이 젊은 층들에게 지목될까 염려하여 함부로 내놓지 못한다는 이야기를 들었다면서 천주교를 정면으로 배척하지 않고 머뭇거리고 있음을 은근히 비판하였다. 안정복(安鼎福), 『순암선생문집(順菴先生文集)』 권5, 「여번암서(與樊巖書)」

『保晩齋叢書』

-(上略)- 至明季 句股數法 自西國流入中國 推測躔度 錯錯相符 以至
日月交食 無所差謬 其法一以周髀爲主 -(中略)- 班固曰 五伯之末 疇人
子弟 分散外夷 是必疇人挾周髀 之西國傳其法術 無疑也 夫禮失而求諸
野 從古則有明知 爲古聖遺法 斯取之矣 豈以其出自外國而爲嫌哉

【역문】「비례준서」[1]

-(상략)- 명 말에 이르러 구고의 수법이 서양에서 중국으로 유입되
었다. 해·달·별의 궤도를 추측하는 것이 잘 들어맞고, 일식과 월식도
전혀 오류가 없으니 그 법은 '주비(周髀)'[2]를 위주로 한 것이다. -(중
략)- 반고(班固)가 말하기를 춘추 말에 주인(疇人) 자제들이 외이(外夷)

---

* 『보만재총서』는 서명응(徐命膺, 1716~1787)이 1780년 퇴임 후에 그동안의 저술을
  모아 만든 것으로 개인적 시문집이 아니라 경서, 천문, 지리, 음악, 언어 등을 망
  라한 종합 저술이다. 경익(經翼), 별사(別史), 자여(子餘), 집류(集類)의 4부 체제로
  구성되어있다. (한국민족문화대백과)
1) 「비례준서」: 『보만재총서』 권19에 수록.
2) 주비(周髀): 고대 중국의 수학서인 『주비산경(周髀算經)』을 뜻한다. 상하 2권으
   로 되어 있는데 저자가 누구인지 언제 편찬되었는지 알 수 없다. 다만 하권에
   『여씨춘추』가 인용되어 있는 것을 통해 적어도 전국 시대 이후에 만들어진 것임
   을 알 수 있다. 대체로 한나라 때에 현재의 형태로 집대성된 것으로 추정되고
   있다. 역법·천문 등의 내용이 포함되어 있고, 피타고라스의 정리와 유사한 증명
   도 들어 있어 당시의 과학 수준을 짐작할 수 있다.

지역으로 나누어 흩어졌다고 하였다. 이것이 주인들이 '주비를 가지고 서국(西國)으로 가서 그 법술을 전한 것임은 의심할 것이 없다. 무릇 예를 잃으면 들에서 구해야 하고 옛 것을 따르면 밝은 지혜가 있다고 했으니 성인의 유법(遺法)을 위해 그것을 취하는 것이다. 어찌 그것이 외국에서 나온 것이라는 이유로 꺼리겠는가.

〈역주 : 노대환〉

『鳳棲集』

「先考復元齋年譜後記」

嘗作地球辨 其畧曰 西洋之法 以不分男女爲大道 天圓而地亦圓者 乃所以不分男女也 思以不分男女之道易天下 故先以地球之說 使人駸駸然入於其中而不自覺焉 究其設心 何其詭譎之甚也 -(中略)- 嘗曰 吾儒之闢異端 亦須知所當先 其能爲害於當世者 是也 是以孟子之所距 在楊墨 朱子之所觝 在陸氏 今日爲害之甚者 其有過於西洋之說者乎 餘姚西洋之窩窟也 學者不可不以攻斥餘姚 爲今日之急務 -(中略)- 答柳莘之詠書 其畧曰 李贄謂大道 不分男女 許筠則曰男女情欲 天也 倫紀分別 聖人之敎也 天且高聖人一等 我則從天而不敢從聖人 贄筠之說 爲今日洋學之前茅 而贄筠出於顏何 顏何出於陽明 則陽明所謂致良知者 其非洋學之窩窟乎 陽明之言曰 那能視聽言動底 便是性 便是天理

---

* 『봉서집』은 유신환(兪莘煥, 1801~1859)의 시문집으로 8권 4책의 석인본(石印本)이다. 앞부분에 김학진(金鶴鎭)이 지은 서문과 전체의 총목차가 수록되었고, 각 권마다 권목차가 수록되었다. 끝부분에 수록된 발문은 1909년 김윤식이 지었고, 마지막에 정오표(正誤表)가 수록되었다. 유신환은 19세기 조선의 사상계에서 유행하던 청나라 고증학(考證學)의 혁신성에 의문을 제기하며 조선 성리학의 가치를 재평가 한 대표적 인물이다. 『봉서집』은 그러한 저자의 학문을 보여주는 시문집으로 19세기 사상사 연구에 중요한 자료적 가치를 지닌다. (한국민족문화대백과)

일찍이 부친께서 '지구변(地球辨)'을 지었는데 그 대략의 내용은 '서양의 법은 남녀를 구분하지 않는 것을 대도로 여긴다. 하늘이 둥글고 땅 역시 둥글다고 하는 것은 남녀를 구분하지 않기 때문이다. 생각하건대 남녀를 구분하지 않는 도로 천하를 바꾸려고 하는 까닭에 먼저 지구의 설로 빠져들면서도 깨닫지 못하고 한다. 그 마음 씀을 살펴보면 어찌 그리 심하게 속이는가.' 하는 것이다. -(중략)- 일찍이 선친[유성주]께서 말씀하시기를 "우리 유자들이 이단을 배척하는 것이 또한 모름지기 마땅히 먼저 해야 할 바인 것을 알아야 한다. 이 때문에 맹자가 배척한 것은 묵적(墨翟)이었고, 주자가 배척한 것은 육씨(陸氏)였다. 금일에 해가 되는 것이 가장 심한 것이 서양의 설보다 더한 것이 있겠는가. 양명학은 서양의 소굴이니 학자는 양명학을 공척하는 것을 금일의 급무로 삼아야 한다."고 하셨다. -(중략)- 선친[유성주]께서 유화(柳訸)2)에게 보낸 편지를 보냈는데 그 내용은 대략, "이지(李贄)는 이르기를 '대도는 남녀를 구분하지 않는다'라고 하였고, 허균(許筠)은 즉 '남녀의 정욕(情欲)은 하늘이며, 윤기(倫紀)의 분별은 성인의 가르침이다. 하늘이 성인보다 한 단계 높으니 나는 하늘을 따르지 성인을 따르지 않을 것이다'라고 하였다. 이지와 허균의 이야기는 금일 양학의 척후병입니다. 이지와 허균은 안농산(顏山農)3)과 하심은(何心隱)4)에게

---

1) 「선고복원재연보후기」: 『봉서집』 권8에 수록. 유신환의 부친 유성주(兪星柱)가 쓴 척사 관련 저술인 「지구변」에 대한 설명이다.
2) 유화(柳訸, 1779~1821) : 박지원이 매우 아꼈던 인물로 박지원의 아들 박종채가 유화의 형인 유영의 사위이기도 하다.(김명호, 「환재 박규수 연구(1) ~수학기의 박규수~」, 『민족문학사연구』4, 1993, 63쪽 참조) 본 편지는 1801년 5월 유화의 서신에 답한 것이다.
3) 안농산(顏山農) : 안균(顏鈞). 명나라 말기 강서(江西) 길안(吉安) 사람이다. 자가 산농(山農)이라 안산농으로 더 잘 알려져 있다. 양명학 좌파 계열인 서파석(徐波

서 나왔고, 안농산과 하심은은 양명에게서 나왔으니 양명의 이른바 '치양지'라는 것이 양학의 소굴이 아니겠습니까. 양명의 이야기에 '보고 듣고 말하고 행하는 그것이 바로 성이며, 바로 천리이다.'[5]라고 했습니다." 라는 것이었다.

〈역주 : 노대환〉

石)에게서 배웠다. 인간의 마음은 그 자체가 뛰어난 가치를 지니는 것인 만큼 지식의 집적이나 개인적 수양은 필요하지 않으며, 고인(古人)의 학설이나 규범은 장애가 될 뿐이라는 학설을 내세웠다. 그의 언동은 보수파의 격렬한 비판을 받았고, 문장도 제대로 읽지 못한다는 조롱을 받기도 했지만 지지자도 있었다.

4) 하심은(何心隱, 1517~1579) : 명나라 말기 강서(江西) 길안부(吉安府) 사람으로 안균의 문인이다. 이탁오(李卓吾)와 함께 양명학 좌파에 속하는데 전통사상을 비판하고 대담하게 시정(時政)을 논했다. 이 때문에 권력자들의 탄압을 받아, 평생 도피생활을 하며 지냈다. 『양부산유집(梁夫山遺集)』과 『하심은집(何心隱集)』 등이 전한다.

5) 보고 듣고 ~ 천리이다 : 왕양명(王陽明), 『전습록(傳習錄)』상, 「설간록(薛侃錄)」 122조목. "所謂汝心 却是那能視聽言動的 這箇便是性 便是天理"

『髀禮準』

「序」

周衰 疇人知中原將亂 多逃之外國 -(中略)- 至明季 句股數法 自西國
流入中國 推測躔度 錯錯相符 以至日月交食 無所差謬 其法一以周髀爲
主 而赤道黃道之名 密合漢臺之銅儀 晝夜節氣之差 密合堯典之宅四 嵩
高天頂之稱 密合水經土中之說 地圓里差之理 密合戴禮曾子之言 -(中
略)- 是必疇人挾周髀之西國 傳其法術 無疑也

【역문】「서」1)

　주나라가 쇠퇴하자 주인(疇人)2)들이 중원이 어지러워질 것을 알아
많이 다른 나라로 도망하였다. -(중략)- 명나라 말엽에 들어 구고(句
股)의 수법(數法)이 서국(西國)에서 중국으로 유입되었는데 운행도수를
추측해보니 착착 들어맞아 일식과 월식에 이르기까지 조금도 착오가
없었다. 서국의 법이 하나같이 주비(周髀)를 위주로 하였다. 적도와 황
도의 이름은 한 대의 동의(銅儀)와 딱 맞아떨어지고, 주야와 절기의 차
이는 「요전(堯典)」의 택사(宅四)와 딱 맞아떨어지며, 숭고천정(嵩高天
頂)의 명칭은 『수경(水經)』3)의 중토지설(中土之說)과 딱 맞아떨어지며,

---

* 『비례준』은 서명응(徐命膺. 1716~1787)의 천문 역학서이다. 『선천사연(先天四演)』,
　『선구제(先句齊)』와 함께 서명응의 천문학을 이해할 수 있는 핵심자료이다. (박성
　래 공저, 『인물 과학사』 1, 책과함께, 2011 참고.)
1) 「서」: 『비례준』 상편에 수록.
2) 주인(疇人) : 천문역산(天文曆算)을 담당하던 관리를 말한다.

지원이차(地圓里差)의 이론은 『대대례(大戴禮)』에 있는 증자(曾子)의 이 야기와 딱 맞아떨어지니[4] -(중략)- 이는 필시 주인들이 주비를 가지 고 서국으로 가서 그 법술을 전한 것이니 의심의 여지가 없다.

〈역주 : 노대환〉

---

3) 『수경(水經)』 : 중국 남북조 시대에 만들어진 것으로 추정되는 『수경주(水經注)』 를 말하다.
4) 지원이차(地圓里差)의 ~ 맞아떨어지니 : 한나라 때의 대덕(戴德)이 공자의 72제자 의 예에 관한 설을 엮은 책이다. 그 가운데 선거리(單居離)가 스승 증자에게 "하 늘은 둥글고 땅은 모지다 하는데 그렇습니까?"라고 묻자 증자가 "만일 하늘이 둥 글고 땅이 모지다고 한다면 사방의 각(角)을 가릴 수 없을 것이다."라고 대답한 내용이 나온다. 증자의 이 대답은 지구를 둥글다고 보았던 증거로 이용되었다. 매문정은 이를 근거로 지원설을 주장하였다. 매문정, 『역학의문(歷學疑問)』 권1, 「논천원가신(論天圓可信)」 참조.

『私藁』

「曆象考成補解引」

曆法之言法言數 而必明其所以然之理者 肇于徐光啓之崇禎曆指 備于梅文鼎之曆學全書 集大成于何國宗 梅瑴成之康 熙曆象考成 其數與理皆泰西士第谷之實測也 夫言法言數 中西之所同 而西曆之勝於中曆者 卽言數而必明其理也

【역문】「역상고성보해인」1)

역법(曆法)에서 법(法)과 수(數)를 말할 때 반드시 그 소이연의 리를 밝힌 것은 서광계(徐光啓)의 『숭정역지(崇禎曆指)』에서 비롯되었고, 매문정(梅文鼎)의 『역학전서(曆學全書)』에서 상세해졌으며, 하국종·매각성의 『역상고성(曆象考成)』에서 집대성되었다. 그 수와 리는 모두 서

---

* 『사고』는 서호수(徐浩修, 1736~1799)의 천문역산서이다.
1) 「역상고성보해인」: 『사고』에 수록. 『역상고성』은 명나라 말기에 편찬된 『숭정역서(崇禎曆書)』를 청나라 초기에 개편한 『서양신법역서(西洋新法曆書)』를 다시 개편하여 만든 역서로, 『역상고성상편(曆象考成上編)』이라고도 부른다. 『숭정역서』는 명나라 숭정 연간에 서광계(徐光啓, 1562~1633)와 이천경(李天經, 1579~1659)에 의해 편찬되었는데, 청대에 예수회 선교사 아담 샬이 『서양신법역서』로 이름을 고쳐 청나라 조정에 바치면서 사용되었다. 그 후 시간이 지나며 『서양신법역서』에 오차가 생기자 강희제가 새로운 역서를 편찬할 것을 명하였고 그에 따라 1721년에 『역상고성』이 편찬되었다. 『서양신법역서』의 단점을 보완하였으나 또 문제가 발견되면서 1742년 쾨글러(Ignatius Kögler, 戴進賢, 680~1746)에 의해 『역상고성후편』이 편찬되게 된다. (『육일재총서(六一齋叢書)』에 실린 남문현의 「추보속해(推步續解)」 해설 참고)

양 선비 티코 제곡(第谷)이 실측한 것이다. 무릇 법과 수를 말하는 것은 중국과 서양이 같지만, 서양의 역법이 중국의 역법보다 나은 것은 수를 말하면 반드시 그 이치를 분명히 하는 점이다.

〈역주 : 노대환〉

『西浦年譜』

「西浦年譜」

曆家蓋天渾天兩說 幷行而不能相通 -(中略)- 明萬曆間 西洋地球之說
出 而渾蓋兩說 始通爲一 亦一快也 蓋古今談天者 譬之捫象 各得一體
至西洋曆法 始得其全體云

【역문】

역상가들의 개천과 혼천 두 가지 설[1]이 함께 유행했지만 서로 통할
수 없었다. -(중략)- 명나라 만력 연간에 서양 지구설이 나와 혼천과
개천 두 가지 설이 비로소 하나로 통합되었으니 역시 일대 쾌거다. 대
개 옛날이나 지금의 천문을 말한 사람들을 코끼리를 만지는 것으로
비유하자면 각각 한 부분만 만진 격이라면, 서양 역법에 이르러 비로
소 그 전체를 파악했다고 하겠다.

---

* 『서포연보(西浦年譜)』는 서포(西浦) 김만중(金萬重, 1637~1692)의 일대기이다. 그
 내용은 1637년(인조 15) 출생부터 1715년(숙종 41) 묘소 앞에 표석을 세우고 조
 카 김진규가 그린 화상을 가묘에 봉안한 일까지의 기록을 연도별로 수록하였다.
 (한국민족문화대백과) 『서포연보(西浦年譜)』에 따르면 김만중은 시헌력이 근거가
 없지 않음을 강조하였고, 1668년(현종 9) 경에는 서양의 여러 학설을 취하여 성
 력(星曆)을 고찰하여 논하고 「지구고증(地球考證)」을 지었다고 한다.
1) 개천과 혼천 두 가지 설 : 중국 고대 천체 이론이다. 개천설은 기본적으로 하늘
 은 위에 있고, 땅은 아래에 있다는 주장이다. 반면 혼천설은 하늘은 밖에 있고
 땅은 안에 있음을 강조한다. 하늘과 땅의 관계를 상하로 보느냐 내외로 보느냐
 가 두 이론의 가장 큰 차이라고 할 수 있다.

惟西洋地球說 以地準於天 劃地爲三百六十度 經度視南北極高下 緯度驗地於日月蝕 其理實 其術核 非但不可不信 亦不容不信也 今之學士大夫 或以其地形球圓生齒環居爲疑 此則井蛙夏虫之見也 朱文公曰 今坐於此 但謂地不動 安知天運於外 而知地不隨之以轉也 大知達觀 何嘗如此 【地若隨天輪轉 人將疑於倒懸 正與地球一理】

【역문】

　　오직 서양 지구설은 땅을 하늘을 기준으로 하여 360도로 구획하였다. 경도는 남극과 북극의 고하를 살피고 위도는 이를 일식과 월식을 통해 땅을 징험하여 그 이치가 확실하고 그 기술이 정확하다. 믿지 않아서는 안 될 뿐만 아니라 믿지 않을 수도 없다. 오늘날 학사와 대부들이 혹 땅의 형태가 둥근데 사람들이 빙 둘러서 있다는 것을 의심한다. 이것은 우물 안 개구리나 여름 벌레와 같은 견해이다. 주자가 말하기를 "지금 여기에 앉아 있으면 단지 땅이 움직이지 않는다고 여기지만 하늘이 바깥에서 운행하며 땅이 이를 따라 도는 것이 아닌지 어찌 알겠는가?"2)라고 하였다. 위대한 지식과 통달한 견해라고 해도 어찌 이와 같은 것이 있었던가?【땅이 만약 하늘을 따라 돌아간다면 사람들은 거꾸로 매달릴 것이라고 의심할 것이다. 이것은 바로 땅이 둥글다는 것과 매 한가지 이치이다.】

〈역주 : 노대환〉

---

2) 주자가 말하기를 ~ 라고 하였다 :『주자어류(朱子語類)』, 예삼(禮三), 주례(周禮), 「지관(地官)」, "今坐於此 但知地之不動耳 安知天運於外 而地不隨之以轉耶".

『先勾齊』

「日躔齊」

遊氣加減之法 中國未之前聞 西人第谷始發之 且以其國之方言 稱爲清
蒙氣差 而曰清蒙氣者 地中游氣時時上騰 其質輕微 不能隔礙人目 却能
暎 小爲大 升卑爲高 故日月在地上則大 到天中則小 星座在地上則廣 到
天中則狹 此暎小爲大 望時地在日月之間 人在地平之面 無兩見日月之理
而或日未西沒 已見月食於東 或日已東出 尙見月食於晝 此升卑爲高也 -
(中略)- 此理精微 與地圓一致 從古聖人 必無不言之理矣 今考列子 載兩
小兒所言 日初出大如車蓋 及日中如盤盂 日初出滄滄涼涼 及日中如探湯
者 已開第谷之端倪

【역문】「일전제」

유기가감(遊氣加減)의 법은 중국에서 예전에는 듣지 못했던 것인데
서양인 제곡(第谷)[1]이 처음으로 발견한 것으로 그 나라의 방언으로 칭
하기를 청몽기차(淸蒙氣差)[2]라고 한다. 제곡은 말하기를, "청몽기는 땅

---

* 『선구제(先勾齊)』는 서명응(徐命膺. 1716~1787)의 천문 역학서이다. 『선천사연(先
  天四演)』, 『비례준(髀禮準)』와 함께 서명응의 천문학을 이해할 수 있는 핵심자료
  이다. (박성래 공저, 『인물 과학사』 1, 책과함께, 2011 참고.)
1) 제곡(第谷, Tycho Brahe, 1546~1601) : 덴마크 태생의 천문학자이다. 왕실의 지원
   을 받아 천문대를 세운 후 방대한 관측 자료를 축적하였다. 그가 수집한 자료는
   제자 케플러에게 넘겨져 케플러의 연구에 기초를 제공하였다.
2) 청몽기차(淸蒙氣差) : 지구의 대기(大氣)에 의해 태양빛이나 별빛이 굴절되어 실
   제의 위치와 차이가 나는 각도를 말한다. 청몽기차에 대해서는 『증보문헌비고』,

속에서 떠오르는 기운이 때때로 올라오는 것으로 그 질(質)이 경미하여 사람의 눈을 가릴 수 없으나, 작은 것을 비추어 크게 보이게 하고 낮을 것을 올려서 높게 보이게 한다. 그러므로 이러한 청몽기차 때문에 해와 달은 지평선 위에 있을 때 크게 보이고, 중천에 있을 때는 작게 보인다. 성좌(星座)는 지평선 위에 있을 때 넓게 보이고, 중천에 있을 때는 좁게 보인다. 이것은 청몽기가 작은 것을 비추어 크게 보이게 하는 현상이다. 망 때에는 지구가 해와 달의 사이에 있으므로 사람은 지평면에 있어 해와 달을 모두 볼 수는 없을 것이다. 그러나 간혹 해가 아직 서쪽에서지지 않았는데도, 동쪽에서 이미 월식이 보이기도 하고 해가 벌써 동쪽에 떴는데도 아직 서쪽에서 월식이 보이기도 한다. 이것은 청몽기가 낮은 것을 열려서 하는 현상이다."라고 하였다.[3] -(중략)- 이러한 '청몽기차'의 이치는 정미하여 지구가 둥글다는 사실과 일치하는데 옛 성인이 절대 말하지 않았을 리 없다. 지금 『열자(列子)』를 살펴보면 두 아이가 말한 바를 실었는데 "태양이 처음 뜰 때에는 수레 뚜껑만하다가 태양이 남중할 때는 소반만 하다. 태양이 처음 뜰 때는 차고 서늘하지만 태양이 남중할 때는 끓는 물을 만지는 듯하다"[4]고 한 것이 이미 제곡(第谷)의 논리의 단서를 연 것이다.

「상위고(象緯考)」, 칠정(七政); 최한기(崔漢綺), 『추측록(推測錄)』 권2, 「추기측리(推氣測理)」, 몽기번영(蒙氣飜影); 이규경, 『오주연문장전산고』, 「기영차변증설(氣映差辨證說)」 등에도 소개되어 있다.

3) 청몽기는 ~ 현상이다 : 이 부분은 『역상고성(歷象考成)』上編 권4, 「청몽기차(淸蒙氣差)」에 있는 내용이다.

4) 태양이 ~ 듯하다 : 『열자(列子)』, 「탕문(湯問)」, "孔子東遊 見兩小兒辯鬪 問其故 一兒曰 我以日始出時 去人近 而日中時遠也 一兒以日初出遠 而日中時近也 一兒曰 日初出大如蓋 及日中則如盤盂 此不爲遠者小而近者大乎 一兒曰日初出滄滄凉凉 及其日中 如探湯 此不爲近者熱而遠者凉乎 孔子不能決也 兩小兒笑曰 熟爲汝多知乎" (공자가 동쪽으로 유람하다가 두 아이가 말싸움을 하는 것을 보았다. 그 이유를 묻자 한 아이가 말하기를, "제 생각에 해는 처음 떠오를 때 가깝고 남중 때 멀리

있습니다."라고 하니 다른 아이는 "해가 처음 뜰 때 멀리 있고 남중 때 가깝다고 생각해요."라고 하였다. 먼저 아이가 말하기를, "해가 처음 뜰 때는 수레덮개만 하다가 남중 때 소반만 해지니, 이것은 멀리 있으며 작게 보이고 가까이 있으면 크게 보이기 때문이 아니겠어요."하였다. 그러자 다른 아이가 말하기를, "해가 처음 뜰 때 차고 서늘하지만 남중 때는 끓는 물을 만지는 듯하니, 이것은 가까우면 뜨겁고 멀면 서늘하기 때문에 아니겠어요"라고 하였다. 공자가 결정을 못하자 두 아이가 웃으면 말하기를, "누가 그대가 많이 안다고 했어요?"라고 하였다.)

『疎齋集』

「與西洋人蘇霖戴進賢(庚子)」

-(上略)- 地球 東人亦曾見其圖說矣 從古論天地之形者 皆言天圓而地方 獨此法 以爲地亦從天而圓 中高而四邊下 不知緣何推測若是 乃用天度畫地里也 周髀雞子黃之說 稍近于此 亦不以天度定地里 至若諸巴之地 必非今人所目見 又何以知其如此乎 禦寇十洲釋氏四大部洲之說 亦近之 或出於此等傳聞歟 以此言之 中國廛當廿八宿中一宿之分 貴邦之不用分野之法 抑以此歟 仰觀天象者 不但識星躔而已 甘石之術 以形色凌犯 占人事之吉凶 貴邦亦兼用此術否 九章之術 聖門所謂六藝之一 中國固多神于筭者 巧曆則尤難其人 貴邦此術 絶異萬國 厥初何所傳受歟 同文筭指 曾亦窺見矣 凡筭有實有法 以乘以除 皆取其有其數者 只曆筭空中 命法數以乘除 其命之也 亦有法歟 鳴鐘之制 儘奇妙矣 日本通南舶 東人數十年廛一見之 制造不精 未數月 必多差錯 棄而不用 亦可惜也 貴邦所造 應不如是 渾天儀 中國歷代多造 而下設機輪 以水激之之法 不傳於東國 貴邦或有文字記其制法歟 東人於此等事 甚鹵莽 凡以智曉愚 以先覺覺後覺 亦豈非天主之仁也 或可示其法書否 茅塞之見 欲質高明者 不止于此 恐煩回教 千萬不宣 只乞明答所稟 以啓昏蒙

---

* 『소재집』은 이이명(李頤命, 1658~1722)의 시문집으로 20권 10책으로 되어 있다. 이이명의 손자 이봉상(李鳳祥)이 편집한 것을 1759년(영조 35) 홍봉한(洪鳳漢)이 간행하였다. (한국민족문화대백과)

【역문】「여서양인소림대진현(경자)」1)

-(상략)- 지구에 대해서는 저도 일찍이 그 도설을 보았습니다. 예로부터 천지의 형상을 논한 자들은 모두 하늘은 둥글고 땅이 모나다고 하였습니다. 오직 이 도설의 법만은 땅 역시 하늘이 둥근 것을 따라 가운데는 높고 사방 변두리는 낮다고 하였는데 어떤 연유로 이와 같이 추측하는지 모르겠습니다. 천도를 이용하여 지리를 그렸는데 『주비산경(周髀算經)』의 '계란 노른자의 설'이 이와 조금 비슷하지만 천도로 지리를 정하지 않습니다. 제파(諸巴)2)의 지역과 같은 것은 반드시 지금 사람이 눈으로 본 것이 아니니 어찌 이와 같은 것을 알 수 있겠습니까. 어구(禦寇)3)의 '십주설(十洲說)'이나 불가의 '사대부주설(四大部洲說)'4)과 또한 유사하니 혹 이러한 것을 전해들은 데서 나온 것인지요? 이로써 말하면 중국은 겨우 28수 가운데 1수의 분수에 해당하니 당신 나라에서 분야(分野)의 법을 쓰지 않은 것은 이 때문입니까?

천체 형상을 올려다보면 다만 별의 궤도만 알 뿐만이 아닙니다. 감석(甘石)의 술수5)는 형체와 색깔이 침범한 것으로 인간사의 길흉을 점치는데 당신 나라에서도 이런 술수를 아울러 사용하는지요? 구장의 술수는 성인 문하의 이른바 육예(六藝) 가운데 하나여서 중국엔 셈에 신통한 자는 본디 많으나 역법에 공교로운 경우는 그런 사람이 매우 드

---

1) 「여성양인소림대진현(경자)」 : 『소재집』 권19, 書牘에 수록.
2) 제파(諸巴) : 구라파 지역을 가리키는 것으로 보인다.
3) 어구(禦寇) : B.C 4세기경의 사상가인 열자(列子)의 본명이다.
4) 사대부주설(四大部洲說) : 불교에서 세계를 네 지역으로 구분한 것을 말한다. 네 지역은 수미산(須彌山)을 중심으로 한 동쪽의 동승신주(東勝身洲), 서쪽의 서우하주(西牛賀洲), 남쪽의 남섬부주(南贍部洲), 북쪽의 북구로주(北俱蘆洲)이다.
5) 감석(甘石)의 술수 : 감석은 전국 시대 제(齊) 나라 사람인 감공(甘公)과 위(魏) 나라 사람인 석공(石公)을 말하는데 두 사람 모두 천문학에 밝았다. 당시 천문학이 천문으로 길흉을 점치는 것을 주로 한 것을 의미한다.

묻니다. 당신 나라의 이 술수는 다른 나라와 전혀 다른데 애초에 무엇을 전해 받은 것인지요? 『동문산지(同文算指)』[6]는 일찍이 또한 얼핏 보았습니다. 무릇 산수는 실수[實]가 있고 산법[法]이 있어 그것을 곱하고 그것을 나누는데 모두 그 숫자가 있는 것을 취합니다. 단지 역산(曆算)은 공중(空中)이어서 법수(法數)를 명하여 곱하고 나누니 명(命)할 때에도 법(法)이 있습니까? 자명종의 제작은 매우 기묘합니다. 일본이 남만(南蠻)의 배와 통하여 저는 수십 년 동안에 겨우 한번 보았습니다.

하지만 제작이 정밀하지 않아서 몇 달 되지 않아 반드시 오차가 많이 발생하여 버려두고 사용하지 않으니 또한 애석합니다. 당신 나라에서 만든 것은 응당 이렇지 않을 것입니다. 혼천의(渾天儀)는 중국에서 역대로 많이 만들었습니다.

그러나 아래에 기륜(機輪)을 설치하여 물로 격동시키는 법은 우리나라에 전해지지 않았습니다. 당신 나라에 혹시 그 제조법을 문자로 기록한 것이 있는지요, 저는 이러한 일에 매우 아둔합니다. 지혜로운 자가 어리석은 자를 깨우치고 먼저 깨달은 자가 뒤에 깨달으려는 자를 깨닫게 한다면 역시 천주(天主)의 인(仁)이 아니겠습니까. 혹시나 그 제조 방법을 기록한 책을 보여주실 수 있으신지요. 어리석고 무지한 식견으로 고명한 분께 질문하고픈 게 이에 그치지 않으나 회답의 말씀이 번다할까 염려스러워 다 말씀드리지 못

---

6) 『동문산지(同文算指)』 : 명나라 학자 이지조(李之藻, 1565~1630)가 맛테오 리치와 함께 편찬한 서적이다. 1614년에 출간되었는데 전편(前編) 2권과 통편(通編) 8권, 별편(別編)으로 구성되어 있다. 『동문산지』는 16세기 이후 유럽에서 일상적으로 사용되던 수학적 방법을 중국어로 소개한 첫 책이다. 『동문산지』에 대해서는 肅文強, 'Tongwen Suanzhi(同文算指) and transmission of bisuan(筆算 written calculation) in China : from an HPM(History and Pedagogy of Mathematics) viewpoint', 『Journal for history of mathematics』 28-6, 2015 참조.

합니다. 다만 분명한 답을 주셔 어두운 저를 일깨워 주시기를 바랄뿐
입니다.

〈역주 : 노대환〉

『時憲紀要』

「清蒙氣差」

　　清蒙氣差　西人第谷始發其義　謂地中游氣上騰　能升卑爲高　映小爲大
距地高則差漸少　而隨地不同　然亦未有算術　噶西尼在北極高四十四度處
屢加精測　得地平上最大差三十二分十九秒　且謂蒙氣之厚　爲地半徑差千
萬分之六千零九十五　繞地球之周　日月星之光線在蒙氣之內　則與視線合
而爲一　蒙氣之外　則與視線歧而爲二　其所歧雖有不同　相合則有定處　自地
心過所合處作線抵圍周　則爲蒙氣之割線　視線與割線成一角　光線與割線
亦成一角　二角相減　卽得蒙氣差角　用是以推　至八十九度　蒙氣差尚有一秒

---

*　『시헌기요』는 1860년(철종 11) 남병길(南秉吉)이 시헌법(時憲法)의 정요(精要)를
서술한 역서로 2권 2책이다. 남병길이 관상감제조(觀象監提調)로 역을 다루는 임
무를 맡게 되었을 때, 이러한 상황을 알게 되어 이 책의 편찬에 착수하였다. 천문
역법에 관한 지식과 실지 측정방법을 제시하기 위해 이론적인 체계보다 실용적
인 지식내용의 소개에 중점을 두었다. 또, 과학을 강조하여 전설적이며 신비적이
거나 상상적인 면은 배제하였다. 상권은 칠정편(七政篇)으로 역법의 유래를 밝힌
역법연혁을 싣고, 천상(天象)·지체(地體)·황적도(黃赤道)·경위도(經緯度)를 설명
하였다. 이어서 함풍(咸豊: 淸文宗의 연호) 경신년(1860년, 철종 11)을 역원(曆元)
으로 하여 이에 따른 각종 응수(應數)를 실었다. 또, 세실(歲實)이라 하여 1태양년
의 길이, 지반경차(地半徑差)·지심시차(地心視差)·청몽기차(淸蒙氣差) 등 대기굴
절에 의한 방향차 등을 설명하였다. 다음에 일월오성(日月五星)의 운행을 풀이하
였는데, 모두 총 24편이 수록되었다. 하편은 교식편(交食篇)으로서 교식총론(交食
總論)·월식산례(月食算例)·일식산례(日食算例) 등 5편이 수록되었는데, 교식의 작
도(作圖)와 풀이를 자세히 하였다. 이 책에는 조두순(趙斗淳)·김병기(金炳冀)의 서
문이 있으며, 저자의 발문에는 "이치가 참되고 수치가 확실하므로 후세에 이르러
서도 변경하게 되지 않을 것이다."라고 자신 있는 태도를 보여 주고 있다. 『신법
보천가(新法步天歌)』와 함께 음양과(陰陽科)의 시험과목으로 채택되어 왔다. (한국
민족문화대백과)

【역문】「청몽기차」[1]

청몽기차(淸蒙氣差)는 서양인 제곡(第谷)이 처음으로 그 개념을 내놓았는데 지중(地中)의 유기(游氣)가 상공으로 올라가 낮은 것을 올려서 높이고 작은 것을 비추어 크게 할 수 있는 것을 말한다. 지면에서 거리가 높아지면 차이는 점점 적어지고 지역에 따라 다르지만 계산하는 방법이 없었는데 갈서니(噶西尼)[2]가 북극고도 44도 되는 곳에서 여러 차례 정밀하게 관측하여 지평에서 최대차가 32분 19초임을 구해냈다. 또 말하기를 몽기(蒙氣)의 두께는 지반경차(地半徑差)의 1천만 분의 6,095라고 하였다. 지구의 주변을 둘러싸고 해·달·별의 광선이 몽기 안에 있으면 시선(視線)과 합쳐져 하나가 되고, 몽기의 밖에 있으면 시선과 갈라져 둘이 된다. 그것이 갈라지는 것은 비록 서로 다르지만 서로 합쳐지는 것에는 정해진 자리가 있다. 지심(地心)부터 서로 합쳐지는 곳을 지나게 원주(圓周)까지 선을 그으면 몽기(蒙氣) 할선(割線)이 된다. 시선(視線)은 할선과 하나의 각을 이루고 광선(光線)도 할선과 역시 하나의 각을 이룬다. 두 각을 서로 감하면 몽기차각(蒙氣差角)이 나온다. 이것을 가지고 추보하는데 89도까지는 몽기차가 1초이다.

〈역주 : 노대환〉

---

1) 「청몽기차」: 『시헌기요』 上編, 七政에 수록.
2) 갈서니(噶西尼, Cassini, 1625~1712) : 프랑스 출신의 천문학자로 예수회 선교사 쾌글러(戴進賢, Igatius Kogler)와 함께 옹정제의 칙명을 받아 케플러(Johannes Kepler)의 타원궤도설과 관측법을 도입해 1742년에 역법서 『역상고성후편』을 편찬하였다.

『五洲衍文長箋散稿』

「用氣辨證說」

中原則專主理氣性命之學 故與天同化 此形上之道也 西乾則專治窮理
測量之敎 故與神爭能 此形下之器也 故奇技淫巧之物 種種流出於西陬
我人初見其妙 不敢思議 何其自小之甚也 雖然覸得用氣之理 則可許窺氣
之一班 而其論氣處 自有析人所難道者 不覺一笑而釋然 豈可以專斥其無
見强辨也 -(中略)- 其形上之學 猝難悟得 形下之用 則庶可學焉 而我人
蒙不覺悟 可勝歎哉

【역문】「용기변증설」[1)]

중국은 전적으로 이기성명(理氣性命)의 학문을 위주로 하는 까닭에
하늘과 더불어 조화를 같이하니 이는 형이상(形而上)의 도(道)이다. 서
양은 전적으로 궁리측량(窮理測量)의 가르침을 다스리는 까닭에 신과
재능을 다투니 이것은 형이하(形而下)의 기(氣)이다. 그런 까닭에 기기
음교(奇技淫巧)한 물건들이 종종 서양에서 흘러오면 우리들은 처음 그
기묘한 것을 보아 감히 생각하지도 못하니 그 스스로를 작게 하는 것

---

* 『오주연문장전산고』는 이규경(李圭景 : 1788~1863)이 쓴 백과전서 형식의 책이
다. 60권 60책. 필사본. 원래 더 거질(巨帙)이었던 것으로 추정되나, 60권 60책의
필사본을 최남선(崔南善)이 소장해 왔다. 그러나 이 필사본마저 6. 25로 소실되었
다. 사·경학·천문·지리·불교·도교·서학·풍수·예제·재이·문학·음악·병법·풍습·
서화·광물·초목·어충(魚蟲)·의학·농업·화폐 등에 관한 내용을 망라하였다.
1) 「용기변증설」 : 『오주연문장전산고』 人事篇, 論學類, 「博物」에 수록.

이 어찌 그리 심한가. -(중략)- 형이상의 학문은 갑자기 깨닫기 어렵지만, 형이하의 쓰임은 배울 수 있는데 우리는 깨달아 살피지 못하니 탄식을 그칠 수 없다.

「鏡臺宮漏辨證說」

西國奇器 不可獨擅其名 中原亦有其器 不可殫記 五雜組 -(中略)- 近
代則外國利瑪竇有自鳴鐘 亦其遺法也 此謝肇淛萬曆間所記西舶始通之
初 故未見奇技淫巧 而只以利瑪竇自鳴鐘爲奇 然此特巧藝之一隅耳

【역문】「경대궁루변증설」2)

　유독 서양 기물만 이름을 높여서는 안 된다. 중국 역시 그 기물이
있는데 이루 다 쓸 수 없다. 『오잡조(五雜組)』3)에서 "-(중략)- 근래는
즉 외국 이마두(利瑪竇)의 자명종이란 것이 있는데 그 역시 유법(遺法)
이다."라고 하였다. 이는 사조제(謝肇淛) 만력 연간에 서양 선박이 처
음 통한 것을 기록한 까닭에 기기음교(奇技淫巧)를 보지 못하여 단지
이마두의 자명종이 기이하다고 여긴 것이다. 그러나 이는 단지 고묘
한 기예 가운데 하나일 뿐이다.

---

2) 「경대궁루변증성」: 『오주연문장전산고』 人事篇, 器用類, 「鐘漏」에 수록.
3) 『오잡조(五雜組)』: 명대 인물 사조제(謝肇淛 : 1567~1624)의 저술로, 천(天)·지
(地)·인(人)·물(物)·사(事)의 다섯 가지로 분류하여 다양한 주제로 관하여 기록하
였다.

「地球辨證說」

-(上略)- 遠西利西泰輿地全圖云 玆以普天下輿地分五洲 曰上下亞墨
利加曰墨瓦蠟泥加 曰亞細亞 曰利未亞 曰泥邏河 其各州之國 繁穎難悉
大約皆百以上 此圖本宜作圓球 以其入冊 不得不析圓爲平 其經緯線畫
每十度爲一方 以分置各國于其所 東西線數 自中國起 南北線數 自福島
起 -(中略)- 地球全圖成於利西泰之手 卽歷驗不爽 匪如中國所傳天下地
圖之誕妄也 -(下略)-

【역문】「지구변증설」4)

　서양 이서태(李西太)5)가 『여지전도』에서 말하기를, "이에 천하 땅을
5주로 나누었으니, 남북아메리가, 오세아니아, 아세아, 아프리카, 구파
라이다. 각 주의 나라가 번다하게 많아 다 이야기하기 어려운데 대략
백 나라 이상이다. 이 지도는 본래 둥글게 만다는 것이 마땅하지만 책
에 넣느라고 부득이하게 원을 잘라 평면으로 만들었다. 그 경도 위도
의 구분은 매 10도를 1방(方)으로 삼아 각국을 그 자리에 나누어 배치
하였다. 동서의 선은 중국에서 시작하고, 남북의 선은 복도(福島)에서
시작한다." 하였다. -(중략)- 지구전도는 이서태의 손에서 완성되었는
데 두러 징험해보아도 틀리지 않아 중국에서 전해오는 천하지도가 허
무맹랑한 것과는 다르다. -(하략)-

〈역주 : 노대환〉

---

4) 「지구변증설」: 『오주연문장전산고』 天地篇, 地理類, 「地理總說」에 수록.
5) 이서태(李西太) : '서태'는 마태오 리치의 자(字)이다.

『柳溪集』

「斥邪學」

天高地下 人位乎中 人之所以與天地爲三者 夫豈其頭圓足方而已哉 以其有仁義禮智之性與夫父子君臣夫婦長幼朋友之倫 而仁之實事親是也 父子篤而後君臣可推也 斯非天之命於人 人之得於天者乎 順之則吉而興 悖之則凶而亡 抑四端五倫之外 豈別有一箇天耶 上自羲農堯舜之繼天立極 下焉孔孟程朱之垂世立敎者 用此而已 以故人紀賴立 天理遂明 式至今幾千百年 而蝶蝀其間 雖不能無之 惟其吾道之正 如日中天 自有殄滅他不得者也 嗚呼 西洋之賊 果何等國也 有所謂天主學者 彼之說曰 始以天主下降 死復上作天主 爲萬物民生之大父母 又以生我者爲肉身父母 天主爲靈魄父母 親愛尊奉 在於彼 不在於此 及其死也 不哭不服 謂祭無益 其他荒怪無稽之說 愈出愈幻 要之剽拾嘍哩一種緖餘 而最其歎棄五常 滅絶三綱 馴致禽獸之域者 視佛氏幾十百千 此殺無赦之賊也 凡吾血氣者 何惑之有 而有凶賊幾輩 創通西洋 甘作窩主 畿輔搢紳遺裔 間有聲氣相濟 締結株連 至於沈族殺身 而猶不自悔 亦獨何哉 噫 昔者楊墨之害 不至如今之邪學 而孟子曰 無父無君是禽獸也 楊墨之道不息 孔子之道不著 佛氏之道 不過淸淨寂滅 而韓文公亦曰 人其人 火其書 尚不能拔本塞源 如一興薪之於一車水 而况洋學之藏頭匿迹 賊我先王之道 無復人類者 豈特

---

* 『유계집』은 강명규(姜命奎, 1801~1867)의 문집이다. 강명규는 자는 세응(世應), 호는 유계(柳溪) 또는 정눌거사(精訥居士)이다. 경상도 봉화(奉化) 법전리(法田里)에서 태어났다. 강운(姜橒)에게 수업을 받았으며 젊어서 과거를 포기하고 학문에만 전념하였다. 가학의 영향으로 성근묵(成近默)의 문하에서도 공부하였다. 1866년(고종 3) 병인양요 때는 척사(斥邪)할 것을 촉구하기도 했다.

楊墨佛氏之比哉 刀鋸鑊澤 旣不足以懲 綸音溫諭殆無施 種下生種 稅駕
何地 則東土環千里 冠帶之倫 其將淪爲禽獸乎 夷狄乎 非父何生 非母何
養 欲報之德 昊天罔極 此人彝之無所爲不能自已者 而視若脫屣 超然無
關 果將安於心耶 是可忍也 孰不可忍也 亦曰 雷屬風飛 禽獮草薙 毋易
種于玆土 其庶乎 雖然 此檢其外而已 吾所謂道 乃古聖賢之道 聖賢之道
乃天經地義自然之理 而人之所以爲人者 兄勉其弟 父詔其子 謹傳密守
樂其樂而利其利 則彼之異類醜魔 無自間隙 見睍曰消而已 何憂乎抗吾道
而卵育蕃殖 幷立於世也

【역문】「척사학」1)

　하늘은 높고 땅은 낮으며 사람은 그 가운데 있다. 사람이 천지와 더
불어 셋이 되는 까닭이 머리는 둥글고 발은 모나서일 뿐이겠는가. 인
의예지의 본성과 부자, 군신, 부부, 장유, 붕우의 윤리가 있기 때문이
다. 인(仁)의 실질은 사친(事親) 이것이다. 부자의 관계가 독실한 후에
군신에까지 미룰 수 있다. 이것이 하늘이 사람에게 명하여 사람이 하
늘에서 얻은 것이 아니겠는가? 순응하면 길하고 흥하며 어기면 흉하
고 망한다. 사단과 오륜 밖에 어찌 따로 하나의 하늘이 있겠는가? 위
로 복희, 신농, 요순이 하늘의 뜻을 이어 극(極)을 세우고, 아래로 공
자와 맹자, 정자와 주자가 세상에 가르침을 세운 것은 이를 활용했을
따름이다. 그런 까닭에 인기(人紀)가 힘 입어 서고 천리가 마침내 밝아
졌다. 지금 수천 수백 년에 이르기까지 그간에 비록 접동(蝶蝀)이 없
을 수 없지만, 오직 우리 도의 바름은 해가 중천에 있는 것과 같아서
없앨 수 없다. 아! 서양의 적은 과연 어떤 나라인가? 이른바 천주학이

---

1)「척사학」:『유계집』권4에 수록.

있는데 저들은 주장하기를 "처음 천주가 강림하였다가 죽어서 다시 올라가 천주가 되었는데 만물과 민생의 큰 부모가 된다."고 한다. 또 주장하기를 "나를 낳아준 사람은 육신의 부모이며 천주는 영백(靈魄)의 부모이다. 친애하고 받들어 높여야 하는 것은 육신의 부모가 아니라 영백의 부모이다."라고 한다. 부모가 죽었을 때 곡하지 않고 상복을 입지 않으며 제사를 일러 무익하다 한다. 그 나머지 황탄무계한 주장이 나올수록 더욱 미혹되었는데 요약하자면 불교의 찌꺼기를 모은 것이다. 오상(五常)을 무너뜨리고 삼강(三綱)을 절멸하여 금수의 지경까지 끌고 가는 것이 불교와 비교하면 말할 수 없이 심하니, 이는 죽여도 용서할 수 없는 적이다. 우리 혈기가 어찌 혹함이 있겠는가? 그런데 흉적 몇 무리가 처음 서양과 통하여 기꺼이 와주가 되어 서울 사대부의 후예들이 혹간 흉적과 성기가 서로 통해 연루되어서 심지어 일족을 멸망시키고 자신을 죽여도 오히려 뉘우치지 못하니 또한 유독 어째서인가? 아! 예전 양주(楊朱)와 묵적(墨翟)의 폐해도 지금의 사학과 같은 지경에 이르지는 않았다. 맹자께서 말씀하시기를, "아버지가 없고 군주가 없으면 이는 금수(禽獸)이다. 양주와 묵적의 도가 종식되지 않으면 공자의 도가 드러나지 못할 것이다"[2]라고 하였다. 불교의

---

2) 아버지가 ~ 못할 것이다. : 『맹자』, 「등문공 상(滕文公上)」에 "양씨(楊氏)는 자신만을 위하니 이는 군주가 없는 것이요, 묵씨(墨氏)는 똑같이 사랑하니 이는 아버지가 없는 것이니, 아버지가 없고 군주가 없으면 이는 금수이다. ‐ (중략) ‐ 양주와 묵적의 도가 종식되지 않으면 공자의 도가 드러나지 못할 것이니, 이는 부정한 학설이 백성을 속여 인의(仁義)를 막는 것이다. 인의가 막히면 짐승을 내몰아 사람을 잡아먹게 하다가 사람들이 장차 서로 잡아먹게 될 것이다. 내가 이 때문에 두려워하고 선성(先聖)의 도를 보호해서 양주와 묵적을 막으며 부정한 설을 추방하여 부정한 학설을 하는 자가 나오지 못하게 하는 것이다. (楊氏爲我是無君也 墨氏兼愛 是無父也 無父無君是禽獸也 ‐ (중략) ‐ 楊墨之道不息 孔子之道不著 是邪說誣民 充塞仁義也 仁義充塞 則率獸食人 人將相食 吾爲此懼 閑先聖之道 距楊墨 放淫辭 邪說者不得作)"라는 구절이 있다.

도는 청정과 적멸에 지니지 않았는데 한문공이 또한 말씀하시기를 "그 사람을 올바른 사람으로 만들고 그 책은 불사른다"[3]고 하였다. 그런데도 여전히 발본색원하지 못하고 한 수레의 땔나무와 같다. 하물며 양학이 머리를 감추고 종적을 숨기며 우리 선왕의 도를 적으로 여겨 다시 사람으로 회복할 수 없음이 어찌 다만 양주 묵적이나 불교와 비교할 수 있겠는가. 형벌로 다스리고 집을 연못으로 만든다고 해도 징계하기에는 이미 부족하고 윤음과 온화한 가르침이 거의 시행되지 못하며 씨가 내려 씨가 생겨나니 종묘사직이 어느 곳에 머무르겠는가. 그런즉 동토 천리 예의의 나라가 장치 금수의 지경에 빠질 것인가. 이적의 지경에 빠질 것인가. 아비가 아니면 어찌 태어나겠으며 어미가 아니면 어찌 자라겠는가. 보답하려는 덕은 하늘처럼 넓고 커서 끝이 없으니 이는 인륜상 해야 할 바로 그만둘 수 없다. 그런데 헌 신발짝 버리듯이 보아 개연히 관계하지 않는다면 과연 마음이 편안할 수 있겠는가. 이것을 차마 할 수 있다면 무엇인들 차마 하지 못하겠는가? 또 말하기를 벼락이 치고 바람이 몰아치는 듯도 하며, 짐승을 사냥하고 풀을 베듯이 하여 다시 이 땅에 자라지 못하게 하면 거의 될 것이라고 한다. 비록 그러하나 이는 바깥을 검속하는 것일 뿐이다. 우리의 도는 옛 성현의 도이며 성현의 도는 천지간의 변할 수 없는 자연의 이치로 사람이 사람이 되는 까닭이다. 형이 그 아우에게 권면하고 아비가 그 자식에게 알려 삼가 전하고 굳게 지켜, 즐겁게 해 준 일을

---

3) 한문공 또한 ~ 불사른다. : 한유(韓愈)의 「원도(原道)」에 "그러면 어찌 해야 하겠는가? 막지 않으면 흐르지 않고, 그치지 않으면 행해지지 않으니, 그 사람들을 사람으로 만들고, 그들의 책을 불사르고, 그들의 거처를 집으로 만들어 선왕의 도를 밝혀 이끌어주면, 홀아비와 홀어미, 고아와 홀로 사는 늙은이, 폐인이나 아픈 자를 기를 수 있게 될 것이다. 그러면 거의 괜찮다고 할 수 있을 것이다. (然則如之何而可也 曰不塞不流 不止不行 <u>人其人火其書</u> 廬其居 明先王之道以道之 鰥寡孤獨廢疾者有養也 其亦庶乎其可也)"라는 구절이 있다.

즐겁게 여기고 이롭게 해 준 일을 이롭게 여기면, 저 이류(異類)의 추악한 마귀들은 틈이 없어 햇살을 보면 사라질 뿐이니, 어찌 우리의 도에 맞서 알을 품고 번식하여 세상에 나란히 설 것을 염려하겠는가.

〈역주 : 노대환〉

『耳溪集』

*『이계집』은 홍양호(洪良浩, 1724~1802)의 시문집. 38권 17책. 활자본이다.

「與紀尙書書」

泰西之人 萬曆末始通中國 步天之法 最爲精密 故置諸欽天監 至今用
之 然其周天之度 不出羲和之範圍 推步之術 全用黃帝之句股 乃是吾儒
之緒餘也 所謂奉天之說 亦本於昭事上帝之語 則未可謂無理 而稱以造物
之主 裁成萬物 乃以耶穌當之 甚矣 其僭越不經也 況又滅絶人道 輕捨性
命 斁倫悖理 非直釋氏之比 實異端之尤者也 不佞於疇歲赴京 往見天主
堂 則繪像崇虔 一如梵宇 荒詭奇衺 無足觀者 而惟其測象儀器 極精且巧
殆非人工所及 可謂技藝之幾於神者也 近聞其說盛行於天下 未知中州士
大夫 亦有崇信其學者耶 至若水土火氣之說 不用洪範五行 而伏羲八卦
無所湊泊 噫其恠矣 弟十二重天 寒熱溫三帶之語 日月星大小廣輪 卽是
吾儒之所未言 而彼皆操器而測象 乘舟而窮海者 其言皆有依據 則不可以
異敎而廢之 眞是物理之無窮 不可思議者也

【역문】「여기상서서」[1]

태서 사람들이 만력 연간 말년에 처음 중국과 내통하였습니다. 보
천의 법은 최고로 정밀하여 흠천감에 배치하여 지금도 활용합니다.

*『이계집』은 홍양호(洪良浩, 1724~1802)의 시문집. 38권 17책. 활자본이다. 사(辭)
  5편, 부(賦) 3편, 가요(歌謠), 기(記), 서(書), 변(辨), 논(論) 등 다양한 시와 글이
  수록되어있다.
1)「여기상서서」: 『이계집』 권15, 書에 수록.

그러나 그 주천(周天)의 방법은 희화씨(義和氏)의 범위를 벗어나지 않고 추보(推步)의 기술은 황제(黃帝)의 구고법(句股法)을 그대로 사용하였으니 이것은 우리 유학이 남긴 자취입니다. 이른바 하늘을 받는다는 설은 원래 '소사상제(昭事上帝)'[2]라는 말에 바탕을 한 것이라 이치가 없다고 말할 수는 없지만 조물주라 칭하면서 만물을 만든 것이 야소(耶蘇)가 했다고 하니, 그 참월하고 불경한 것이 심합니다. 하물며 인도를 끊고 성명을 가볍게 버리며 윤리를 무너뜨리니 단지 불교에 비할 바가 아닙니다. 실로 이단 가운데서도 더욱 심한 것입니다. 제가 지난 해 연경에 가서 천주당을 보았는데 상(像)을 그리고 숭상하는 것이 한결같이 절집과 같이 황탄하고 기궤하여 족히 볼 만한 것이 없었지만 오직 형상을 측량하는 의기가 극히 정밀하고 또한 교묘해서 거의 인공(人工)이 미칠 바가 아니었으니 기예가 거의 신에 가깝다고 할 만 합니다. 근래 들으니 서양의 설이 천하에 성행하니, 모르겠지만 중국의 사대부도 또한 그 학을 숭상하고 믿는 자가 있습니까? 수토(水土)와 화기(火氣)의 설 같은 것은 홍범오행을 사용하지 않고 복희팔괘에도 의거하지 않았으니 아! 기이합니다. 제12중천설(弟十二重天說)[3]과

---

2) 소사상제(昭事上帝) : 『시경』, 「대아(大雅)」 문왕지십(文王之什) 대명(大明), "昭事上帝 聿懷多福(상제를 밝게 섬기시어, 많은 복을 오게 하시었도다)"에 들어 있다. 상제를 인격신과 같은 존재로 이해하는 듯한 내용이어서 천주의 개념과 상통하는 측면이 있다.

3) 제12중천설(弟十二重天說) : 하늘이 12개의 얇은 막으로 구성되어 있다는 주장이다. 이에 따르면 달은 제일 안쪽에 있는 제1중천에, 태양은 제4중천에 위치하여 움직인다고 한다. 한편 가장 바깥쪽에 있는 제12중천은 하느님과 여러 성인이 머무르는 공간으로 설명된다. 따라서 제12중천설은 서양의 우주론인 동시에 종교서의 성격도 내포하고 있다. 제12중천설은 포르투갈 출신의 예수회 선교사 디아스(陽瑪諾, Emmanuel Junior Diaz, 1574~1659)가 1615년 북경에서 간행한 『천문략(天問略)』에 처음 소개되었는데, 1631년(인조9) 역관 이영준(李榮俊)이 중국에 머물며 이 책을 열람한 바 있다.

한대·열대·온대 세 지대에 대한 이야기, 해·달·별의 크기와 둘레는 우리 유자들이 말하지 못한 것들입니다. 저들은 모두 기계를 가지고 형상을 측량하고 배를 타고 바다를 뒤지는 자들이라 그 말은 모두 근거가 있으니 이교(異敎)라고 해서 없애서는 안 된다. 진실로 이는 물리(物理)가 무궁하여 불가사의한 것이다.

〈역주 : 노대환〉

『頤齋亂稿』

「亂稿」

玉衡車 龍尾車 皆水車 熊三拔所制也

【역문】「난고」[1]

왕형차(玉衡車)와 용미차(龍尾車)는 모두 수차(水車)로 웅삼발(熊三拔)[2]이 만든 것이다.

---

* 『이재난고』는 이재 황윤석의 문집으로 50책 6,000장으로 되어 있다. 저자가 10세 부터 63세로 서거하기 2일 전까지 듣고 보고 배우고 생각한 문학(文學)·경학(經學)·예학(禮學)·사학(史學)·산학(算學)·병형(兵刑)·종교(宗敎)·도학(道學)·천문(天文)·지리(地理)·역상(易象)·언어학(言語學)·전적(典籍)·예술(藝術)·의학(醫學)·음양(陰陽)·풍수(風水)·성씨(姓氏)·물산(物産) 등 정치, 경제, 사회, 농·공·상 등 인류생활에 이용되는 실사(實事)를 망라하여 쓴 일기 또는 기사체(記事體)로서 책마다 쓰기 시작한 연대와 끝낸 연대를 기록하고 난고(亂藁)라는 표제를 달았다. (한국민족문화대백과)
* 번역의 일부는 황윤석 저, 부산대학교 이재난고 역주팀 역, 『역주 - 이재난고 ('서행일력'으로 본 어느 향촌 지식인의 삶)』, 신언, 2015을 참고하여 필요에 따라 수정하였다.
1) 『이재난고』 책1, 권1, 丙午
2) 웅삼발(熊三拔, Sabbathin de Ursis, 1575~1620)

「雜識」

-(上略)- 皇明萬曆中 大西洋國人利瑪竇 漂到東奧 居十餘年 更考中星 推步甚密 圖天下方國地形 以南北極經度及赤道緯度 縱橫定位 准於地面 每二百五十里當一度 時憲曆 各省各蒙古四部日出入節氣時刻異同之法 悉出於此

【역문】「잡식」[3]

-(상략)- 명나라 만력(萬曆) 연간에 서양인 이마두(利瑪竇)[4]가 동쪽 마카오[奧]에 도착하였다. 십여 년을 거주하며 중성(中星)을 고찰하였는데 추보(推步)가 매우 정밀하였다. 천하 세계의 지형을 그렸는데 남북극 경도 및 적도·위도를 종과 횡으로 위치를 정하고, 지면에서 매 250리를 1도로 삼았다. 시헌력은 몽골(蒙古) 사부(四部)의 일출·일몰·절기·시각의 다르고 같음을 각각 살핀법으로 모두 여기에서 나왔다.

---

3) 『이재난고』 책1, 권1, 戊辰
4) 이마두(利瑪竇, Matteo Ricci, 1552~1610)

「二十日 壬午」

-(上略)- 茂長西面 冬音峙面 松雲洞 李業休家【縣西距十里】有利瑪竇
五大洲地圖 及東國大地圖摸本 -(下略)-

【역문】「20일 임오」5)

-(상략)- 무장(茂長)6) 서쪽 동음치면(冬音峙面) 송운동(松雲洞)에 사는
이업휴(李業休)의 집에【현에서 서쪽으로 10리 거리이다.】이마두(利瑪
竇)의 〈오대주지도(五大洲地圖)〉와 〈동국대지도(東國大地圖)〉 모본(摸本)
이 있다고 한다. -(하략)-

---

5) 『이재난고』책1, 권2, 丁丑, 二月
6) 무장(茂長) : 지금의 전라북도 고창군이다.

「與金宜伯書」

-(上略)- 曾求利氏原本 未知已來而一覽否 前輩多言 此書於理數 大有相發 不可以西方遠人而忽之 兄旣熟之 則何惜一糟粕 不令如弟者更飽耶 兄前已惠諾 中心藏之久矣 玆輒討便 以去踐之 幸甚 -(下略)-

【역문】「김의백(金宜伯)에게 주는 편지」[7]

-(상략)- 일찍이 구하시던 이마두(利瑪竇)의 『기하원본(幾何原本)』을 벌써 오셔서 한 번 보셨는지 모르겠습니다. 선배들이 이 책은 이수(理數)에 있어 크게 밝혀 펼친 것이 있으니 서양에서 온 사람들을 소홀히 할 수 없다고 많이들 말합니다. 형께서 이에 대해 잘 아시니 어찌하여 하나의 조박(糟粕)을 아끼며 저와 같은 사람을 배부르게 하지 않으십니까. 형께서 전에 감사하게도 이미 허락을 하셔 마음속에 간직한 지 오래되었습니다. 이에 인편을 구하시어 그 책을 볼 수 있게 해주신다면 큰 행운이겠습니다. -(하략)-

---

7) 『이재난고』 책1, 권3, 壬午, 六月, 十九日

「初七日」

-(上略)- 且觀利瑪竇所撰天主實義二卷 義極淺陋 無足觀者 -(中略)-
始余以天主實義謂有可觀 及今攷之 乃甚淺陋 其謂天堂地獄人魂不滅之
說 尤極可駁 不知李之藻, 何爲表章如此也 大抵西洋之人 其所謂天學之
中 惟曆算水法等 卓絶千古 蓋聖賢性理學問之說 莫尚於濂洛關閩 而曆
算諸法 又莫尚於西洋 此或可爲不易之論歟

【역문】「초7일」[8]

-(상략)- 또 이마두(利瑪竇)가 지은『천주실의(天主實義)』2권을 보았
는데 뜻이 지극히 천박하여 볼 것이 없다. -(중략)- 처음에 나는『천
주실의』가 볼 만한 것이 있다고 생각하였는데 지금 살펴보니 매우 천
박하고 비루하다. 그 책에서 말하는 천당지옥(天堂地獄)이나 인귀불멸
(人魂不滅) 등의 이야기는 극히 해괴하다. 이지조(李之藻)[9]가 어째서 이처
럼 표장(表章)하였는지 알 수 없다. 대개 서양인들이 말하는 천학 가운데
오직 역산(曆算)·수법(水法)만이 천고에 탁월하다. 대개 성현의 성리학설
은 염락관민(濂洛關閩)[10]에 비해 뛰어난 것이 없고, 역산의 제법(諸法)은
서양보다 뛰어난 것이 없으니 이는 바꿀 수 없는 의논이라 할 것이다.

---

8)『이재난고』책1, 권3, 甲申, 完城記行, 二月
9) 이지조(李之藻, 1564~1630) : 자는 진지(振之)·아존(我存)이고, 호는 순암거사
(淳菴居士)·존원수(存園叟)이다 절강(浙江) 항주(杭州) 출신으로 1598년(만력
26) 진사가 된 후 여러 관직을 역임하였다 마태오 리치와 교유하면서 서학에
관심을 갖게 되어 천주교도가 되었고『건곤체의(乾坤體義)』를 비롯한 여러 서
양 서적을 번역하였다
10) 염락관민(濂洛關閩) : 주돈이(周敦頤), 정호(程顥), 정이(程頤), 장재(張載), 주희
(朱熹) 등 송(宋) 나라 성리학자를 말한다

「十五日 丙寅」

十五日丙寅 雲陰日熱 曉參焚香 朝入食堂 午點心 夕入食堂 是日 往訪鄭上舍檍及洞玉 更與炯玉穩話 其鄰房 姜上舍宅齊 年逾六十 始居廣州 今移碧蹄驛近處 頗熱於利瑪竇說 自言少遊黃江矣 -(下略)-

【역문】「15일 병인」11)

15일 병인 구름이 끼고 날이 매우 무더웠다. 새벽에 분향에 참여했다. 아침에 식당에 들어갔고, 오시에 점심을 먹었다. 저녁에 식당에 들어갔다. 이날 상사 정헌(鄭檍)과 형옥(洞玉)을 찾아가 형옥과 매우 즐겁게 얘기했다. 그의 이웃 동네 상사 강택제(姜宅齊)는 올해 예순을 넘겼는데 처음 광주(廣州)에 살다가 지금은 벽제역(碧蹄驛) 근처로 이사했는데, 제법 이마두의 설에 익숙하였다. 스스로 어릴 때 황강(黃江)에서 노닐었다고 말하였다. -(하략)-

---

11) 『이재난고』 책1, 권4, 甲申, 五月

「十五日 甲申」

　十五日甲申 李子容之弟潤甫 始自他處歸 乍話 朝飯後 轉訪其西北鄰
徐參判命膺家 則徐令方在刊籍中 出次葦村亭子 未歸 其子正言浩修在矣
其人丙辰生 頗有學識 熟於經書 又通西洋曆法 如數理精蘊曆象考成 此
二書 又幷律呂正義者 謂之律曆淵源 合一百卷 七曜表 卽曆象考成中一
目也 又如幾何原本同文算指 以至八線眞數三角比例 莫不涉獵 信乎人不
可不居京華也 使生遐方 雖有敏才 安能直探捷路耶 其他議論 又多扶植
士氣 關涉義理者 余旣出示朴上舍小札 且曰 昨夕來訪 則尊不在空歸 今
又來矣 正言曰 昨日出覲父親矣 今何幸得見也 余曰 嘗聞 先賢見當代名
公 有以書先之候于門外者 如朱子之於黃端明 尤翁之於淸陰 是也 輒不
自揆詩草 一書欲以得拜大庭令公 今未免虛歸 而書在袖中 或可得聞 指
摘字句 開示禮節耶 正言曰 請見之 余出示之 正言熟覽數回曰 善矣 又
曰 久聞盛名 今始得見 則良慰良慰 但聞文學之外 又多泛濫處 如七曜表
閒在覓中 尤奇事也 然此等事 必先明算 然後可以入手 未知算學如何 余
曰 算學啓蒙同文算指 以至幾何原本句股義圜容較義等書 略略窺過矣 正
言曰 然則 七曜表等文字 想必迎刃矣 但鄙藏此冊 方借他人 方今觀象主
簿文光道 精於曆算 如日月交蝕 非此人莫能推步 本監諸員 無能及者 方
居于禁府近處典醫監洞 此卽借看鄙冊者也 年方三十九 吾亦從此人學算
耳 未知此人 或可訪見否 此人雖稱中路之流 而才藝獨步 不妨一訪矣 余
曰 近世宰相中 如金淸城崔相國集中 有及西曆說話 亦太略矣 正言笑曰
此二相 比他人有識 而但未能窺到源頭 直是强解耳 因出所自爲者一小冊
論說曆算之理頗精密 又言 曾見崇禎曆書百餘卷 眞大方家也 -(下略)-

15일 갑신 이자용(李子容)의 동생 윤보(潤甫)가 처음으로 타처에서 돌아와 잠시 이야기했다. 아침을 먹은 뒤에 길을 틀어 그 서북쪽에 이웃한 참판(參判) 서명응(徐命膺) 집을 방문하니 서영은 바야흐로 간적(刊籍) 중에 있어 신촌(莘村) 정자(亭子)에 출차(出次)하였다가 아직 돌아오지 않았다. 그 아들 정언(正言) 호수(浩修)는 있었다. 그 사람은 병진(丙辰, 1736)생으로 자못 학식이 있었고 경서에 능숙했다. 또 서양의 역법(曆法)에 능통했다. 『수리정온(數理精蘊)』·『역상고성(曆象考成)』 이 두 책 같은 것은 또한 『율려정의(律呂正義)』와 함께 『율력연원(律曆淵源)』이라고 하는데 모두 100권이다. 「칠요표(七曜表)」는 곧 『역상고성』 중의 한 항목이다. 또 『기하원본(幾何原本)』·『동문산지(同文算指)』 같은 것에서 팔선진수(八線眞數), 삼각비례(三角比例)에 이르기까지 섭렵하지 않은 것이 없으니, 진실로 사람은 불가불 한양에 살아야 한다. 만약 먼 지방에 태어나면 비록 영민한 재주가 있더라도 어찌 능히 지름길을 곧장 찾겠는가? 기타 의론으로 또 선비의 기운을 지탱하여 서게 하고 의리에 관련한 것들이 많다. 나는 이미 박상사(朴上舍)의 작은 편지를 내어 보여주고, 또 말했다. "어제저녁 찾아왔으나 당신이 있지 않아 헛되이 돌아갔고, 오늘 또 왔습니다." 정언(正言)이 말했다. "어제는 나가서 부친을 뵈었습니다. 지금 만났으니 얼마나 다행입니까?" 내가 말했다. "일찍이 듣건대, 선현(先賢)은 당대의 명공(名公)을 볼 때 편지를 먼저 보내고 문밖에서 기다리는 경우가 있었습니다. 주자(朱子)가 황단명(黃端明)에 대해서, 우옹(尤翁)이 청음(淸陰)에 대해서와 같은 것이 이것입니다. 문득 시초(詩草)를 헤아리지 못하고 한 편지로 대정(大

---

12) 『이재난고』 책1, 권6, 丙戌, 三月에 수록된 글로, 번역은 황윤석 저, 부산대학교 이재난고 역주팀 역, 앞의 책, 신언, 2015을 참고하였다.

庭) 영공(令公)께 인사하고자 하였습니다. 지금 헛되이 돌아가는 것을 면할 수는 없으나 편지가 품 안에 있으니 혹시라도 자구(字句)를 지적하여 예절(禮節)을 열어 보여주심을 들을 수 있겠습니까?" 정언이 말했다. "봅시다." 내가 꺼내어 보여주었다. 정언이 여러 번 깊이 보고는 말했다. "좋습니다." 또 말했다 "오래도록 성명(盛名)을 듣다가 지금 비로소 보게 되니 진실로 위로가 됩니다. 단지 문학 외에 널리 공부한 곳이 많다고 들었습니다. 「칠요표」 같은 것은 찾는 중이라고 들었는데 매우 기이한 일입니다. 그러나 이러한 일은 반드시 먼저 밝게 계산한 연후에 입수할 수 있었을 것이니 산학(算學)은 어떠한지 모르겠습니다." 내가 말했다 "『산학계몽(算學啓蒙)』·『동문산지』에서 『기하원본』·『구고의(句股義)』·『환용교의(圜容較義)』 등의 책에 이르기까지 대략 살펴보았습니다." 정언이 말했다 "그렇다면 「칠요표(七曜表)」 등의 문자는 생각건대 반드시 쉽게 풀릴 것입니다. 단지 제가 간직하던 이 책은 막 다른 사람에게 빌려주었습니다. 바야흐로 지금 관상(觀象) 주부(主簿) 문광도(文光道)는 역산(曆算)에 정밀하여, 해와 달의 교식(交蝕) 같은 것은 이 사람이 아니면 아무도 능히 예측할 수 없습니다. 본감(本監)의 여러 관원도 능히 미치는 사람이 없습니다. 바야흐로 금부(禁府) 근처 전의감동(典醫監洞)에 사는데, 이 사람이 제 책을 빌려 보고 있습니다. 나이는 바야흐로 39세지만, 저도 이 사람에게 산(算)을 배울 뿐입니다. 이 사람을 알지 못하면 혹 방문하여 보시지요. 이 사람은 비록 중로(中路)의 부류라 일컬어지지만, 재예(才藝)가 독보적이니 한 번 방문하셔도 무방합니다." 내가 말했다 "근세 재상 중에 김청성(金淸城)·최상국(崔相國) 같은 사람의 문집 중에 서력(西曆)의 이야기를 언급한 것이 있는데 또한 너무 소략합니다." 정언이 웃으며 말했다. "이 두 재상은 다른 사람과 비교하면 식견이 있으나 단지 근원 끝까지 살펴 이르지 못하였고, 단지 억지로 풀이했을 뿐입니다." 그리고 자신이 쓴 작은 책자 하나를 꺼냈는데 역산(曆算)의 의리(義理)를 논설한 것이 자못 정밀했다. 또 말했다. "일찍이『숭정역서(崇禎曆書)』100여 권을 보았는데 진실로 대가입니다." -(하략)-

「十七日 丙戌」

-(上略)- 追記 頃十五日 竹洞得見三角比例八線眞數 則蓋以數理精蘊中要語鈔錄 而其中圓算 則用密法 徑一圓三一四一五九二六五 蓋如徑一億 則周圍三億一千四百一十五萬九千二百六十五 此祖冲之所定本數 而隋書所載者也 試又就此立率 則徑一百一十三 周圍三百五十五 蓋以一百一十三 乘三億以下數 得三百五十四億九千九百九十九萬六千九百四十五 以億約之 不盈者從近進一 是徑一百一十三 而周圍三百五十五 此又祖冲之所定密率 亦見隋書 比前本數 雖不精的 而最近又差捷 故西洋人因用之【又有徑七周圍二十二之法 亦出祖冲之 因載隋書 而是本數遠矣故不可用】-(下略)-

【역문】「17일 병술」13)

-(상략)- 미루어 기록함. 근래 15일에 죽동(竹洞)에서 삼각비례(三角比例)·팔선진수(八線眞數)를 얻어 보니, 곧 대개 『수리정온(數理精蘊)』 중의 중요한 말을 초록한 것이다. 그러나 그 중의 원산(圓算)은 정밀한 법을 쓰니, 지름이 1이면 둘레는 314159265다. 대개 지름이 일억인 경우는 둘레가 314,159,265다. 이는 조충(祖冲)이 정한 본수(本數)인데 『수서(隋書)』에 기록한 것이다. 시험 삼아 또 이에 나아가 비율을 세우면, 지름이 113이면 둘레는 354다. 대개 113으로써 3억 이하의 수(314159265)를 곱하면 354억 9999만 6945를 얻는다. 억(億)으로 나누고[約之] 소수점[不盈者]을 반올림[從近進一]하면 이에 지름은 113이고 둘

13) 『이재난고』 책1, 권6, 丙戌, 三月에 수록된 글로 번역은 황윤석 저, 부산대학교 이재난고 역주팀 역, 앞의 책, 신언, 2015.

레는 355다. 이 또한 조충(祖冲)이 정한 정밀한 비율로 또한 『수서』에 보인다. 전의 본수(本數)와 비교하면 비록 정밀하고 정확하진 않으니 가장 근접하지만, 또한 다소 차이 난다. 그래서 서양인(西洋人)도 그것을 사용한다.【또 지름이 7이면 둘레가 22라는 법이 있다 또한 조충(祖冲)은 그로 인해 『수서』에 그대로 실었는데 이는 본수(本數)와 멀다. 그래서 사용하지 않는다.】-(하략)-

「二十五日 甲午」

二十五日甲午 晴暖 遣奴 候問徐令入來消息 朝入食堂 出訪台世君弼
士良 歸下處 聞徐令入來 乃向其家 先訪徐正言浩修 傳朴上舍小札 其大
人徐令 俄已出向革村矣 正言因言 向來曆象考成【七曜表 亦入其中矣】
果尋於文光道否 余曰 彼旣非士夫 則與之尋訪似涉 如何矣 正言曰 家中
果有此冊二帙 而一則完書 已借於文光道 一則七曜表中有一 二落卷 方
在家中矣 余曰 徐當更爲借看矣 然有可以買處 則好矣 正言曰 此是閑漫
冊子 何爲必欲入手也 余曰 自少所欲見者故也 因辭向革村 出自東水口
門 過柱尋店 至革村 則距竹洞可十餘里 旣至徐令江舍 先以朴上舍札及
余所爲書封 通之【書薰見上】徐令遣人請入 余入室 徐起拜 余避席立 待
其拜訖乃拜 徐令請余就席 余禮辭乃坐 -(中略)- 徐令曰 性理大全之中曆
象說話 亦留意否 余曰 十餘歲時 再讀書傳中星璣衡等註時 老親曰 前輩
幼時 多理會此等文字者 汝能之否 輒應聲對 不自揆愚 因此起手 稍覺窺
管 故遍尋古今史家論此處 如馬史四分曆法 則無可觀 前漢書三統曆 則
其中闕誤 經數千載 未有校正者 故心常鬱鬱 數年來 僅得西洋文字若干
如渾蓋通憲泰西水法表度說句股義圜容較義等文字 已常熟閱 而幾何原
本 則只看寫本 方借唐本 受諾於其主耳 徐令笑曰 此正吾所願一穩議者
尊必精透於此 未知於算家 亦嘗留心否 余曰 同文算指算學啓蒙等書 所
嘗閱過 而崔相錫鼎九數略 亦嘗見之 但此文字 則出於章合 不足觀耳 徐
令曰 九數略之章合 吾亦聞之矣 大抵曆象諸法 須先明算 然後可以下手
而算法之方算則非難 惟圜算最難 今西洋八線法 是圜算云矣 余曰 近閱
數理精蘊曆象考成等冊 祖述西洋 而精絶冠於古今 若得此冊 因質於先覺
則或可窺其一二矣 徐令曰 見我家徐浩修否 余曰 頃者欲拜令監 雖不遇
而得見令胤 半日穩話 今日又與談話 所論算法 甚是精通矣 徐令曰 此兒
則能之 吾則未能也 倘得從容相議 則好矣 因問申舜民相識否 余曰 此是

宦遊之人 而頃歲亦嘗三數度接話耳 徐令曰 舜民博學 不可及也 又問梁
周翊易學如何 余曰 此人 吾所未知者 但以所聞 其不及申正言遠矣 徐令
曰 然乎 余曰 曾識李監可基敬乎 徐令曰 此人曾與識面朝行 而又是交承
於海營者也 余曰 此公 經禮文字 頗熟矣 徐令曰 此是出入山林者也 又
曰 早晩當更有慶科 若復留連 則或可乘閒 更枉以幸見教耶 吾於象數甚
鹵莽 若得穩討則幸矣 但西洋之法 冠絶古今 所謂出自義和者 恐得之 此
法出後 始悟堯舜典立言 維有條理 十分明白也 且如地圓之說 今人所共
致訝 然而大戴札中曾子所言 已甚明白 而惜乎 秦漢以下 無人提說 直至
西法出後 乃覺恍然矣 俄而鄰有請徐令來者 徐令辭以有客不往 余亦不安
於遲滯 卽辭退 取路枉尋店 由東大門入泮 -(下略)-

【역문】「25일 갑오」14)

맑고 따스했다 종을 보내 서령(徐令)이 들어왔는지의 소식을 물었
다. 아침에 식당에 들어갔다. 나와서 태세(台世)·군필(君弼)·사량(士良)
을 방문했다. 묵고 있는 곳으로 돌아와 서령이 들어왔다고 들었다. 이
에 그 집으로 향하여 먼저 정언(正言) 서호수(徐浩修)를 방문하고 박상
사(朴上舍)의 작은 편지를 전했다. 그대인(大人) 서령은 잠시 있자 나가
서 신촌(莘村)으로 향하셨다. 정언이 이어서 말했다. "저번에 『역상고
성(曆象考成)』【「칠요표(七曜表)」도 그중에 들어있다.】를 문광도(文光道)
에게서 찾으셨는지요?" 내가 말했다. "그는 이미 사부(士夫)가 아니니
그를 찾아 방문하려면 건너는 것과 같으니 어찌합니까?" 정언이 말했
다. "집 안에 과연 이 책이 두 질 있는데 하나는 완서(完書)로 이미 문

---

14) 『이재난고』 책1, 권6, 丙戌, 三月에 수록된 글로 번역은 황윤석 저, 부산대학교
이재난고 역주팀 역, 앞의 책, 신언, 2015.

광도에게 빌려주었고 하나는 칠요표 중의 하나로 2권이 낙권입니다만 바야흐로 집 안에 있습니다." 내가 말했다. "천천히 마땅히 다시 빌려 보겠습니다. 그러나 살 곳이 있으면 좋겠습니다." 정언이 말했다 "이 것은 한만(閒漫)한 책자인데 무엇 때문에 반드시 입수하려고 합니까?" 내가 말했다 "어려서부터 보고 싶었던 것이기 때문입니다." 그리고 하 직하곤 신촌으로 향했다. 동수구문(東水口門)으로부터 나와 왕심점(枉 尋店)을 지나 신촌에 이르니 곧 죽동(竹洞)에서 거리가 10여 리였다. 이미 서령의 강사에 이르러 먼저 박상사 서찰 및 내가 쓴 서봉을 전했 다. 서영께서 사람을 보내 들어오라 하셨다. 내가 방에 들어가니 서는 일어나 절했고 나는 자리를 피해 서서 그의 절이 끝나길 기다렸다가 절했다. 서영은 나에게 자리에 들라고 청했고 나는 예사(禮辭)하고 앉 았다. -(중략)- 서영께서 말씀하셨다. "『성리대전』 중의 역상(曆象) 이 야기는 유의하는가?" 내가 말했다. "10여 세 때 서전(書傳) 중 성기형 (星璣衡) 등의 주석을 다시 읽을 때 노친(老親)께서 말씀하시기를 '전배 (前輩)들은 어릴 때 이러한 문자(文字)를 이해한 사람이 많았다. 너도 능히 이해하는가?' 하셨는데 번번이 질문에 대답하고 스스로 어리석음 을 헤아리지도 못하였습니다. 이 때문에 시작하였으나 대롱으로 엿볼 뿐이라고 점점 깨달았습니다. 그래서 고금의 역사가가 이것을 논한 곳을 두루 찾았습니다. 사마천 『사기』의 사분역법(四分曆法)과 같은 것은 볼만한 것이 없습니다. 『전한서(前漢書)』의 삼통력(三統曆)은 그 가운데 빠지고 잘못된 것은 수천 년이 지나도록 교정하는 사람이 없 었습니다. 그래서 마음이 항상 갑갑하였습니다. 수년 이래에 겨우 서 양 문자 약간을 얻었으니 『혼개통헌(渾蓋通憲)』·『태서수법(泰西水法)』· 『표도설(表度說)』·『구고의(句股義)』·『환용교의(圜容較義)』 등의 문자 같은 것은 벌써 평상시에 익숙히 열람하였고, 『기하원본(幾何原本)』은 단지 사본(寫本)을 보았으며 바야흐로 당본(唐本)을 빌리기로 그 주인에서 허락을 받았을 뿐입니다." 서영께서 웃으며 말씀하셨다. "이는 바로 내가 평온하게 논의하고자 하였던 것이네 그대는 반드시 여기에 정밀하고 투철할 것이네만 산가(算家)에도 또한 일찍이 마음을 두었는가?" 내가 말했다. "『동문산지(同文算指)』·『산학계몽(算學啓蒙)』 등의 책은 일찍이 열람한 것이고 재상 최석정(崔錫鼎)의 「구수략(九數略)」도 일찍이 보았습니다. 다만 이 문자는 장합(章合)에서 나와 족히 볼만하지 않을 뿐입니다." 서영께서 말씀하셨다 "「구수략」의 장합은 나도 들었네. 대저 역상 여러 법은 모름지기 먼저 밝게 계산한 연후에 착수할 수 있는데 산법(算法)에서 방산(方算)은 어렵지 않으나 오직 원산(圓算)이 가장 어렵네 지금 서양의 팔선법(八線法)이 원산이라고 한다네." 내가 말했다 "근래에 듣건대 『수리정온(數理精蘊)』·『역상고성(曆象考成)』 등의 책은 서양의 학설을 본받아 서술하였는데 정밀함은 고금에 매우 뛰어납니다. 만약 이 책을 얻어 선각(先覺)에게 질정하셨다면 혹 한 둘을 엿볼 수 있을런지요?" 서영께서 말씀하셨다. "우리 집의 서호수를 보았는가?" 내가 말했다. "근래에 영감께 인사하려 하였습니다. 비록 만나진 못했으나 영윤(令胤)을 만나 반나절 차근하게 이야기하였습니다. 오늘 또 함께 이야기하였는데 산법을 논하는 것이 매우 정통(精通)하였습니다." 서영께서 말씀하셨다 "이 아이가 잘하지 나는 잘하지 못하네. 만약 조용히 서로 논의한다면 좋을 것일세." 그리고 신순민(申舜民)과 서로 아는 사이인지 물으셨다. 내가 말했다. "이 사람은 환유(宦遊)하는 사람으로 근세에 또한 일찍이 세 번 접하여 이야기했을 뿐입니다." 서영께서 말씀하셨다 "순민(舜民)의 박학(博學)은 미칠 수 없다네." 또 양주익(梁周翊)의 역학(易學)은 어떠한지 물으셨다. 내가 말했다. "이 사람은 제가 모르는 사람입니다. 단지 듣기로는 신정언(申正言)에 매우 미치지 못한다 하였습니다." 서영께서 말씀하셨다. "그런가?" 내가 말했다. "일찍이 감사(監可) 이기경(李基敬)을 아시는지요?"

서영께서 말씀하셨다. "이 사람은 일찍이 조행(朝行)에서 얼굴을 알았고 또 해영(海營)에서 교승(交承)한 사람이네" 내가 말했다. "이 공(公)은 경례(經禮)의 문자에 자못 능숙합니다." 서영께서 말씀하셨다. " 이 사람은 산림(山林)에 출입하는 사람이라네." 또 말씀하셨다 "조만간 마땅히 다시 경과(慶科)가 있으니 만약 다시 머물며 혹 한가한 틈을 타 다시 굽혀 가르침을 받길 바랄 수 있겠는가? 나는 상수(象數)에 매우 소략하니 만약 차근하게 토론할 수 있으면 다행이겠네. 단지 서양의 법은 고금에 으뜸이니 이른바 희화(羲和)로부터 나온 것도 아마도 터득할 것이네. 이 법이 나온 뒤에 비로소 요순전(堯舜典)의 입언(立言)이 오직 조리가 있어 십분 명백하다고 깨달았네. 또 지원(地圓)의 학설 같은 것은 지금 사람이 모두 놀라는 것이다. 그러나 『대대례(大戴札)』 중 증자(曾子)가 말한 것은 이미 심히 명백하니 해석하도다! 진한(秦漢) 이하로 학설을 제시하는 사람이 없고 단지 서법(西法)이 나온 뒤에 이르러서야 이에 황활함을 깨달을 뿐이네." 잠시 있자 이웃에서 서영이 오시길 청하는 사람이 있었다. 서영은 손님이 있다고 사절하고 가지 않았다. 나도 또한 지체에 불안하여 곧 하직하고 물러났다. 왕심점으로 길을 잡아 동대문(東大門)을 거쳐 성균관에 들어갔다. -(하략)-

「六日 乙巳」

-(上略)- 更訪正言同話 請見數理精蘊曆象考成等書 正言曰 向者說及
文主簿光道矣 今日其人適來 欲一見之否 因指之曰 此文光道也 余畧與
其人話 因請正言曰 厥冊終未可得見也 正言曰 其冊今在文主簿家矣 文
主簿曰 其冊又轉借他人矣 明日朝飯前 如欲來訪 則來也 余與朴上舍辭
出 -(下略)-

【역문】「6일 을사」[15)]

-(상략)- 재차 정언(서호수)를 찾아가 함께 이야기하며 『수리정온
(數理精蘊)』·『역상고성(曆象考成)』 등의 책을 보기를 청했다. 정언이 말
하기를 "저번에 주부(主簿) 문광도(文光道)[16)]에 대해 말씀드렸는데, 그
사람이 마침 왔으니 한 번 만나보시겠습니까?" 하였다. 이어서 그를
가리키며 말하기를 "이 사람이 문광도입니다." 하였다. 나는 대략 그
사람과 이야기를 하고 이어 정언에게 말하기를 "그 책을 끝내 얻어 볼
수 없겠습니까?"하니 정언이 말하기를 "그 책은 지금 문 주부 집에 있
습니다." 하였다. 문 주부가 말하기를 "그 책을 다시 다른 사람에게 빌
려주었습니다. 내일 아침 먹기 전에 만약 오실 수 있으면 오시지요."
하였다. 나와 박 상사(朴上舍)는 인사하고 나왔다. -(하략)-

---

15) 『이재난고』 책1, 권6, 丙戌, 四月
16) 문광도(文光道, 1727~?) : 1753년(영조 29) 음양과에 합격하였다. 정조도 인정할
   정도로 천문·역학 방면에 뛰어난 실력을 갖추고 있었다. 27세때 영조29년
   (1753)년에 열린 식년시 음양과에서 장원하였다. (『운과방목(雲科榜目)』, 英祖
   29 癸酉, 式年試)

「二十日 戊子」

-(上略)- 往謝南獻納未遇 適見有白軒集閱之 則其中潛谷碑銘云 潛谷
嘗論西洋曆法 因及古今改曆源流 如指掌 白軒又自言 自甲午用時憲曆
改大統爲時憲 一日百刻 今爲九十六刻 -(下略)-

【역문】「20일 무자」[17]

-(상략)- 남헌납(南獻納)에게 인사하러 갔는데 만나지 못했다. 마침
『백헌집(白軒集)』이 있는 것을 보고 열람했는데, 그 가운데 「잠곡비명
(潛谷碑銘)」에 이르기를 "잠곡(潛谷)은 일찍이 서양(西洋) 역법(曆法)을
논했기에 고금의 개력(改曆)한 원류(源流)에 이르러서 마치 손바닥을
가리키는 것처럼 훤했다." 하였다. 백헌(白軒)이 또 스스로 "갑오년
(1654)에 시헌력(時憲曆)을 사용하고부터 대통력(大統曆)을 고쳐 시헌
력으로 삼았다. 하루는 100각(刻)인데 지금은 96각(刻)이다." 하였다.
-(하략)-

---

17) 『이재난고』 책1, 권7, 丙戌, 七月에 수록된 글로 번역은 황윤석 저, 부산대학교
    이재난고 역주팀 역, 앞의 책, 신언, 2015.

「二十三日 辛卯」

-(上略)- 食後往新門外 歷訪元興胤甫相話 出示其少壻李君 卽今蔚珍
倅玄祚【曾爲康津 丙子余魁公都會時試官】之姪 故參判壽口從孫 因令出
示其詩 甚佳 彼云 欲得數理精蘊曆象考成二冊 須作書于大同妹兄【李察
訪心海 卽元之妹夫】使於使行時 付譯官購來 則易矣 -(下略)-

【역문】「23일 신묘」18)

-(상략)- 식후 새문[新門] 밖으로 가서 원흥윤(元興胤)을 방문하여 이
야기했는데 그의 작은 사위 이군(李君)을 나오게 하여 보여주니 바로
지금 울진(蔚珍) 사또인 현조(玄祚)【일찍이 강진(康津)을 다스렸는데 병
자년(1756) 내가 수석을 했던 공도회(公都會) 때의 시관(試官)이었다】의
조카요, 고 참판 수口(壽口)의 종손(從孫)이었다. 그리고는 그의 시를
꺼내 보이게 했는데 매우 아름다웠다. 그가 "『수리정온(數理精蘊)』과
『역상고성(曆象考成)』두 책을 얻고자 하면 모름지기 대동(大同)의 매
형(妹兄)【찰방(察訪) 이심해(李心海)가 바로 원흥윤의 매부다.】에게 편
지를 써서 가령 사행(使行) 때 역관(譯官)에게 구매해 오라고 부탁하면
쉽습니다." 하였다. -(하략)-

---

18) 『이재난고』 책1, 권7, 丙戌, 七月에 수록된 글로 번역은 황윤석 저, 부산대학교
   이재난고 역주팀 역, 앞의 책, 신언, 2015.

「與李察訪【心海】書」

 -(中略)- 竊念我東三百年 儒家者流 其於經禮詞章之學 可謂駁駁然古
道矣 惟是算數曆象 未有一二窺其藩籬 胤錫 餘暇 蓋嘗不揣 庶幾倡明表
章 以備聖朝史牒一大故事 若皇明徐光啟李之藻所建白耳 顧以眇然一後
生 處海外湖右之僻 雖覃思力索 少有影響依佈之見 而中國文籍論此者
曾不得廣閱 其中 康熙年間所撰數理精蘊曆象考成二書者 聞是冠絶古今
久矣 春間 已以此書購得之意 奉聞座下 以致題記壁間 搜問雲觀 盛意所
存 又欲使之覓諸燕市 此所深感者也 今幸座下在使价往來之路 當冬至聘
問之候 似聞欲將撥出官橐 付譯官購書以來 其視世人汲汲求田者 誠虫鵠
相懸矣 若遂不忘門屛之舊 使得一覽二書之爲快 如何如何 蓋二書 多不
過數十卷 價不過數十兩 乞於思价過去時 申囑譯官 期以必得 則胤錫謹
當待明年使還 徐圖所以奉償矣 土炭之嗜 不亦狂且迂乎 伏惟下察 謹上
候狀 丙戌七月二十五日 敎下生胤錫拜 -(下略)-

【역문】「이찰방(察訪)【심해(心海)】에게 주는 편지」19)

 -(중략)- 가만히 생각해보면 우리나라는 3백 년 동안 유가(儒家)의
무리들이 경학(經學)과 예학(禮學)과 사장학(詞章學)에 있어서는 옛 도
(道)에 쏠렸다고 할 만합니다. 오직 산수(算數)와 역상(曆象)에서는 한
두 사람도 그 울타리를 엿보지 못했습니다. 윤석 역시 여가에라도 대
개 헤아리지 못했습니다. 바라건대 밝게 표장(表章)하여 성조(聖朝) 사
첩(史牒)의 일대(一大) 고사(故事)를 갖추고자 하는 것은 황명(皇明)의

---

19) 『이재난고』 책1, 권7, 丙戌, 七月, 二十五日 癸巳에 수록된 글로 번역은 황윤석
    저, 부산대학교 이재난고 역주팀 역, 앞의 책, 신언, 2015.

서광계(徐光啟)와 이지조(李之藻)가 건백(建白)했던 일 같은 것뿐입니다. 돌아보매 보잘것없는 일개 후생(後生)이 동방[海外]의 편벽된 전라우도에 거처하고 있어 비록 꼼꼼히 생각하고 애써 찾아 어렴풋한 견해가 약간 있더라도 중국 문적에서 이를 논하는 책을 일찍이 널리 열람하지를 못했습니다. 그 가운데 강희(康熙) 연간에 편찬된 『수리정온(數理精蘊)』과 『역상고성(曆象考成)』이 두 책은 고금에 우뚝하다고 들은 지가 오래입니다. 봄 사이 이미 이 책을 구매할 뜻을 좌하께 알렸더니 좌하께서 벽(壁) 사이에 제기(題記)하고 서운관[雲觀]에게 수소문하셨습니다. 마음 잡수신 바가 또 그것을 연경 시장에서 구하게 하려하셨으니 이는 깊이 감동되는 바입니다. 이번에 다행히도 좌하께서 사신[使价]이 왕래하는 길목에 계시니 동지의 빙문(聘問)하는 때가 되면 장차 공금[官橐]을 꺼내 역관에게 부탁해서 책을 구매해 오게 하시려 한다고 들은 듯합니다. 이는 세상에서 급급히 영리[田]를 구하는 자들과 비교해보면 정말 벌레와 고니[虫鵠]처럼 현격히 차이가 납니다. 만약 마침내 집안[門屛]의 옛 친분을 잊지 않으셨다면 이 두 책을 한번보아 마음이 상쾌해질 수 있도록 해주심이 어떻겠습니까? 대개 이 두책은 많아도 수십 권에 지나지 않습니다. 값도 수십 냥에 불과합니다. 바라건대 사신이 지나갈 때 역관에게 부탁하셔서 반드시 얻을 수 있도록 기약해주신다면 윤석이 삼가 내년에 사신이 갔다가 돌아오는 때를 기다리며 천천히 값을 올릴 일을 도모하겠습니다. 편지의 기벽함은 또한 미치광스럽고 우활하지 않겠습니까? 엎드려 생각건대 살펴주십시오. 삼가 문후 편지를 올립니다. 병술년 7월 25일 가르침 아래의 생도 윤석이 재배합니다. -(하략)-

「二十九日 癸亥」

-(上略)- 尹琨及弟瑤 與尹瑒來見 尹琨甫言 其外四寸鄭喆祚【大司諫
運維子 家在京中集巨洞】庚戌生 能科文而專精曆象算數之學 以利瑪竇
遺法爲宗 今二十餘年矣 居一室 所粹西書 充衍其中 雖其弟 不許入也
自製日晷 用之測影 善治硯石 又工古畫 聞人家有西書 雖所不識卿相 必
以蹊徑 得而借出 -(下略)-

【역문】「1766년 2월 29일 계해」[20]

-(상략)- 윤곤(尹琨)과 동생 온(瑤)이 윤창(尹瑒)과 함께 보러 왔다.
윤곤이 말하기를, "외사촌 정철조(鄭喆祚)[21]【대사간 운유(運維)의 아들
인데 집은 한양의 집거동(集巨洞)에 산다.】는 경술(庚戌) 생으로 과문
(科文)에 능하고 역상(曆象)·산수학(算數學)에 전념하여 이마두가 남긴

---

20) 『이재난고』 책1, 권8, 丁亥, 二月
21) 정철조(鄭喆祚, 1730~1781) : 본관은 해주(海州) 자는 성백(誠伯), 호는 석치(石
癡)이다. 조부 정필녕(鄭必寧), 부친 정운유(鄭運維)가 모두 문과에 급제한 명문
가에서 출생했다. 1774년(영조 50) 문과에 급제하였으며, 홍대용(洪大容)과 함
께 김원행(金元行)의 문하에서 수학하였다. 당파는 소북이지만 당파에 구애 없
이 많은 이들과 교유하였다. 인척관계였던 박지원(朴趾源)을 비롯하여 박지원의
문인이었던 이덕무(李德懋), 박제가(朴齊家), 이서구(李書九), 유득공(柳得恭) 등
과 친하게 교유하였다. 박지원의 아들 박종채에 따르면 정철조는 각종 기계에
관심이 많아 손수 제작하고 시험하여 세상에 쓰이도록 했다고 한다. 서학에도
조예가 깊었고 서학 서적을 많이 소장한 것으로 유명하였다. 서학에 조예가 깊
었던 이가환(李家煥)은 그의 매제이다. 정철조를 만나 천문이나 수학에 대해 토
론했던 황윤석은 정철조가 마태오 리치가 교유했던 서광계가 이지조보다 더 뛰
어난 학자이며 그가 만든 천문기기는 역사책에 기록될 것이라고 칭송하였다.
정철조에 대해서는 안대회, 「조선의 다빈치, 정철조(鄭喆祚)」, 『문헌과 해석』
36, 2006 참조.

법을 종(宗)으로 삼은 지 지금 20여 년이 되었습니다. 방 한 칸에 거처하면서 모은 서양 책이 그 방안에 가득 넘쳤는데, 비록 자기 동생이라도 들어오지 못하게 합니다. 스스로 해시계[日晷]를 제작하여 그것을 가지고 해 그림자를 측량합니다. 벼루를 잘 깎고 또 옛 그림에 뛰어났으며, 다른 사람의 집에 서양 책이 있다는 소리를 들으면 비록 알지 못하는 경상(卿相)이라도 반드시 지름길을 이용하여 가서 빌려옵니다." 하였다. -(하략)-

「十九日 壬子」

-(上略)- 昨日鄭令云 聞尊精通算學 旁及星曆 古云 算學可以前知 此說
是否 或言隔壁知酒肉 或言算棗知顆枚 何也 余曰 此皆古人欲神其事 爲
其說耳 天下豈有理外物哉 若曰卜筮測知則幾矣 算數則惟據其可據者 知
其可知者 近世西洋算法 千古所罕 而其說 亦痛斥邪論 以爲欺誣矣 鄭令
曰 尊言是矣 且如量倉算栗亦以其尺積及斗斛損數 推算焉耳 若不均斗斛
大小 只憑尺積而可知 則此亦理外也 余曰 此古聖所以同律度量衡也 夫
惟齊同然後 可以擧一而測三 不然雖隷利瑪竇 亦無由坐致矣 -(下略)-

【역문】「19일 임자」[22]

-(상략)-어제 정 어르신이 말하기를 "당신은 산학(算學)에 정통하고
성력(星曆)까지 미친다고 들었습니다. 옛사람들이 말하기를 산학을 하
면 미리 알 수 있다고 하는데 이 얘기가 맞습니까? 혹은 말하기를 벽
으로 막혀 있어도 술과 고기를 안다고 하고, 혹은 말하기를 대추나무
를 계산하여 대추가 몇 개인지 안다고 하던데, 무슨 말입니까?" 하였
다. 내가 말하기를 "그런 것은 모두 옛날 사람들이 그 일을 신기하게
하려고 그런 말을 만들었을 뿐입니다. 천하에 어찌 이치 밖의 사물이
있겠습니까? 만약 점으로 추측해서 안다고 한다면 가깝습니다. 산수
는 오직 근거할 만한 것에 근거하고, 알 수 있는 것을 아는 것입니다.
근세의 서양 산법은 천고에 드문 것이나 그 설 또한 사론(邪論)이라
여겨 통렬히 배척하였습니다." 하였다. 정 어르신은 "당신 말이 맞습
니다. 창고를 헤아려 곡식을 계산하는 것 역시 척적(尺積) 및 두곡(斗

---

22) 『이재난고』 책1, 권8, 丁亥, 四月

斛)에서 줄어든 수로써 추산하는 것뿐입니다. 만약 두곡의 크기에 얽매이지 않고 단지 척적에 의지하여 알 수 있다면 이 역시 이치 밖의 일입니다." 하였다. 나는 "이는 옛 성인들이 율도량형을 같게 하신 까닭입니다. 무릇 나란히 하고 같아진 연후에 하나를 들어 셋을 측정할 수 있습니다. 그렇지 않으면 비록 이마두(利瑪竇)를 시킨다고 해도 역시 쉽게 얻을 길이 없습니다." 하였다. -(하략)-

「二十四日 丁巳」

-(上略)- 嚴上舍與其再從兄健中來話 半日 又復少佐亭臯綠陰中 乃別
頃囑嚴上舍自製西羊矩度以來 蓋其手藝精絶 優於工家 故指授制作矣 至
是製來 更令分墨懸錘 得早晚持來 -(下略)-

【역문】「24일 정사」[23]

-(상략)- 엄상사와 그 재종형(再從兄) 건중이 와서 이야기하였다. 한
나절을 또 잠시 정자 언덕의 녹음(綠陰) 속에 앉아 있다가 이내 헤어
졌다. 근자에 엄상사에게 직접 서양 구도(矩度)를 만들어 가지고 와달
라고 부탁했다. 대개 그의 손재주가 정교하여 장인[工家]보다 나으므로
제작을 부탁한 것이다. 이번에 만들어 왔기에 재차 먹줄로 구분하고
추(錘)를 달아서 머지않아 가져오게 하였다. -(하략)-

---

23) 『이재난고』 책1, 권8, 丁亥, 四月

「八日 戊辰」

○ 談及古今文章經禮 轉至曆象算數之說 而曰一自西洋人 入中國以
來 其說又東來 而今人鮮窺其涯 惟洪量海 當爲第一 方居洪州 徐浩修得
燕市購來律一書 及洪因人請借 即擧全帙遺之 不獨暫借而已 京城中路文
光道 曾經主簿 能算交蝕者 亦學算數於洪 如幾何原本一書 皆洪所敎 而
徐亦學於文光道 略有聞見云矣 方今觀象監二十四員 無一人能算交蝕者
相與聚合祿料 以爲文光道衣食之者 借手惟算 渠輩則備員而已 -(下略)-

【역문】「8일 무진」24)

○ 고금의 문장·경례(文章·經禮)를 말하다가 역상·산수의 설로 이야
기가 옮겨갔다. 말하기를 "서양인이 중국에 들어간 이래 그 설이 다시
우리나라로 왔는데, 지금 사람 중 그것을 잘 아는 사람이 드뭅니다.
오직 홍양해(洪量海)25)가 마땅히 제일이 되는데 지금 홍주(洪州)에 머
물고 있습니다. 서호수가 연시(燕市)에서 율(律)에 관한 책을 사가지고
왔는데 홍양해가 다른 사람을 통해 빌리길 청하자, 바로 전질을 보내
주었는데 잠깐 빌린 것이 아니었습니다. 서울에 사는 중인[中路] 문광
도는 일찍이 주부를 지냈습니다. 일식과 월식을 계산하는데 능한 자
로 또한 산수를 홍양해에게 배웠습니다. 『기하원본(幾何原本)』과 같은

---

24) 『이재난고』 책2, 권9, 丁亥, 十二月
25) 홍양해(洪量海, ?~?) : 산림 학자이다. 정조는 집권 후 척리 제거를 표방하며 홍
봉한(洪鳳漢)과 김구주(金龜柱)의 양 외척당을 와해시켰다. 동시에 외척 내지
부마세력과 연결하여 권력을 유지하였던 홍계희(洪啓禧) 집안과 김상로(金尙
魯)·정후겸(鄭厚謙)·홍인한(洪麟漢) 등 이른바 노·소 탕평당 계열은 물론 이에
동조했던 이들도 제거하였다. 홍계희의 인척이었던 홍인한도 역모사건과 연루
되어 사형되었다.

책도 모두 홍양해가 가르친 것이고, 서호수 역시 문광도에게 배워서 대략 듣고 본 것이 있을 것이라고 합니다. 지금 관상감 24인 중에는 한 명도 능히 교식(交蝕)을 계산할 자가 없으니 서로 녹료(祿料)를 모아 문광도가 생활할 수 있게 하고는 문광도의 손을 빌려 계산하니, 그 무리는 관원의 수효만 채울 뿐입니다." 하였다. -(하략)-

「九日 己巳」

　昨夜仁叔言得見數理精蘊否 近者問之 觀象官則曰 本監無之矣 李君英
玉曰 此冊京有四件 一則徐命膺家 則李孟休家 一則洪啟禧家 其一則忘
之矣 幾何原本 則元義孫家有之矣

【역문】「9일 기사」[26]

　어젯밤에 인숙에게 『수리정온(數理精蘊)』을 볼 수 있느냐고 말하였
다. 근래에 『수리정온』에 관해 물으니 관상감(觀象監)의 관원이 말하
기를 "본 감영에는 없다."라고 하였다. 이영옥(李英玉)은 말하기를 "이
책은 한양에 4건 있는데 하나는 서명응(徐命膺)의 집에 있고, 하나는
이맹휴(李孟休)의 집에 있으며 하나는 홍계희(洪啟禧)의 집에 있고, 하
나는 유실되었습니다. 『기하원본(幾何原本)』은 원의손(元義孫)의 집에
있습니다." 하였다.

---

26) 『이재난고』 책2, 권9, 丁亥, 十二月

「十二日 壬申」

-(上略)- 上舍曰 曾見數理精蘊乎 余曰 求之有年 尚未遂意耳 上舍曰 此亦尚未得見矣 曾識梁周翊乎 余曰 聞其名而未識面矣 上舍又問 曾識申景濬乎 余曰 與之尚識矣 上舍又問 二人如何 余曰 梁則美及相識 只見其科作而已 申則能古文詞該朴鮮比 在南中文官 蓋無與并者矣 -(下略)-

【역문】「12일 임신」[27]

-(상략)- 홍상사가 "일찍이 『수리정온(數理精蘊)』을 보았는가?" 하기에 내가 "여러 해 구하였으나 아직 그 뜻을 이루지 못하였을 뿐이다" 하였다. 홍상사가 "나 또한 오히려 아직 볼 수 없었다. 일찍이 양주익(梁周翊)을 알고 있었는가?" 하였다. 내가 "그 이름은 들었으나 아직 얼굴은 알지 못한다." 하였다. 홍상사가 또 묻기를 "일찍이 신경준(申景濬)을 알고 있었는가?" 하니 내가 "그와는 서로 아는 사이이다." 하였다. 상사가 또 묻기를 "두 사람과는 어찌 되는가?" 하니 내가 "양주익은 미처 서로 알지 못하고 다만 그 과작을 보았을 뿐이다. 신경준은 고문사(古文詞)에 능하고 해박하기가 견줄 자가 드물다. 남중 문관 중에 대개 그와 나란히 할 자가 없는 것이다." 하였다. -(하략)-

27) 『이재난고』 책2, 권9, 丁亥, 十二月에 수록된 글로 번역은 황윤석 저, 부산대학교 이재난고 역주팀 역, 앞의 책, 신언, 2015.

「二十日」

題西洋畫簇

彼形形 是眞是假 彼色色 是腐是神 有人焉 仙耶佛耶魔耶 抑西儒天主
氏 將其人耶 其道載乎實義而吾不觀 其數具乎幾何而吾有取 噫不先振之
邈以遠矣 按同文通憲之遺 而吾誰與 噫崇禎戊辰後百四十一年春季 海東
頤齋

【역문】「이십일」28)

서양 그림 족자에 쓰다.

저 모양은 진짜인가, 가짜인가. 저 색깔은 진부한 것인가, 신묘(神
妙)한 것인가. 그림에 있는 사람은 신선인가, 부처인가, 귀신인가. 그
렇지 않다면 서양 선비 천주(天主)씨 그 사람인가. 그 도는 『천주실의
(天主實義)』에 실려 있는데, 나는 보지 못했고, 그 사람의 수(數)는 『기
하원본(幾何原本)』에 갖춰져 있는데 내게 그 책이 있다. 아! 앞서 떨치
지 못하였으니 멀리서 맞아들였다. 생각건대 『동문산지(同文算指)』29)·
『혼개통헌도설(渾盖通憲圖說)』30)의 가르침을 나는 누구와 함께 해야

28) 『이재난고』 책2, 권9, 戊子, 正月
29) 『동문산지(同文算指)』: 이지조(李之藻, 1565~1630)가 마태오 리치(Matteo Ricci)
   등 선교사들로부터 수강한 내용과 독일 수학자 클라비우스(C Clavius)의 『실용
   산술개론(實用算術概論)』(Epitome Arithmeticae Practicae, 1585)을 참고해 1614
   년에 편찬·출간하였다 전편(前編) 2권과 통편(通編) 8권, 별편(別編)으로 구성되
   었으며, 서구의 필산법(筆算法)을 처음으로 소개하고, 중국의 전통수학과 서구의
   근대수학의 결합을 시도하였다. (정수일, 『실크로드 사전』, 창비, 2013 참조)
30) 『혼개통헌도설(渾盖通憲圖說)』: 클라비우스(Christoph Clavius, 1538~1612)의
   아스트로라브 해설서 『아스트롤라븀(Astrolabium)』(1593)의 번역서이다. 아스
   트로라브는 14세기에 기계식 시계가 고안되기 전까지 가장 정확한 천문시계

하는가. 아! 숭정(崇禎) 무진년(戊辰, 1628년)의 141년 후(1769년) 봄,
해동의 이제(頤齋)가 쓰다.

___

였다. 명말 학자 이지조(1569~1630)와 마태오 리치에 의해 1607년 번역되었고
『사고전서』에도 수록되었다.

「十四日 庚午」

○ 西洋行太初曆 卽顓頊四分曆也【起上元甲寅 ○ 武帝太初元年丁
丑】周天三百六十五度【日度四分】斗分一【即萬之二千五百分】劉歆造三
統曆 冬至日在牛初度【起上元丙子私造而未行 盖與太初曆大同而小異
耳】周天三百六十五度【統德一千五百三十九分 即度法 】斗分三百八十
五【即萬之二千五百 ○ 一分六二四四】-(下略)-

【역문】「14일 경오」31)

○ 서양에서 태초력(太初曆)을 행하니 곧 전욱력(顓頊曆)·사분력(四
分曆)32)이다.【상원(上元)33)은 갑인(甲寅)에서 시작된다. ○ 무제(武帝)
태초 원년은 정축(丁丑)이다.】주천(周天)34)은 365도이다.【1도는 4분】두

---

31) 『이재난고』 책2, 권10, 戊子, 六月
32) 전욱력(顓頊曆)·사분력(四分曆) : 전욱력과 사분력은 옛 중국 역법으로 1년을
    365와 1/4로 한다 전욱력은 주(周) 말년에 이미 만들어졌으며 진(秦) 통일 이후
    에는 전국에 시행되었다. 고사분력(古四分曆)이라고도 한다. 사분력은 후한(後
    漢) 장제 원화2년(85)에 만들어진 것이다 기존 태초력(삼통력)의 부정확함을 수
    정하기 위한 것으로 1년을 365와 1/4로 하였기에 사분력이라고 하였다. 사분력
    이 시행되면서 간지기년이 일반화되었다. (김만태, 「간지기년(干支紀年)의 형성
    과정과 세수(歲首)·역원(曆元) 문제」, 『정신문화연구』 38권 제3호, 한국학중앙
    연구원, 2015, 62쪽.)
33) 상원(上元) : 상원은 상고 시대의 역법이다. 태초란 천지가 만들어진 시각을 말
    한다. 한나라 무제(武帝) 때인 기원전 104년에, 상원의 태초를 추산하여 4617년
    전에 태초가 시작되어 완전히 한 바퀴 돌았다고 하여 그해를 태초 원년으로 정
    한 다음 새롭게 역법을 시작하였다. 그래서 이 태초 원년을 역(曆)의 원점으로
    정한 것이다. 『사기(史記)』, 「율력서(律曆書)」에서는 태초(太初) 원년 갑인(甲寅)
    을 역법의 기점으로 삼았다.
34) 주천(周天) : 해·달·별이 궤도를 일주하는 일.

분(斗分)35)은 1이다. 【즉 만 분의 2는 1,500분이다.】 유흠(劉歆)이 삼통력(三統曆)36)을 만들었다. 동짓날이 우초도(牛初度)에 있다. 【상원(上元) 병진년에 사사로이 만들었으나 행하지는 않았다. 대개 태초력과 대동소이할 뿐이다.】 주천은 365도이다. 【총덕 1539분이 곧 도법이다.】 두분은 385이다. 【곧 만 분의 2는 1,500 ○ 1분 6,244이다.】 -(하략)-

35) 두분(斗分) : 주천도 36525도에서 정숫값인 각 수도(宿度)의 합 365도를 뺀 나머지 025도를 두수(斗宿)에 보탠 것이다.
36) 삼통력(三統曆) : 태초력(太初曆)이라고도 한다. 등평(鄧平)·낙하굉(落下閎)의 81분력이다. 이후 유흠에 의해 증보되면서 삼통력(三統曆)으로 이름이 바뀌었다 (김만태, 앞의 논문, 2015, 65쪽)

「十一日 丙申」

-(上略)- 義盈陪使令一名 冠帶直一名 衣裝直一名 與留仕使令一名
請坐來待 朝飯後發行 歷入水標橋尹兵使 訪公州尹監察昌鼎 則驚喜延入
曰 故來尋訪 此眞深情也 一別十年 寧不驚喜 尊丈氣候 近又若何 邊山
同遊 倏忽如故事 其時同行金碩士【即天若欽甫】亦無善否 余曰 奉拜久矣
近因尹別檢陽昇 得聞下處在此而來耳 尹監察曰 尊丈年紀 加我二年 氣
力想已衰矣 頃年湖營薦剡 亦一公論 而只今尙爲休紙 豈不可歎 尊則一
命 今已內邊 亦足幸矣 未如尙守利瑪竇地圓之說乎 余笑曰 此非牢執一
隅之見也 其說有理 似與心契矣 尹監察曰 若如其說 則地面正在天腰 而
不成春秋分矣 余曰 豈有是理 但據其說 地心偏於天心 不在正中 故春秋
分 有黃赤二道之殊 赤道二分者 平節氣也 自漢至明 曆法之所紀也 黃道
二分者 定節氣也 今所用時憲之所紀 而利氏之遺法也 -(中略)- 是時相別
轉訪李子庸潤父兄弟相話 聞海興君【文官李命勳父】家 有數理精蘊一帙
囑其借出 -(下略)-

【역문】「11일 병신」[37]

-(상략)- 의영(義盈)의 배사령(陪使令) 1명 관대직(冠帶直) 1명 의장직
(衣裝直) 1명이 사사령(仕使令) 1명과 함께 머물렀다. 출석을 요구하여
와서 기다렸는데 아침을 먹은 뒤에 출발해 갔다. 수표교(水標橋) 윤병
사(尹兵使)의 집에 들렀고 공주 감찰(監察) 윤창정(尹昌鼎)을 방문했더
니 놀라고 기뻐하면서 맞이하여 들어가며 말했다. "일부러 찾아왔으

---

37) 『이재난고』 책2, 권10, 戊子, 七月에 수록된 글로 번역은 황윤석 저, 부산대학교
　　이재난고 역주팀 역, 앞의 책, 신언, 2015.

니 이는 참으로 깊은 정입니다. 한 번 이별하고 십년 만이니 어찌 놀랍고 기쁘지 않겠습니까? 존장의 건강은 요즘 어떻습니까? 변산(邊山)에서 함께 놀았는데 어느새 옛일인 듯합니다. 그때 함께 갔던 김석사(金碩士)【곧 천약(天若) 흠보(欽甫)】도 역시 탈이 없으신가요?" 나는 "인사드린 지 오래되었습니다. 근래에 별검(別檢) 윤양승에게서 하처(下處)가 여기에 있음을 듣고 올 수 있었을 뿐입니다." 했다 윤감찰이 말했다. "존장께서는 연세가 나보다 두 살을 더하시니 생각건대 기력이 이미 쇠했을 것입니다. 지난해에 호남감영에서 천섬(薦剡)했던 것은 역시 공론이었지만 지금은 오히려 휴지가 되었으니 어찌 한탄스럽지 않겠습니까? 당신이 일명(一命)으로 지금 이내 내천(內遷)한 것은 역시 다행스러운 것입니다. 알지 못하겠습니다만 아직도 여전히 이마두(利瑪竇)의 지원설을 믿습니까?" 나는 웃으면서 "이는 우물 안 개구리의 좁은 견해가 아닙니다. 그 설에는 이치가 있으니 마음속으로 맞다고 여길 법합니다." 했다. 윤감찰은 "만약 그 설과 같다면 땅의 표면은 바로 하늘의 허리에 있고 춘분과 추분을 이루지 못할 것입니다." 했다. 나는 말했다. "어찌 이 이치가 단지 그 설에 근거하겠습니까? 지축은 천축에서 기울어져 있습니다. 정 중앙에 있지 않기 때문에 춘분과 추분에 황·적 2궤도가 차이가 있습니다. 적도(赤導)를 2등분하는 것은 평절기(平節氣)이니 한나라로부터 명에 이르기까지 시헌력(時憲曆)의 근간이 되었습니다. 황도(黃導)를 2분하는 것은 정절기(定節氣)인데 지금 쓰는 시헌력의 근간이고 마태오 리치가 남긴 방법입니다." -(중략)- ○ 이때 서로 헤어지고 방향을 돌려 이자용(李子用) 윤보(潤父) 형제를 방문하여 이야기했다. 듣건대 해흥군【문관 이명훈(李命勳)의 아버지】의 집에 『수리정온(數理精蘊)』 1질이 있다고 하여 그가 빌려다 주기를 부탁했다. -(하략)-

「十二日 丁酉」

-(上略)- 又言西洋時憲曆法 當今士大夫汨沒科宦 無一人留意寓目者 而此係國朝史記中所當編入者 不可忽也 況大明崇禎年間 已啓此法源委 而明史 未及詳焉 吾欲得此書 以之修正明史 因備國朝典故 而無可得處 爾則於觀象官員輩 想有親熟者 亦須借送可也 -(下略)-

【역문】「11일 정유」38)

-(상략)- 또 서양 시헌력법(時憲曆法)에 대하여 말하겠습니다. 당대 사대부들은 과거[科宦]에 골몰하여 [시헌력을] 유의하거나 주목하는 사람이 한 사람도 없습니다. 그러나 이것은 국가의 역사 기록[國朝史記] 가운데 마땅히 편입되어야 할 것과 관계되는 것이므로 소홀히 할 수 없습니다. 하물며 명나라 숭정(崇禎) 연간에 이미 그 법의 본말이 열린 것이니 어떠하겠습니까. 그런데 『명사(明史)』에서는 상세히 다루지 않았습니다. 나는 이 책을 얻어서 『명사』를 수정하고, 인하여 국조(國朝)의 전고(典故)를 갖추고자 하는데 얻을 수 있는 방도가 없습니다. 생각건대, 그대가 관상감(觀象監) 관원 중에 친숙한 자들이 있을 것이니 반드시 빌려서 보내주면 좋겠습니다. -(하략)-

---

38) 『이재난고』 책2, 권10, 戊子, 七月

「二十日 乙巳」

-(上略)- 是夕 金德峻送其少子章欽來納新法曆引一冊【崇禎湯若望等
所撰也】

【역문】「20일 을사」[39]

-(상략)- 이날 저녁 김덕준(金德峻)이 그의 작은 아들 장흠(章欽)을
보내『신법역인(新法曆引)』[40] 1책을 주었다.【숭정 연간 탕약망(湯若望)
등이 편찬한 것이다.】

---

39)『이재난고』책2, 권10, 戊子, 七月
40)『신법역인(新法曆引)』: 아담샬이 명나라 말기에 로(羅雅谷, Giacomo Rho,
   1593~1638)가 편찬한『曆引』에 근거하여 개편한 것으로 두 책의 내용은 완전
   히 같지는 않다.『신법역인』이 유통되면서 명나라 판본『曆引』이 점차 자취를
   감추었다. 아담샬이 개편한『신법역인』은 문장이 비교적 유려하고 순서 역시
   역법의 논리성에 합치되지만, 서법(西法)을 소개하는 방식에 있어『曆引』과 차
   이가 있다. (주핑이,「서울대학교 규장각 소장『崇禎曆書』와 관련 사료 연구」,
   『규장각』34, 2009, 240쪽.)

「二十一日 丙午」

　-(上略)- 按新法曆引者 即崇禎中 徐光啟李天經與西洋人湯若望羅雅
谷等 修正舊法 測定新法 將改大統曆 其略見于是書 -(中略)- 並擧本原
明其所以然之理 可謂卓絶千古 落下閎 僧一行 郭守敬 無足論也

【역문】「22일 병오」[41]

　-(상략)- 『신법역인(新法曆引)』은 숭정 연간에 서광계(徐光啓)·이천
경(李天經)과 서양인 탕약망(湯若望)·나아곡(羅雅谷) 등이 옛 법을 수정
(修正)하고 새로운 법을 측정(測定)한 것으로 이후 대통력(大統曆)을 고
쳤다. 그 대략을 이 글에서 볼 수 있다. -(중략)- 모든 본원(本原)을 거
론하며 그것이 그러한 이치를 밝혔으니 천고에 탁월하다고 할 만하
다. 낙하굉(落下閎)·승려 일행(一行)·곽수경(郭守敬)은 논할 것이 없다.

---

41) 『이재난고』 책2, 권10, 戊子, 七月

「二十九日 甲寅」

-(上略)- 是朝余出直 向泮中歷訪文主簿光道于禁府後洞 則典醫監洞
西邊僻巷也 聞其以金領相【致仁】別薦方爲天文學兼敎授 余語及曆象說話
因及幾何原本弧弦之說 彼云 此冊六篇 或作三卷 方今桂洞洪家及李上舍
用休家有之 誠至貴難得之書也 洪主卽洪量海 又是一代算學之最也 余曰
世有郭守敬 則有許魯齊 有利瑪竇熊三拔 則有徐光啓李之藻 今尊於此學
深矣 亦有並世可對者乎 彼答曰 少也 不無管見 而今年四十二矣 精神衰
減 何足論也 -(下略)-

【역문】「29일 갑인」[42]

-(상략)- 이날 아침 숙직을 하고 나와 성균관[泮中] 쪽으로 가서 의
금부(禁府) 후동(後洞)에 사는 주부 문광도를 방문하였는데 전의감동
(典醫監洞) 서쪽변의 후미진 마을이다. 들으니 그 사람은 영상 김치인
이 특별히 천거하여 천문학겸교수(天文學兼敎授)로 삼았다고 한다. 내
가 역상에 대해 말하다가『기하원본』의 '호현지설(弧弦之說)'[43]을 이야
기하게 되자, 문광도가 말하기를, "이 책은 6편인데 어떤 것은 3권으
로 만들어졌습니다. 지금 계동(桂洞) 홍씨 집안과 상사(上舍) 이용휴(李
用休)가 가지고 있는데 진실로 지극히 귀하고 얻기 힘든 책입니다. 홍
씨는 홍양해(洪量海)입니다. 이 책은 일대의 산학(算學)서 가운데 최고
입니다." 하였다. 내가 말하기를 "세상에 곽수경(郭守敬)이 있어 노재
(魯齊) 허형(許衡)이 있었고, 이마두(利瑪竇)·웅삼발(熊三拔)이 있어 서

---

42)『이재난고』책2, 권10, 戊子, 七月
43) 호현지설(弧弦之說) : '호현'은 원 위의 두개의 점을 곡선으로 이은 선분과 직선
    으로 이은 선분을 말한다.

광계(徐光啓)·이지조(李之藻)가 있었습니다. 지금 그대가 이 학문에 조예가 깊은데 세상에 필적할만한 자가 있습니까?" 하였다. 문광도가 대답하기를 "소싯적에는 관견이 없지 않았지만, 올해 42세가 되었으니, 정신이 쇠락한 것이야 논할 것이 무엇이 있겠습니까." 하였다. -(하략)-

「四日 己未」

-(上略)- 是日 李子用潤父兄弟 座上相話時 潤父言 李上舍用休家 在
小貞陸洞 有幾何原本一帙 徐當躬往借示 -(下略)-

【역문】「4일 기미」[44]

-(상략)- 이날 이자용·윤부 형제와 자리에 앉아 함께 대화할 때 윤
부가 말하였다. "상사 이용휴의 집이 소정육동(小貞陸洞)에 있는데
『기하원본』한 질이 있다고 하여 서호수(徐浩修)가 직접 가서 빌려다
가 보여주었습니다." 하였다.

---

[44] 『이재난고』책2, 권10, 戊子, 八月

「曆引跋」

曆引跋【七月始直本庫 則吏曹書吏金德峻得是卷来呈 本庫書員池營老
金興大等 褙起裝畢 余又爲之跋語 追錄】新法曆引一卷 二十七章 蓋論曆
理本原 而韓相興一 所購到也 昔崇禎中 徐光啟 李天慶 與西儒熊三發
湯若望 羅雅谷諸人 奉勅修正大統法 是書作於其時 新法旣成 毅宗將頒
之天下 竟爲虜中所攘 今稱時憲者 是爾 世人知尊大統 而外時憲可矣 苟
因其所外而思夫出於所尊 則豈不益釜鬵之感乎 抑西法 傳諸我東 而行之
者 昉自潛谷金文貞公 其諸孫有曰大谷子 名錫文 字炳如 所著易學二十
四圖解 自謂決千古之疑 闡萬世之眞 又有待於子雲之知也 余讀其書 想
其人實非昔賢佞臣 要之 元明以下所希覯者 若曆象元會之說 雖兢兢以邵
利爲歸 然亦有時喝祖 噫我東 得有斯人耶 顧平生祿仕 書且僅不失傳 當
宁丙午 其年六十九 則余幼時殆並世矣 而未之及也 歲戊子 自莊陸遷義
盈奉事 按壁記有其名若序 余職亦其職 矧又適得是書哉 遂識于此 庶有
知其不偶然者 黃永叟識

【역문】『신법역인(新法曆引)』 발45)

　『신법역인(新法曆引)』 발(跋)【7월에 비로소 본고(本庫)에 당직하니 이
조서리 김덕준(金德俊)이 이 책을 구해 와서 바쳤다. 본고 서원(書員)
지영로(池永老)와 김흥대(金興大) 등이 배접해서 겉피하기를 마쳤다. 내
가 다시 그 발문을 지어 추록한다.】『신법역인』 1권 27장은 대개 역리
(曆理)의 본원을 논했는데 재상 한흥일(韓興一)이 사서 온 것이다. 옛날
숭정(崇禎) 중에 서광계(徐光啟)·이천경(李天慶)이 서양에서 온 학자 웅

45) 『이재난고』 책2, 권11, 戊子, 八月, 十六日, 辛未

삼발(熊三發)·탕약망(湯若望)·나아곡(羅雅谷) 등 여러 사람이 황제의 명을 받아 대통법(大統法)을 수정(修正)했다. 이 책은 그때 지어졌는데 신법(新法)이 완성되어 의종(毅宗)이 세상에 반포하려 하였는데 때마침 오랑캐에게 빼앗기게 되었다. 요즘 시헌력(時憲曆)이라 하는 것이 바로 이것이다. 세상 사람들이 대통(大統)을 높일 줄을 알지만, 시헌력이 옳다는 것을 외면하는 것은 당연하다. 진실로 그들이 외면하는 바가 높은 바에서 나왔다고 생각한다면 어찌 더욱 부심(釜鬻)하는 감정이 생기지 않겠는가. 서법(西法)이 우리나라에 전해지고 행해진 것은 바로 잠곡(潛谷) 김문정공(金文貞公)으로부터 시작되었다. 그 여러 자손 중 대곡자(大谷子)는 이름이 석문(錫文)이고, 자는 병여(炳如)로『역학이십사도해(曆學二十四圖解)』를 지었다. 스스로 '천고의 의문을 해결하고 만세의 진실을 뚫었으니 또 후세의 훌륭한 사람[子雲]이 알아줌이 있을 것이다.' 하였다. 나는 그의 책을 읽고 그 사람이 실로 옛날 현인이나 아첨하는 신하는 아닐 것으로 생각했다. 요컨대 원명(元明) 이하에 만나기 드문 사람으로 역상(曆象)에서 원회(元會)의 설과 비슷했다. 비록 조심스럽게 소옹(邵雍)과 이마두(利瑪竇)를 귀결점을 삼았지만, 역시 때로는[그들]을 비난하는 경우도 있었다. 아! 우리나라에 이런 사람이 있을 수 있었을까? 되돌아보건대 평생 벼슬해서 책이 겨우 실전(失傳)함을 면한다. 당저(當宁) 병오(丙午)년에 그의 나이 69살이었으니 내가 어릴 때 곧 살아 있었지만 만나지 못했다. 병자년에 장릉으로부터 의영의 봉사(奉事)로 옮겨와서 벽의 기록에 그의 이름이 이름과 서문을 살펴보았는데 내 직분이 곧 그의 직분이었다. 더구나 다시 이 책을 때마침 얻게 된 데에서랴! 마침내 여기에 기록하니 어쩌면 우연한 것이 아님을 앎이 있는 것이다. 황영수(黃永叟) 씀

「十七日 壬申」

-(上略)- 送奴馬于李潤父 申以書懇請 往李用休家 此送幾何原本一帙
○ 午間日暖 ○ 李潤父 歷訪李用休覓幾何原本則云 其子家煥 得諸其妻
甥鄭喆祚 看過一月還之 乃訪鄭喆祚 覓之則云 非幾何原本 乃數理精蘊
而觀象官李德星所有也 借留多時 渠亦聞余先聲 切願一面 商議數理之微
又許盡借送示潤父 乃袖一卷 以來示余 乍話將去 余要留話一夜潤父云
明曉有忌故不可留也 明日夕後 當來話矣因去 又云 李德星 與文光道 方
製地平經緯儀 而鄭君實主張焉 李德星 十月將隨使行入燕京 燕京有西洋
人劉松岭者來住 年可六七十 洪啟禧 入燕嘗得一見 歸言 其人瀟落不俗
如古圖像中 列仙鍾離權 呂洞賓之流 其中所蘊 必非凡人所可測者 我國
人 往往聞風往見 而無一辭可發其意者 彼輒爲之皺眉 蓋憫其愚昧不靈耳
又被我人多索圖出寶貨尤以爲苦

【역문】「17일 임신」[46]

-(상략)- ○ 종과 말을 이윤보에게 보내어 거듭 편지로 이용휴의 집
에 가서 『기하원본』 1질을 빌려오기를 간청했다. ○ 점심 무렵 날씨
가 더워졌다. ○ 이윤보가 이용휴를 방문하여 『기하원본』을 찾았더니
'그의 아들 가환(家煥)이 그 처남 정철조(鄭喆朝)에게 그것을 얻어 1달
을 보고 난 뒤에 그것을 돌려주었다.'라고 한다. 곧 정철조를 방문하
여 그것을 찾았더니 '『기하원본』이 아니라 『수리정온』으로 관상관(觀
象官) 이덕성(李德星)의 소유였다. 오랫동안 빌려와 가지고 있었는데

---

46) 『이재난고』 책2, 권11, 戊子, 八月에 수록된 글로 번역은 황윤석 저, 부산대학교
  이재난고 역주팀 역, 앞의 책, 신언, 2015.

그도 역시 내가 찾고 있다는 소식을 듣고 한 번 만나 수리(數理)의 미묘함을 서로 의논해 보기를 간절히 원했다.' 한다. 또 윤보에게 모두 빌려주어서 보여주기를 허락하였다 곧 한 권을 가져와서 나에게 보여주었는데 잠깐 이야기하다 돌아가려 했다 내가 하룻밤 동안 머물면서 이야기하기를 요청했지만, 윤보는 '내일 새벽에 제사가 있어서 머물 수 없다.' 했다. 다음날 저녁 식사 후에 마땅히 와서 이야기하겠다고 하고 곧 갔다. 또 이덕성(李德星)이 문광도(文光道)와 함께 그 즈음에 지평경위의(地平經緯儀)를 제작했는데 정실(鄭實) 군이 주장했다고 한다. 이덕성은 10월에 사행을 따라 연경에 들어갈 것이다. 연경에는 서양인 유송령(劉松岭)이라는 사람이 와서 살고 있었는데 나이는 60~70쯤 되었다 홍계희(洪啟禧)가 연경에 들어가 만난 적이 있었는데 돌아와서 "그 사람은 깨끗하고 속되지 않아 마치 옛 도상(圖像) 중에 늘어놓은 신선으로 종리권(鍾離權) 여동빈(呂洞賓)의 류와 같았다. 그가 마음속에 품고 있는 것은 틀림없이 보통사람이 헤아릴 수 있는 것이 아닐 것이다. 우리나라 사람들이 가끔 소문을 듣고 갔지만, 한마디도 그의 의도를 드러낼 수 있었던 경우가 없었다. 그는 문득 그 때문에 눈썹을 찌푸렸으니 아마 그 우매하고 열리하지 못함을 우려했기 때문일 뿐이다. 또 우리 쪽 사람들이 그림을 찾고 보화를 꺼낼 것을 많이 요구해 더욱 괴로워했다." 했다. -(하략)-

「二十一日 丙子」

　-(上略)- 鄭曰 曾見幾何原本否 余曰 曾見一二卷 而未究其說 此所願
見者也 鄭曰 此止算數否 余曰 豈止此也 凡物有長短之度 則有多少之數
此書大旨 有度而有數矣 且洪範皇極內篇云 數者萬物之紀也 物豈有出於
數外者哉 -(下略)-

【역문】「21일 병자」47)

　-(상략)- 정이 말하기를 "일찍이 『기하원본(幾何原本)』을 본 적이 있
습니까?" 하여 내가 말하기를 "한두 권 보았습니다만, 그 내용을 탐구
하지 못했습니다. 이것이 보기 원하는 이유입니다." 하였다. 정이 말
하기를 "이 책은 산수에서 그치나요?"하자 내가 말하기를, "어찌 산수
에서만 그치겠습니까. 무릇 만물에는 길고 짧은 각도가 있고, 많고 적
은 수(數)가 있습니다. 이 책의 요지는 각도와 숫자입니다. 또 『홍범황
극내편(洪範皇極內篇)』에서 말하기를, '숫자라는 것은 만물의 줄기이다.
만물이 어찌 숫자가 아닌 것에서 나온 것이 있겠는가.' 라 하였습니
다." 하였다. -(하략)-

---

47) 『이재난고』 책2, 권11, 戊子, 八月

「二十三日 戊寅」

-(上略)- 朝食後出番 歷訪李子用潤父兄弟 因與潤父 蓋行至部洞之最
高處 訪鄭叅判運維【曾經戶曹叅判新遞都承旨云】家 與其長子喆祚相話
蓋潤父與鄭君親熟 以要余往也 鄭君曰 久仰盛名 願得一見 今何幸先枉
也 余問其年 則庚戌生也 方與觀象官趙鴻逵 並力新製地平經緯象限儀
周天四地一也 又製觀星盤 亦周天四之一也 幷用木爲之 蓋鄭君一生專治
西洋曆象之學 又方討閱數理精蘊 曆象考成 是二帙 皆康熙以西法潤色
而稱以御製者也 精蘊四十餘卷 考成八九卷 抄而不出於幾何原本範圍之
外 原本方在其妹夫李家煥處云 鄭君又爲余 送人鄭司叅恒齡家 借示簡平
儀 亦趙鴻逵所共製者 鄭君又工古畵 出示花卉圖三四幅 又示東國八道地
圖 蓋則余所畜 以百里尺造成者 而本出鄭恒齡大人之手 近又增修益精
又將改正就密云 又示盛京地圖三幅【東北寧古西南烏剌又西南邊番】及合
幅者 又示問目一冊 蓋舉西曆疑義 及西學所謂天主敎大旨 將付觀象官李
德星 十月燕行 欲令就質於西洋人劉松齡 松齡來住燕京 己四十餘年矣
雖其不習於中華文字 而在四方 不減利瑪竇者也 徐光啟尊萬曆以後 爲西
人譯出西法 今有其孫居南京者 亦爲松齡翻譯而潤色之 余旣與潤父及鄭
君鼎坐半日有餘 乃出精蘊末部 借根方比例 線類一卷 頃所轉借者還之曰
此法固超簡直捷 而亦古法天元一之遺意也 但天元一 則立一算 是竪說也
此則橫一根是橫說也 頭面雖換 而理則非二 尊意以爲如何 鄭君曰 算家
吾所不習 惟李家煥近方專精 於原本精蘊諸書 又製渾蓋通憲矣 旣蒙枉臨
此後若得更奉 惑相會於此來尊丈【卽指潤父】宅 則幸矣 余因借精蘊末部
比例規解 八線圓弦 所論一卷 出門 與潤父偕行四五十步 乃別

【역문】「23일 무인」48)

-(상략)- 아침을 먹은 뒤 출번(出番)하여 이자용(李子用) 윤보(潤父) 형제를 차례로 방문했다. 이어서 윤보와 함께 부동(部洞)의 제일 높은 곳으로 가서 참판 정운유(鄭運維)의 집【일찍이 호조참판을 역심하고 도승지로 체직(遞職)했다고 한다】을 방문하여 그의 아들 철조(喆祚)와 서로 이야기했다. 대개 윤보와 정군은 서로 친숙했는데 윤보가 나더러 정군한테 가보자고 했던 것이다. 정군이 "오랫동안 성명(盛名)을 우러러 보고 한 번 만나 뵙기를 원했는데 오늘 외람되게도 오셨으니 얼마나 다행인지 모르겠습니다." 했다 나는 그의 나이를 물었는데 곧 경술(庚戌)생이었다. 그는 관상관(觀象官) 조홍규(趙鴻逵)와 힘을 모아 지평경위(地平經緯)와 상한의(象限儀)를 만들었다. 그것은 주천(周天)을 사등분한 것 중의 하나였다. 또 관성반(觀星盤)을 짝했는데 역시 주천을 4등분 한 것 중 1이었다. 모두 나무를 이용하여 만들었다. 대개 정군(鄭君)은 일생 동안 서양역상학(西洋曆象)을 공부했다. 또 그 때『수리정온(數理精蘊)』과『역상고성(曆象考成)』을 토열(討閱)했다 이 2질(帙)은 모두 강희제가 서양 율법으로 윤색하고 어제로 이름 지은 것이다.『수리정온』40여 권과『역상고성』8, 9권은 초록했는데 그것들은『기하원본(幾何原本)』의 범위 외에서 나오지는 않았다.『기하원본』은 그의 매부인 이가환(李家煥)의 집에 있다고 했다. 정군이 또 나를 위해 사람을 사간(司諫) 정항령(鄭恒齡)의 집으로 보내어 간평의(簡平儀)를 빌려 보여주었으니 곧 조홍규가 함께 자작한 것이었다. 정군은 또 옛날 그림을 공부했는데 황분도(花卉圖) 3·4폭을 꺼내 보였다. 또「동국 8도 지도」를 보여주었는데 곧 내가 가지고 있는 것이다. 그것은 백리

---

48)『이재난고』책2, 권11, 戊子, 八月에 수록된 글로 번역은 황윤석 저, 부산대학교 이재난고 역주팀 역, 앞의 책, 신언, 2015.

척(百里尺)으로 만든 것으로 원래 정항령(鄭恒齡) 대인(大人)의 손에서 나왔다. 요즘 다시 증보하여 더욱 정밀해졌는데 다시 개정하여 더욱 정밀하게 할 것이라 한다. 또 「성경지도(盛京地圖)」【동북(東北)의 영고(寧古)와 서남(西南)의 오자(烏剌) 서남의 요심(遼瀋)】 3폭과 합폭한 것을 보여 주었다. 또 문목(問目) 1책을 보여주었는데 대개 서양율력에 나오는 서력의 의의(疑義) 및 서학(西學)에서 이른바 천주교의 대지(大旨)를 들고 있었으니 관상감 이덕성(李德星)의 10월 연행에 부쳐 서양인 유송령(劉松齡)에게 나아가 질의하고자 했다. 유송령은 연경에 머물고 있었으니 나이 이미 40이었다. 비록 그가 중국 문자에 익숙하지 못했지만, 서양에서는 이마두보다 못하지 않은 사람이었다. 서광계(徐光啟)는 만력(萬曆) 이후까지 살아 있으면서 서양 신부들을 위해 서양 역법을 번역해 내었다. 지금 그의 후손으로 남경에 있는 자가 역시 유송령을 위해 번역하고 그것을 윤색했다. 나는 이미 윤보 및 정군과 셋이 앉아 반나절 정도 여유 시간을 가졌다. 정철조가 곧 『수리정온(數理精蘊)』 끝부분 꺼내고 『근방비례(根方比例)』와 『선류(線類)』 1권을 빌렸다. 잠깐 전차(轉借)한 사람이 그것을 돌려주며 말했다. "이 법은 곧 매우 간결하고 빠른 것인데 역시 고법(古法)에 천원(天元) 하나라는 설이 남긴 뜻입니다. 다만 천원(天元) 일법(一法)이 일산(一算)을 세우니 이것이 수설(竪說)입니다. 여기서 일근(一根)을 횡으로 하면 곧 횡설(橫說)입니다. 형체는 비록 바뀌었지만, 이치는 둘이 아니니 당신께서는 어떻게 생각하시는지요?" 정군이 말했다. "산가(算家)에 대해서는 내가 잘 알지 못합니다. 단지 이가환이 근래에 바야흐로 『기하원본』과 『수리정온』 등 여러 책을 깊이 있게 공부했고 또 혼개통헌(渾蓋通憲)을 제작했습니다. 이미 왕림해 주셨으니 이 뒤에 만약 다시 모실 수 있어서 혹 여기에 서로 모여 존장【윤보를 가리킨다】댁으로 오신다면 다행이겠습니다." 나는 곧 『수리정온』 끝부분 『비례규해(比例規解)』『팔선원

현소론(八線圓弦所論)』 1권을 빌려 문을 나와 윤보와 함께 40~50 걸음을 가다 곧 헤어졌다.

「與鄭喆朝君祚心札」

　　頃夏尙用珍慰　卽玆侍大學何居　恨未能日追逐也　理蘊　非不欲且留　而
旣被盛索　謹以爲獻　前頭若容更惠　何幸如之　曆考亦願隨後之惜　如見其
人　示價本多少　尤大奇也　切欲送購燕市　丑人無乃太迂耶　姑不宣統惟神
會　大抵弧弦之論　始意西人　必有古未到者　幾年思量　終未得其所準　其閱
此書　大意卒止用線比例而已　早知如此　亦豈枉費心力　雖然天下無無法之
象　無無度之數　想高明妙年　於此貫通久矣　豈無一二文字　爲發其未發哉
更須早晩敎之　使南方橫出一枝　亦西人行敎之旨也　卽黃胤錫拜

【역문】「정철조군(鄭喆朝君)에게 주는 글」49)

　　요즘 여전히 편안하시며 그곳에서 공부는 어떠하신지요? 한스러운
것은 하루도 따를 수 없었던 것입니다. 이치의 심오함에 머물러 하지
않은 것은 아니나 이미 성삭(盛索)을 입으셨으니 삼가 문안드립니다.
앞서 만약 은혜를 베풀어 주신다면 얼마나 다행이겠습니다. 『역상고
성(曆象考成)』역시 뒤따라가도 아깝게 여기지 않기를 바랍니다. 마치
그 사람을 본 듯이 가격 본래 많음을 보고 더욱 놀랐습니다. 연경에서
산 것을 보내길 간절히 바라지만 나그네에게 너무 과분하지 않을까
요? 여전히 갖추지 못했습니다. 모두 헤아려주십시오. 호현(弧弦)에 대
한 논의는 생각건대 서양 사람들에게 옛날부터 아직 이르지 못한 것
이 있었습니다. 제가 몇 년을 생각해도 끝내 그 법도를 알지 못했습니
다. 이제 이 책을 읽어보니 대략의 뜻은 용선(用線)과 비례(比例)일 뿐

---

49) 『이재난고』책2, 권11, 戊子, 九月, 十日, 乙未에 수록된 글로 번역은 황윤석 저,
　　부산대학교 이재난고 역주팀 역, 앞의 책, 신언, 2015.

이었습니다. 일찍이 이와 같음을 알았다면 어찌 헛되이 힘을 낭비했겠습니까? 비록 그렇지만 천하에 법칙이 없는 현상은 없고 헤아리지 못할 수(數)는 없습니다. 생각건대 젊고 고명한 사람이라면 이에 대해 깨우친 지 오랠 것이니 어찌 한 두 가지의 글로 아직 밝혀지지 않은 것을 드러내지 않겠습니까? 모름지기 조만간 가르쳐 주신다면 못난 사람의 의견일지라도 곧 서양인의 가르침을 행한 뜻이 아니겠습니다. 황윤석이 답장을 드립니다.

「十三日 丁酉」

　-(上略)- 又言 洪大容新購數理精蘊一帙於燕行　此是西洋算法至精處
耳 余曰 誠然 但此理 古人己皆言之 假如古人豎說 則西洋必橫說 其好
奇務新如此 豎橫雖異 而其理一也 -(下略)-

【역문】「13일 정유」[50]

　-(상략)- 또 말하기를 "홍대용이 연경에서 『수리정온(數理精蘊)』 한
질을 새로 사들였습니다. 이 책에는 서양 산법의 지극히 정밀함이 있
습니다." 하였다. 내가 말하기를 "참으로 그렇습니다. 다만 이 책의 이
치는 옛 사람들이 이미 모두 말한 것입니다. 가령 옛사람이 수설(豎說)
을 했다면 서양 사람들은 반드시 횡설(橫說)을 했습니다. 그들이 기이
한 것을 좋아하고 새로운 것에 힘씀이 이와 같습니다. 횡설과 수설이
비록 다르지만, 그 이치는 같습니다." 하였다. -(하략)-

---

50) 『이재난고』 책2, 권11, 戊子, 十一月

「十日 壬戌」

○ 入泮則豊基李光夏甫又來 前後一再相識 其人有文有識 退溪之仲
氏大司憲瀁之後也 辛亥生 自言與洪大容甫相親 洪君家在京中紵廛洞 今
居清州之西長命里 全義木川東界數十里地也 於渼上丈席 有姻好早遊門
下 資敦學博 不事科業 亦辛亥生也 嘗從季父憶 燕京之行 須與杭州士人
嚴誠陸飛等九人交遊 嚴陸二子 亦南士之秀也 一見心許 至今累年 萬里
通書不絶 以其書簡作帖數十卷 題曰古杭遺式 洪君又畜異書最多 有自鳴
鍾 渾天儀 西洋鐵絲琴 喜音律 風致眞率 不俗云 -(下略)-

【역문】「10일 임술」51)

○ 반촌으로 들어갔더니 풍기(豊基)의 이광하(李光夏)가 또 왔습니
다. 전후로 한두 번 알게 되었는데 그 사람은 학문과 식견이 있으며
퇴계(退溪)의 중씨(仲氏)인 대사헌 해(瀁)의 후손입니다. 신해생(1731
년)으로 스스로 "홍대용(洪大容)과 친합니다. 홍군(洪君)의 집은 한양
안 저전동(紵廛洞)에 있지만, 지금은 청주(清州)의 서쪽 장명리(長命里)
에 거주하는데 전의(全義)·목천(木川) 동쪽 경계 수십 리 땅입니다. 미
상 장석(渼上丈席)과 인척[姻好] 관계가 있어 일찍이 문하(門下)에 종유
했습니다. 자질이 돈독하며 박학하고 과업(科業)을 일삼지 않았으며
역시 신해생입니다. 일찍이 계부(季父) 억(憶)을 따라 연경(燕京)에 가
서 모름지기 항주(杭州)의 선비 엄성(嚴誠)·육비(陸飛) 등 9인과 교유했
지요. 엄·육 두 사람 또한 남방 선비 중 빼어난 인사랍니다. 한 번 보

---

51) 『이재난고』 책2, 권12, 己丑, 四月에 수록된 글로 번역은 황윤석 저, 부산대학교
   이재난고 역주팀 역, 앞의 책, 신언, 2015.

고 마음을 허락하여 지금까지 여러 해를 만 리나 떨어진 곳에서도 편지를 주고받는 일이 끊어지지 않는데 그 편지를 수십 권으로 작첩(作帖)하여 표제를 '고항유식(古杭遺式)'이라 했습니다. 홍군은 또 기이한 서적[異書]을 제일 많이 모았고 자명종(自鳴鐘)·혼천의(渾天儀)·서양철사금(西洋鐵絲琴)도 가지고 있습니다. 음률(音律)을 좋아하고 풍취가 진솔하여 저속하지 않습니다." 하였다. -(하략)-

「三日 甲申」

○ 伏惟 日間氣體候萬慶 頃進門外 適値有吉禮客撓 不敢瀆達而歸 悵
歎彌久不已 胤錫今方入直 又將有事於差祭 如得閒隙 敢不拜床下 四聲
通解口二卷敬呈耳 宋史律曆志 及律呂正義 惠借如何 -(中略)- 金丈答書
來 因送律呂正義一帙 上編曰正律 審音共二卷 下編曰和聲定樂共二卷
續編協均度典一卷 是三編五卷 即淸主御製 大抵據蔡氏律呂新書 而參以
諸儒及西樂者也 -(下略)-

【역문】「3일 갑신」52)

○ 삼가 바라옵건대 일간(日間) 체후는 좋으신지요. 얼마 전, 밖에
나갔는데 마침 길례(吉禮)를 만났기 때문에 번거로워 감히 독달하지
못하고 돌아왔는데 섭섭함이 오랫동안 그치지 않습니다. 저는 금방
입직하였고, 또한 장차 차제(差祭)에 일이 있어서 한가한 틈을 얻게 되
면 선생님께서 계시는 곳을 찾아뵙지 않을 수 있겠습니까? 『사성통해
(四聲通解)』 두 권을 경정(敬呈)하여 드립니다. 『송사(宋史)』 율력지(律
曆志) 및 『율려정의(律呂正義)』는 빌려주시는 것이 어떻겠습니까? -(중
략)- 김어르신이 답서(答書)를 보냈으며 『율려정의(律呂正義)』 한 질을
보내왔다. 상편(上編)은 정률(正律)과 심음(審音)을 합쳐서 두 권이고
하편(下編)은 화성(和聲)과 정악(定樂)을 합쳐서 두 권이고 속편(續編)은
협균도전(協均度典) 한 권이니 이것은 3편 5권이다. 즉 청나라 군주가
어제(御製)한 것인데 대개 채원정의 『율려신서(律呂新書)』를 근거로 해
서 여러 학자 및 서양의 음악[西樂]을 참고한 것이다. -(하략)-

---

52) 『이재난고』 책2, 권12, 己丑, 五月

「十三日 甲午」

-(上略)- 余曰 正義因精密 而比新書 或有出入 原其黃鍾之本 則橫黍
爲古尺 縱黍爲今尺 而以爲黍無大小 此說恐未然 若然則古人 豈云黍之
大小 由於歲之豊歉 地之饒瘠乎 蔡西山不得不歸本於候氣驗應 將以天地
之元氣 定天地之元聲 此極本窮源之論 而所謂候氣 豈是易事 未如 正義
圖中黍體 果能協天地之氣乎 此處一差 向下都差 自非古之神瞽聖於審音
者 不能定也 -(中略)- 好賢洞鄭君洞愈【忠州長兄尙淳之子】來訪 問及數
理精蘊說話 -(下略)-

【역문】「13일 갑오」[53]

-(상략)- 내가 말하기를, "『율려정의(律呂正義)』는 정밀하긴 하지만
『율려신서(律呂新書)』에 비해 장·단점이 있습니다. 황종의 근본을 찾
는 데 있어서 횡서(橫黍)[54]는 옛날의 척도이고 종서(縱黍)[55]는 지금의
척도인데, 기장이 대소(大小)가 없다고 하는 이 말은 그럴 것 같지 않

---

53) 『이재난고』 책2, 권12, 己丑, 五月
54) 횡서(橫黍) : 조선 초기 횡서로 자(尺)를 정하여 율관(律管)을 만들었다. 횡서라
　 는 말은 기장 알갱이를 세로로 포개 놓는 방법인 종서(縱黍)의 대칭어로 사용됐
　 다. 기가격물편(幾暇格物篇)에 의하면, 종서는 기장 알 100개가 영조척(營造尺)
　 의 10촌(寸)에 해당하고, 횡서는 기장 알 100개가 영조척 81푼에 해당한다고 했
　 다. (한겨레음악대사전, 도서출판 보고사, 2011.)
55) 종서(縱黍) : 종서는 기장 알갱이를 가로 포개 놓는 방법인 횡서(橫黍)의 대칭어
　 로 쓰였다. 기가격물편(幾暇格物篇)에 의하면, 종서는 기장 알 100개가 영조척
　 (營造尺)의 10촌(寸)에 해당하고, 횡서는 기장 알 100개가 영조척 81푼에 해당
　 한다고 했다. 우리나라에서는 세종(1418~1450) 때 박연(朴堧)이 율관을 만들 때
　 해주산(海州産)의 거서(秬黍), 즉 큰 기장 알을 사용하여 척도(尺度)를 삼았다고
　 『난계유고(蘭溪遺稿)』에 전한다. (한겨레음악대사전, 도서출판 보고사, 2011.)

습니다. 만일 그렇다면 옛 사람이 어찌 기장의 대소를 말했겠습니까?
풍년과 흉년에 따라서, 땅이 기름지고 척박한 것에 따라서 달라집니
다. 채원산(蔡西山)은 어쩔 수 없이 후기(候氣)를 기초할 수밖에 없었지
만, 장차 천지(天地)의 원기(元氣)를 가지고 천지의 원성(元聲)[黃鐘]을
정한 것이니 이것은 근원을 끝까지 추구하는 논리로서 이른바 후기라
는 것이 어찌 쉬운 것이겠습니까? 잘 모르지만 『율려정의』의 도(圖)
가운데 과연 서체(黍體)가 천지의 기(氣)와 충분히 조화할 수 있겠습
니까? 이것은 작은 차이이면서도 큰 차이를 만들어낼 것이니, 하늘이
내린 최고의 귀[神瞽聖]를 가진 사람이 아니면 정할 수 없을 것입니다"
-(중략)- 호현방(好賢洞) 정동유(鄭洞愈)56)【충주(忠州) 장형(長兄) 상순(尙
淳)의 아들이다】가 찾아와서 『수리정온』에 대해 이야기하였다. -(하략)-

---

56) 정동유(鄭洞愈, 1744~1801) : 본관은 동래(東萊) 자는 유여(愉如) 호는 현동(玄
同)이다. 1777년 생원시에 합격하였으나 이후 다시 과거에 응시하지 않았다. 소
론계 명문가 출신이었던 그는 이광려(李匡呂)의 문하에 들어가 학문을 배웠다.
다양한 정보를 망라한 『주영편(晝永編)』 4권 2책을 저술하여 1806년에 간행하
였다.

「三日 癸丑」

○ 送書于好賢洞鄭君從兄弟 問忠州使君 自果川入來消息 因付數理
精蘊之上編 又請借下編勾股以上諸卷 -(中略)- ○ 鄭君東愈答書來 因
送數理下編十卷 幷前來句股割圜五卷 共十五卷 -(下略)-

【역문】「3일 계축」⁵⁷⁾

　호현방에 사는 정동유의 종형제(從兄弟)에게 편지를 보내 충주 사군
(使君)이 과천(果川)에서 들어온 소식을 묻고 이어『수리정온(數理精蘊)』
상편을 부치면서 다시『수리정온』하편과『구고의』상편을 빌려주기
를 청했다. -(중략)- 정동유에게 답서를 보내와『수리정온』하편 10권
과 함께 전에 온『구곡할환기(句股割圜記)』5권 등 총 15권을 보낸다고
하였다. -(하략)-

---

57)『이재난고』책2, 권12, 己丑, 六月

「二十三日 癸卯」

-(上略)- 又言義盈主簿文光道 亦来大監宅 語及案前曰 近聞黃直長
精於算學 方看數理精蘊矣 -(下略)-

【역문】「23일 계묘」⁵⁸⁾

-(상략)- 또 의영주부(義盈主簿) 문광도와 이야기 하며 대감댁으로
왔다. 책상 앞에서 이야기하며 말하길, "근래에 들으니 황직장이 산학
에 정통하여 『수리정온』을 보았다고 합니다." 하였다. -(하략)-

---

58) 『이재난고』 책2, 권12, 己丑, 七月

「十七日 丙寅」

○ 金丈借曆象考成於金叅判善行之子 二套二十九冊 送報于余 蓋聞
曆象考成 與數理精蘊 律呂正義 合倂 則稱曰律曆淵源云 余遺人賫來
-(下略)-

【역문】「17일 병인」59)

○ 김 어르신이 『역상고성(曆象考成)』을 참판 김선행(金善行)의 아들
에게 빌렸는데 2투(套) 29책이라고 알려 주었다. 대개 『역상고성』 및
『수리정온』과 『율려정의』를 합쳐서 『율력연원(律曆淵源)』이라 부른
다고 한다. 나는 사람을 보내 가져오게 하였다. -(하략)-

---

59) 『이재난고』 책2, 권13, 己丑, 八月

「十九日 戊辰」

今按律曆淵源全部 有曆象攷成上下編 而淸人以乾隆名洪曆之故 一切
曆字悉避 如時憲曆 改稱時憲書 而曆象攷成四字 亦必墨抹 大抵攷成上
編下編及表 下可相無 而律呂正義 數理精蘊 又與攷成 相須幷資 一體一
用 信乎康熙製作之該且必也 然而精蘊之借根方一術 卽古算學啓蒙 所創
天元一者 雖有演出口 雖別立 而實則改頭而換面耳 -(下略)-

【역문】「19일 무진」[60]

　　지금 『율력연원(律曆淵源)』 전부를 살펴보니 『역상고성(曆象考成)』
상·하편이 들어 있는데 청나라 사람은 건륭제[乾隆]의 이름이 홍력(弘
曆)인 까닭에 일체의 '역(曆)'자를 모두 피휘하여 시헌력(時憲曆)을 시헌
서(時憲書)로 개칭한 것처럼 '역상고성(曆象考成)' 네 글자 또한 반드시
묵(墨)으로 지워버렸다. 대저 『고성(考成)』 상편·하편 및 표(表)는 서
로 없어서는 안 되며 『율령정의(律令正義)』와 『수리정온(數理精蘊)』은
또 『고성』과 더불어 서로 항상 함께 의지하여 하나가 체(體)면 하나가
용(用)이나 정말로 강희제[康熙]의 제작이 상세하고도 정밀하다. 하지
만 『정온(精蘊)』의 '차근방(借根方)' 한 가지 술법은 바로 예전에 『산학
계몽(算學啓蒙)』에서 제창한 '천원(天元)' 한 가지이니 비록 연출구(演出
口)가 있고 비록 별립이실(別立而實)이 있더라도 머리를 고치고 얼굴을
바꾼 것일 뿐이다. -(하략)-

---

60) 『이재난고』 책2, 권13, 己丑, 八月에 수록된 글로 황윤석 저, 부산대학교 이재난
　　고 역주팀 역, 앞의 책, 신언, 2015.

「二十二日 辛未」

-(上略)- 又言尊旣是象村東淮故家 則兩世之文章象數淵源 有在尊能傳繼否 申曰 隧絶甚矣 尊則獨番近一朔 所讀何書 所看何書 亦着實科業否 余曰 科事則有老親在 且纔四十一歲 此時廢科痕跡太露 故只得隨行出入耳 近日愁寂之中 適得鄕居時所未見者 律曆淵源一帙 消日而已 申曰 想於古文古詩 亦留意也 余曰非曰能之 亦不厭也

【역문】「22일 신미」61)

-(상략)- 또 "그대께서는 상촌(象村)·동회(東淮)의 고가(故家)이니 두 세대의 문장(文章)과 상수(象數)의 연원(淵源)이 그대에게 있어서 능히 전술하여 이을[傳繼] 수 있으시겠지요?" 하니 신응현이 "길이 아주 끊어져 버렸습니다. 그대는 홀로 번(番)을 들면서 근 한 달 동안 무슨 책을 읽고 무슨 책을 보았으며 또한 과업(科業)을 착실히 합니까?" 하기에 내가 "과거 일[科事]은 노친(老親)이 계시고 또한 이제 겨우 41세지만 지금 이때 폐과(廢科)의 흔적이 너무도 드러나 단지 수행(隨行)하여 출입할 따름입니다. 근일에는 시름겹고 적막한 가운데 마침 고향에 있을 때는 보지 못했던 『율력연원(律曆淵源)』한 질을 얻어 소일할 따름입니다." 하였다 신은형이 "고문(古文)·고시(古詩)에도 뜻을 둔 것 같습니다." 하기에 내가 "잘한다고 말하지는 못하지만 싫어하지는 않습니다." 하였다.

---

61) 『이재난고』책2, 권13, 己丑, 八月에 수록된 글로 황윤석 저, 부산대학교 이재난고 역주팀 역, 앞의 책, 신언, 2015.

「二十六日 乙亥」

-(上略)- 使書吏一名 曾經觀象監書員者 求購曆象攷成一帙 則云 有
板本藏在本監 又有唐本 鄕本 各一帙 官封藏樻

【역문】「26일 을해」[62]

　-(상략)- 일찍이 서리(書吏)에게 『역상고성(曆象考成)』 1질을 구매
하기를 바란다고 하니 말하기를, "관상감에서 소장하고 있는 판본(板
本)이 있고, 또 중국본[唐本]과 향본(鄕本)이 각각 1질이 있는데, 관에서
궤짝에 봉해 보관하고 있습니다." 하였다.

---

62) 『이재난고』 책2, 권13, 己丑, 八月

「五日 壬子」

○ 昨日 本寺書吏劉成都 自燕都 隨上使徐台命膺 歸謁 余問燕中消息
則日 已具於別單書啓草中 徐當錄上矣 因言 燕京隆福寺市上 偶以銀六
錢 購得利瑪竇所製平儀 卽渾蓋通憲也 徐台以示天主堂中西洋人劉松齡
則松齡言 此自利氏時所用 今不用也 松齡 仕于淸人 方爲禮部侍郞 且新
測五星 改定舊法之差者 未及成書 徐台請見窺遠鏡 求買一事以歸 則松
齡言 此須西洋玻璃品極佳者製之 乃能窺見七政 且如日體之大也 日中之
黑子也 莫不藉此以察之 堂中 姑無可賣者 其平儀 則東還引見時 入啓投
進 又購武備志一帙以來 蓋康熙時 雖製曆象考成 以爲定法 而法則窮源
而竟委 用則隨時而測候 故乾隆嗣位 考成又有後編 近年 又將改行續編
蓋天道高遠 測之維精察而不能 久用無弊 其勢然也 嘗觀考成根數 預排
三百年 以遂古人三百年斗曆改憲之意 而自康熙末年至乾隆前後只四十
餘年 已不免改測 夫西洋曆法 豈非所謂冠古者乎 刀隨時修改如此 曆數
豈易言哉 又言 徐台留館日 購笙二事 其一則教奴學其譜以歸 其一則并
平儀投進云 -(下略)-

【역문】「5일 임자」[63]

○ 어제 본시(本寺) 서리 유성욱(劉成郁)이 연도(燕都)로부터 상사 서
명응(徐命膺) 대감을 수행하고 돌아와 알현하였다. 내가 연도의 소식
을 물으니 답하기를 "이미 별단 서계 초안에 갖추어 썼으니 천천히 응
당 기록해 올리겠습니다." 하였다. 인하여 "연경의 융복사(隆福寺) 저

---

63) 『이재난고』 책3, 권14, 庚寅, 四月에 수록된 글로 번역은 황윤석 저, 부산대학교
   이재난고 역주팀 역, 앞의 책, 신언, 2015.

자에서 우연히 은 6전으로 이마두가 제작한 평의(平儀)를 구입하였는데 바로 『혼개통헌(渾蓋通憲)』이었다."고 했다. 서대감이 천주당의 서양인 유송령(劉松齡)에게 보여주니 송령이 "이것은 이마두 당시부터 사용하던 것으로 지금은 사용하지 않는다." 했다. 송령은 청나라 사람들에게 벼슬하여 바야흐로 예부시랑이 되었고 또 새롭게 오성(五星)을 관측하여 구법(舊法)의 오차를 개정한 자인데 아직 책을 완성하지는 못했다. 서대감이 규원경(窺遠鏡)을 보여주기를 청하여 하나를 사서 돌아가고자 하니 송령이 '이는 모름지기 품질이 극히 좋은 서양의 유리[琉璃]로 제작하여 이에 능히 칠정(七政)을 볼 수 있고 또 해의 몸체의 크기와 해 속의 흑점과 같은 것이 이에 의지하여 관찰되지 않는 것이 없는데 천주당에 있는 것 가운데는 팔 수 있는 것이 없다.'라고 하였다. 그 평의(平儀)는 동으로 돌아와 인견할 때 계문과 함께 넣어 진상하고 또 『무비지(武備志)』5내 한 질을 사서 왔다. 대개 강희제 때 비록 『역상고성(曆象考成)』을 제작하여 정법(定法)으로 삼았다. 법은 근원을 궁구하여 말단까지 이르렀고 쓰임은 때를 따라 관측하였다. 까닭에 건륭제가 천자의 지위를 계승함에 고성은 또 후편이 있게 되었다. 근년에 또 장차 속편을 개정하여 인행하려 한다. 대개 천도는 높고 원대하므로 측량함에 비록 정밀히 살핀다 하더라도 오래도록 사용함에 폐단이 없을 수 없으니 그 형세가 그러한 것이다. 일찍이 『역상고성』의 근수(根數)를 보니 미리 삼백 년을 배치하여 고인의 삼백 년 두력개헌(斗曆改憲)의 뜻을 준칙 하였는데 강희 말년으로부터 건륭제 이르기까지 전후로 다만 사십여 년에 이미 다시 측량하기를 면하지 못했다. 무릇 서양 역법이 어찌 이른바 고금에 으뜸인 것이 아니겠는가. 이에 시기를 따라 개정하고 보수하기를 이처럼 한다면 역수(曆數)를 어찌 쉽게 말하겠는가? 또 "서대감이 관소에 머무는 날에 생황(笙簧) 두 건을 구매했는데 그 하나는 종에게 그 악보를 배우게 하여 돌아오도록 하였고 그 하나는 평의(平儀)와 아울러 진상하였다"라고 하였다.

-(하략)-

「六日 癸丑」

-(上略)- 是日 子敬出示文光道寫本幾何原本一帙 及金亨澤【和澤兄】
活字印本數理精蘊下篇一帙 遍問疑義 又言 沈念祖 曾買數理精蘊上下二
編 及對數表 共全帙五十三冊于觀象官李泰昌家 價本二十兩 當使人購出
未知能辨價否 余曰 徐當圖之

【역문】「6일 계축」64)

-(상략)- 이날 자경이 문광도가 필사한 『기하원본(幾何原本)』 1질과
김형택(金亨澤)【화택의 형이다.】의 활판 인쇄본 『수리정온(數理精蘊)』
하편 1질을 보고 두루 뜻이 의심나는 것을 물었다. 또 말하기를 "심염
조(沈念祖)65)가 일찍이 『수리정온』 상·하 두 편과 대수표 전질 53책을
관상감 관원 이태창(李泰昌)의 집에서 샀는데 가격은 1권당 20냥이었
습니다. 다른 사람이 구입해 온다면 가격이 마땅한지 모르겠습니다."
하였다. 내가 말하기를 "천천히 생각해 봅시다."라고 하였다.

---

64) 『이재난고』 책3, 권14, 庚寅, 四月
65) 심염조(沈念祖, 1734~1783) : 본관은 청송(靑松) 자는 백수(伯修), 호는 함재(涵
齋) 1776년(영조 52) 문과에 급제한 후 여러 관직을 역임하였다. 1778년(정조
2) 사은 겸 진주사(謝恩兼陳奏使)의 서장관으로 연행한 바 있다. 장서를 많이
소장한 것으로 유명하며, 그의 아들이 영의정을 지낸 심상규(沈象奎, 1766~
1838)이다.

「十一日 戊午」

是日待趙得麟不至 豈沈敎官念祖家藏數理精蘊 非所欲賣 而浪說流傳
耶 -(下略)-

【역문】「11일 무오」[66]

○ 이날 조득린(趙得麟)을 기다렸으나 오지 않았다. 교관 심염조(沈
念祖)는 집에 보관한『수리정온(數理精蘊)』팔려 하지 않았는데 어찌
낭설(浪說)이 널리 퍼졌을까. -(하략)-

---

66)『이재난고』책3, 권14, 庚寅, 四月

「十三日 庚申」

　-(上略)- 子敬又自言 精蘊實古算家第一大全書也 而猶有漏處 吾欲補
之 近已留意出草 早晩書成 當就兄相質 須要無一遺漏 使極其變化耳

【역문】「13일 경신」[67]

　-(상략)- 자경 이현직(李顯直)이 또 말하기를 "『수리정온(數理精蘊)』
은 실로 옛 산수학에 있어 제일(第一)의 전서지만 여전히 빠진 부분이
있습니다. 내가 그 부분을 보충하려 합니다. 근래에 이미 유의하여 초
고를 만들었으니 조만간 책이 완성될 것입니다. 마땅히 형께서도 의
심나는 것은 질의해 주십시오. 응당 단 하나라도 빠뜨린 곳이 없게 하
여 변화를 무궁하게 하려 할 뿐입니다." 하였다.

---

67) 『이재난고』 책3, 권14, 庚寅, 四月

「十九日 丙寅」

○ 送答李子敬 因要得與李思問甫相識 又送大戴禮唐本三冊一帙 及
精蘊鄕本二冊-(中略)- 又令正使臣命膺禰禪 三曆官李德星·堂譯供大成
偕往來天主堂中 探問五星差 則西洋人劉松齡 以爲已請帝修改 而尚未報
下 只釐正土星差度 餘未及算出 其冊子示之 亦以報下之前 不許騰出 至
於窺遠鏡 松齡自以大小雨件 外無副件 莫容推移 只以製樣 示德星使自
造成 而西洋玻瓈 貢期尙遙 亦不得造來 故德星大成等 相與購得交食算
稿二本於欽天監 又損私財 購利瑪竇所製渾蓋通憲一件 數理精蘊四十五
卷·對數表四卷·八線表二卷·曆象考成後編十二卷·五星表五卷·新法中
星更錄一卷 凡此六種書 以雲峴所儲 只有單件 肄習之時 每患有覲 不得
不厚買 以備留上 通憲 則我國但有其說 未見其器 彼中亦所罕有 而今幸
得之 若能曉解用法 其爲推測 非復遠鏡之比矣 -(中略)- 晡間金判官丈
適來臨訪 言欲相見久矣 今始來 晚笑 因言 吾在可興倉上 管水運事 前
忠州鄭倅景淳 方在州中譎所 吾先以書問之 彼又來訪 談及左右 娓娓不
止 可見其愛人之深 也 今其宥歸之期 想不遠 彼期以入城來見矣 吾欲相
約會話于尊入直 此中時何如 余曰 幸甚 -(中略)- 余觀徐台命膺使行別單
擧渾蓋通憲購進之意 且擧西洋窺遠鏡 以爲 通憲旣來 若究用法 當勝於
遠鏡 夫遠鏡 所以窺視七政高遠 人所闚視之具也 要非通憲可比 通憲之
制 固勝於渾簡諸儀 豈在遠窺之上哉 世謂徐台父子 於曆象制作 作文字
頗該洽 以此推之 想未精詳耳 -(下略)-

【역문】「19일 병인」[68]

○ 이자경에게 답서를 보내고 인하여 이사문(李思問) 보(甫)와 알고 지내라고 하고『대대례(大戴禮)』당본 3책 1질 및『수리정온(數理精蘊)』향본 2책을 보냈다. -(중략)- 또 정사 명응의 편비(褊裨)와 삼역관(三曆官) 이덕성(李德星)·당역(堂譯) 홍대성(洪大成)으로 하여금 함께 천주당을 왕래하며 오성차를 탐문하게 하였는데 서양인 유송령이 이미 황제에게 개수할 것을 청하였으나 아직 회답이 내려오지 않았다고 했다. 다만 토성(土星)의 차도를 고쳐 바로 잡는 것은 결국 산출되지 못하였는데 그 책자는 보여주었으나 회답이 내려오기 이전이어서 베껴 가는 것을 허락하지 않았다. 규원경에 이르러서는 송령 스스로 큰 것과 작은 것 두 개 이외에는 다른 것이 없다고 하며 옮겨 가는 것을 허용하지 못한다고 하였고 다만 제작 양식을 덕성에게 보여주며 스스로 만들어보게 하였으나 서양 유리 공물 기한이 아직 멀었고 또한 만들어 오지 못할 것이므로 덕성과 대성 등은 서로 더불어 흠천감(欽天監)에서『교식산고(交食算稿)』2본을 샀다. 또 사재를 덜어서 이마두(利瑪竇)가 제작한 혼개통헌(渾蓋通憲) 1건,『수리정온(數理精蘊)』45권,『대수표(對數表)』4권,『팔선표(八線表)』2권,『역상고성후편(曆象考成後編)』12권『오성표(五星表)』5권,『신법중성경록(新法中星更錄)』1권을 샀다. 무릇 이 6종의 서적은 운현(雲睍)에 쌓여 있는 바 다만 단건(單件)이 있어 이습할 때에 매양 구차스러움을 근심하였으므로 부득불 후하게 사서 유상에 대비하도록 하였다. 통헌은 우리나라에 다만 그 설만 있고 그 기기를 보지는 못하였다. 저들 중에도 또한 드물게 가지고 있는 것인데 지금 다행히 구입했다. 만약 그 용법을 환히 이해하여 그것을 추측

---

68)『이재난고』책3, 권14, 庚寅, 四月에 수록된 글로 번역은 황윤석 저, 부산대학교 이재난고 역주팀 역, 앞의 책, 신언, 2015.

할 수 있다면 규원경을 만드는 것에 비할 바가 아니다. -(중략)- 신시 사이에 김판관 어른이 마침 왕림하셔서 당신을 보고 싶어 한지 오래 되었지만 지금에야 비로소 왔으니 늦었다고 말씀하셨다. 인하여 "내가 가흥창(可興倉)에서 수운의 일을 관장하고 있는데 전 충주목사 정경순(鄭景淳)이 바야흐로 충주 내의 유배지에 있어 내가 먼저 편지로 위문을 했더니 그가 또 찾아와서 이야기가 그대에게 미치자 장황하여 그칠 줄 모르니 그가 자네를 아낌이 심함을 알 수 있네. 지금 그가 사면되어 돌아갈 시기가 멀지 않을 것으로 생각하는데 그는 도성에 들어와서 한번 만나볼 것을 기대한다네. 내가 존형이 입직했을 때 서로 만나 얘기 나누자고 약속하고 싶은데 이즈음 시간이 어떤가?"라고 하였다. 내가 "심히 다행입니다." 하였다. 인하여 『율력연원(律曆淵源)』을 구매할 뜻을 말씀드렸고 또 상인(喪人) 김리상(金履祥)에 대해 말하면서 책값을 보낼 기한을 늦추어 달라는 편지를 보내 주십사 하여 "지금 먼저 오셨으니 얼마나 다행인지요!"라고 하였다. -(중략)- 내가 대감 서명응의 사행별단을 본즉 혼개통헌을 구입하여 진상한 뜻을 거론하고 또 서양의 규원경을 거론하며 "통헌이 이미 왔으니 만약 그 용법을 궁구한다면 응당 규원경보다 나을 것이다." 무릇 원경은 높고 먼 칠정(七政)을 볼 수 있는 것인데 사람이 보기 어려운 바의 도구이니 요컨대 통헌에 비교할 것이 아니다." 하였다 통헌의 치제가 본디 혼간제의 (渾簡諸儀)보다는 낮지만 어찌 규원경의 위에 있겠는가 세상에서 말하기를 서대감 부자는 역상(曆象) 제작에 대해 문자를 지음에 자못 해박하다고 하는데 이로써 추측컨댄 정밀하고 상세하지는 못한 것으로 여겨진다. -(하략)-

「與林成滿書」

　-(上略)-　夫律曆算數之學　前輩固不以爲當急　而表裡易範　經緯天地
亦洛建諸老先生　所不廢者獨我東方　上下三千年　夫有一言及之　豈不以地
偏書稀　理奧之數頤　雖一二卓識獨見　未或從事其間藉曰　有意又無奈　宋
明以前　諸家立法之猶疎　得彼朱此　輾轉幽晦而然歟　天啓奎運　人文益彰
而西洋新法　自華而東　爰有大谷金公　作易學圖解二十五篇　包幷利熊　㕘
合孔邵　今其遺文　雖未梓泞　而博雅之士　已爲之快覩　惜乎猶有餘憾爾　比
年律曆淵源一大帙　又自燕購至　而世之聰明特達者　庶幾究蘊到底矣　胤亦
聞有此書　幾年于玆　朝暮寤寐　如物在喉　使能得之而南　以責四壁圖書　則
不惟下可　以擧先賢之闕典　抑亦上可以補聖朝之史志　而精誠所孚　書僧遽
以此來　噫　天其以之餉我哉　-(下略)-

【역문】「임상만에게 주는 편지」[69]

　-(상략)- 무릇 율력·산수의 학문을 선배들은 진실로 급한 일로 생각
하지 않습니다. 역범[주역(周易)·홍범(洪範)]과 표리(表裏)를 이루고 천
지(天地)를 경위(經緯)로 하며, 또 성리학[洛建]의 여러 선생도 폐하지
않았는데 유독 우리나라에서는 위아래로 삼천 년간 한 마디라도 그것
에 대해 언급하지 않았습니다. 땅이 치우쳐 있고 책이 드물어 이치의
오묘함과 수의 심오함에 비록 한두 탁월한 식견이 있었을지라도 혹
거기에 종사하지 않고 핑계 대며 말하기를 "뜻이 있어도 송·명 이전
여러 대가가 세운 법이 소략하니 어찌하겠는가?" 하며 저쪽에서 얻은
것을 이쪽에서 잃어 점차 어둡게 되어 그렇게 된 것이 아니겠습니까.

---

69)『이재난고』책3, 권14, 庚寅, 四月, 二十一日, 丙寅

하늘이 규운(奎運)을 열어 인문이 더욱 밝아지고, 서양 신법이 중화에서 우리나라로 전해지니 대곡 김석문(金錫文) 공이 『역학도해(易學圖解)』[70] 25편을 지었습니다. 모든 것을 아울러 감싸 날카롭게 빛이 나며 섞고 합한 것이 매우 뛰어납니다. 지금 그가 남긴 글이 비록 간행되지는 않았지만 해박하고 단아한 선비가 이미 잘 보고 있습니다. 애석합니다. 오직 여한이 있을 뿐입니다. 근년 『율력연원(律曆淵源)』 한 편의 거질은 또 연경에서 사 왔으니 세상의 총명하고 걸출한 자가 철저히 연구하기를 바랍니다. 저 또한 이 책에 대하여 들은 것이 몇 년이 되어 이에 아침이나 저녁이나 잠잘 때나 일어날 때도 음식물이 목구멍에 있는 듯합니다. -(하략)-

---

70) 『역학도해(易學圖解)』: 1697년(숙종 23)에 김석문(金錫文)이 저술한 역학서(易學書)로 원명은 『역학이십사도총해(易學二十四圖總解)』이다. 티코 브라헤(Brahe, T)의 지구중심우주체계를 설명하면서도 지전설(地轉說)을 제시하였다. 황윤석은 『역학도해』에 관심이 많아 몇 차례의 집중적 검토를 통해 『역학도해』의 전모를 파악하였다. 황윤석의 『역학도해』에 대한 관심은 구만옥, 「18세기 후반 김석문(金錫文)과 『역학도해(易學圖解)』의 발굴 - 황윤석(黃胤錫)의 『이재난고(頤齋亂藁)』를 중심으로 - 」, 『한국사상사학』57, 2017 참조.

「與李子敬小札」

○ 朝後 往訪沈有之相話 有之爲出畫帖簇及書帖 示之 -(中略)- 所寫
美人圖 亦曰綵女圖 好事者往往不惜貲 購之 嘗聞西洋人來往燕京者 塑
作美人像 極幾光艶 閣而藏之 時時寫目 語人曰 人與塑 都一大幻 知是
幻成 則雖其非幻而眞者 亦無足耽也 蓋西洋行敎之士 元無家室 絶財色
意 此亦敎中之一事 人於世上 情欲惟色爲甚 然能收神反照 不動心火 如
道釋及西洋諸家 則亦未必無助於遠色 且如釋語所謂本是屎尿㑉 强作臙
脂搽冤家在何處 卽此是冤家 二十字可以觀矣 蕃是圖者 知有此說否乎
-(下略)-

【역문】「이자경(李子敬)에게 주는 편지」[71]

○ 아침을 먹고 심유지(沈有之)를 찾아가 이야기를 나누었다. 심유지가 화첩과 서첩을 꺼내어 보여주었다. -(중략)- 족자에 그린 〈미인도〉[72]는 〈채녀도(綵女圖)〉라고도 하는데 호사가들이 왕왕 재물을 아끼지 않고 구매한다. 일찍이 듣기를 서양인으로 연경을 왕래한 자가 미인상을 흙으로 빚어 만들었는데 매우 빛이 나며, 전각에 그것을 보관해 놓고 때때로 바라보면서 사람들에게 말하기를 "사람과 토우(土偶) 모두 다 큰 환영이다. 이것이 둔갑임을 알면 비록 그것이 환영이 아니라 진짜일지라도 또한 즐길 것이 없다." 라고 한다. 대개 서양의 종교를 행하는 선비는 원래 가실(家室)이 없고 재물과 색의(色意)를 절제하는데 이 또한 가르침 가운데 한 가지 일이다. 세상에 사는 사람은

---

71) 『이재난고』 책3, 권14, 庚寅, 五月, 初四日, 庚辰
72) 미인도 : 중략된 부분에 여기서 언급된 〈미인도〉는 화원 한종유(韓宗愈)가 그린 것이라는 내용이 있다.

정욕(情欲) 중에 오직 색욕이 가장 심하다. 그러나 정신을 거두고 돌이
켜 관조하면 심화(心火)가 동요되지 않는다. 석가와 서양 제가(諸家)가
말한 것도 색을 멀리하는 데 도움이 없지는 않을 것이다. 또 석가의
이른바 "본래 이것은 똥·오줌주머니인데 억지로 연지와 분칠을 했네.
기름칠 한 원수[冤家]는 어디에 있는가. 이것이 곧 원수일세."[73]와 같
은 스무 글자를 통해 살펴볼 수 있다. 십자가를 볼 수 있으니 이 그림
을 묘사한 자도 이 설이 있음을 알았던 것인가? -(하략)-

---

73) 본래…원수일세 : 이수광(李睟光) 『지봉유설(芝峯類說)』에 승려 범지(梵志)의 시
   로 나와 있다. 이수광, 『지봉유설』 권16, 「어언부(語言部) : 속언(俗諺)」.

「與趙承旨書」

-(上略)- 賤臣對曰 臣無所識 但聞萬曆末年 大統曆法漸疎 故崇禎年
中 詔徐光啓 李天慶 與西洋人湯若望等 改修曆法 曰崇禎新法曆書 蓋將
以此因大統舊名 行之天下 而不幸有甲申之變 遂爲情人所有 而名以時憲
其名雖異 其法則一耳 -(下略)-

【역문】「조승지에게 주는 편지」[74)]

-(상략)- 내가 대답하기를 "신은 아는 것이 없습니다. 다만 들으니
만력 말년에 대통법이 점점 거칠어졌기 때문에 숭정 연간에 서광계(徐
光啓)·이천경(李天慶)과 서양인 탕약망(湯若望) 등을 불러 역법을 개수
하게 하고 『숭정신법역서(崇禎新法曆書)』라고 하였습니다. 대개 이 역
법으로 대통력을 이어 천하에 시행하려 하였는데 불행히도 갑신년의
변고[75)]가 있어 끝내 청나라 사람의 것이 되었고 이름을 시헌력으로
하였습니다. 그 이름이 비록 다르지만 그 법은 하나일 따름입니다."
하였습니다. -(하략)-

---

74) 『이재난고』 책3, 권14, 庚寅, 五月, 九日, 乙酉
75) 1644년 명이 멸망한 것을 가리킨다.

「十四日 甲寅」

○ 偶攷數理精蘊 句股測量 有未備者 補之如左【附錄 836面 參照】
−(下略)−

【역문】「14일 갑인」[76]

○ 우연히 『수리정온』을 찾아보다가 구곡 측량에 미비한 것이 있어
그것을 다음과 같이 보완하였다.【부록 836면 참조】 −(하략)−

---

76) 『이재난고』 책3, 권18, 辛卯, 五月

「二日 丙子」

○ 沈有之書來 言曾聞沈敎官念祖 方欲決買淵源 而未及賣其家藏數
理精蘊 故至今遲滯 且冊主須欲每卷每兩 而六十兩之說 特出於自己中間
思量耳 如曰太過 則亦不必自此强勸矣 其意似將退步 而不爲之居間耳
余又答書 若果如此 則六十兩 亦將不惜 更須通報冊主也 -(下略)-

【역문】「2일 병자」[77]

-(상략)- 심의 편지가 왔다. 말하기를 "일찍이 들으니 교관 심염조
가 반드시『율력연원(律曆淵源)』을 사고자 하였는데 그 집에 소장하고
있는『수리정온』을 팔지 못한 까닭에 지금 지체되고 있다고 합니다.
또 책 주인이 권마다 1냥을 받고자 하여 총 60냥이라는 이야기가 있
습니다. 문득 저에게서 나온 생각일 뿐입니다만 만일 너무 비싸다고
한다면 억지로 권할 필요가 없습니다. 이 뜻은 장차 물러나겠다는 것
과 같으니 거간에게 하지 말라 하겠습니다." 내가 답하였다. "만약 정
말 그렇다면 60냥은 아끼지 않겠으니 책 주인에게 다시 통보하여 주
십시오." 하였다.

---

77)『이재난고』책3, 권15, 庚寅, 六月

「十九日 癸巳」

○ 按數理精蘊 僅根方比例 則算學啓蒙 立天元一法也 盖根數所立之
一 眞數所加減之算 平方至九乘方 則眞根遞乘所得之數也 互乘互除 驟
見棼然 故今爲圖 便巧如左 -(下略)-

【역문】「19일 계사」[78]

○『수리정온(數理精蘊)』을 살펴보니 근(根)과 방(方)이 비례(比例)함
은 바로『산학계몽(算學啓蒙)』의 천원일법(天元一法)을 세운 것에 가깝
다. 대개 근수(根數)가 수립되는 바의 하나는 진수(眞數)를 가감 계산
하는 바인데 평방(平方)으로부터 구승방(九乘方)에 이른다. 곧 진근(眞
根)은 승(乘)으로 교체하여 얻은 수이다. 서로 승(乘)하고 서로 제(除)
한 것은 종종 어지럽게 보이는 까닭에 지금 그림을 그려 아래와 같이
고찰한다. -(하략)-

---

78)『이재난고』책3, 권15, 庚寅, 六月에 수록된 글로 번역은 황윤석 저, 부산대학교
이재난고 역주팀 역, 앞의 책, 신언, 2015.

「二十五日 己亥」

-(上略)- 春間 聞申景濬 擧夜色尖角之說 與徐浩修 對辨於編輯所 徐則不以爲然 盖申所據者 西洋曆法也 余觀康熙御製律曆淵源 亦有此說具圖 盖日體之徑 大於地體之徑百餘倍 地居天心 面受日光 則其背所生陰影 自成夜色 是雖非有形質而長短之勢 大小之度 實默寓焉 何也 -(下略)-

【역문】「25일 기해」[79]

-(상략)- 봄에 들건대 신경준(申景濬)[80]이 모든 야색(夜色)·첨각(尖角)의 이야기를 가지고 서호수와 편집소에서 서로 변론했는데 서호수(徐浩修)는 동의하지 않았으며 신경준이 근거로 삼은 것은 서양 역법이었다고 한다. 내가 강희 연간에 황제의 명으로 만들어진 『율력연원(律曆淵源)』을 보았는데 이 설은 모두 그림으로 되어있다. 대개 일체(日體)의 지름은 지체(地體)의 지름보다 백여 배가 크다 지구가 허공에 있으면서 지면이 햇빛을 받으면 그 뒷부분에는 음영이 생기니 자연 야색을 띠게 된다. 이는 비록 형질이 없지만 길고 짧은 세(勢)와 크고 작은 도(度)가 실로 그 속에 들어있는 것이니 어째서인가. -(하략)-

---

79) 『이재난고』 책3, 권15, 庚寅, 六月
80) 신경준(申景濬, 1712~1781) : 본관은 고령(高靈), 자는 순민(舜民), 호는 여암(旅菴)이다. 위백규(魏伯珪), 황윤석과 함께 흔히 호남의 3대 실학자로 불린다. 1754년(영조 30) 43세의 나이로 문과에 급제하였다 영조의 명으로 『여지승람(輿地勝覽)』을 감수하였고, 1770년에 『문헌비고』를 편찬할 당시에는 「여지고(輿地考)」를 맡았다. 『수차도설(水車圖說)』·『의표도(儀表圖)』·『강계지(江界志)』 등의 저술이 있다.

「四日 戊申」

-(上略)- 大抵皆寫張廷玉明史天文志 梅毅成歷象考成 及噶西尼【西洋人】考成核編 以至徐光啟 李天經 湯苦望 南懷仁 諸家說 而本國前輩文字一二及之 如金墩 金鑌 鄭招 將英實 李恒福 金堉 金錫胄 柳馨遠說 亦略矣 又如世宗朝測雨器 成宗朝窺標 亦在所錄 則世潮印地儀 亦天地儀象之一 而西洋句股三角測算 與之冥契者 何獨漏焉 二金鄭招之說 既在所錄 則崔錫鼎吳道一等記 何獨不錄 -(下略)-

【역문】「4일 경신」81)

-(상략)- 대개 모두 장정옥(張廷玉)의 『명사천문지(明史天文志)』, 매각성(梅毅成)의 『역상고성(歷象考成)』 및 갈서니(噶西尼)【서양인】의 『고성핵편(考成核編)』을 베낀 것으로 서광계(徐光啟)·이천경(李天經)·탕약망(湯若望)·남회인(南懷仁) 여러 사람의 학설에 이르렀고, 본국 선현의 문자는 한두 가지를 언급하였다. 예를 들면 김돈(金墩)·김빈(金鑌)·정초(鄭招)·장영실(將英實)·이항복(李恒福)·김육(金堉)·김석주(金錫胄)·유형원(柳馨遠)의 설(說)은 또한 생략했다. 또 세종 때의 측우기(測雨器) 성종조의 규표(窺標) 같은 것은 또한 기록되어 있으면서 세조 때의 인지의(印地儀)는 또한 천지의(天地儀)를 본뜬 것의 일종이고, 서양의 구고삼각측산(句股三角角測算)은 그것과 더불어 암암리에 들어맞는 것인데 어찌해서 유독 빠진 것일까. 두 김씨와 정초의 설을 이미 기록하였다면 최석정(崔錫鼎)·오도일(吳道一) 등의 기록은 어찌 유독 기록하지 않았는가? -(하략)-

---

81) 『이재난고』 책3, 권15, 庚寅, 七月

「二十七日 己亥」

○　朝後往謝李子敬　因得朱子書　中流砥柱四大字模本　及西洋萬國坤象全圖　南北面二幅　模本於休紙中以來　約以他休紙換送　又閱高麗僧坦然書　眞樂公清平山文殊庵記石本　字體大類聖教序　或類金生暑滯　夕歸直中 -(下略)-

「二十七日 己亥」

【역문】「27일 기해」[82]

○ 아침 후에 가서 이자경(李子敬)에게 인사하였다. 이어서 주자(朱子)가 쓴 중류지주(中流砥柱) 큰 네 글자 모본(模本) 및 서양 〈만국곤상전도(萬國坤象全圖)〉 남북면(南北面) 2폭을 얻었다. 빈 종이에 모본(模本)한 이후에 다른 빈 종으로 싸서 돌려보냈다. 또 고려 스님 탄연(坦然)이 쓴 진락공(眞樂公) 청평산(淸平山) 문수암기(文殊庵記) 석본(石本)을 열람하니 자체(字體)는 『성교서(聖敎序)』와 매우 유사했고 혹은 김생(金生)의 서체와 유사했다. 저녁에 직소 중으로 돌아왔다. -(하략)-

---

82) 『이재난고』 책3, 권16, 庚寅, 十月에 수록된 글로 번역은 황윤석 저, 부산대학교 이재난고 역주팀 역, 앞의 책, 신언, 2015.

「初三日 辛丑」

-(上略)- 皇朝用大統曆 西洋人利瑪竇入啓 禎間精於曆法 以大統爲有差 時議欲改而未及 清人從其間 改爲時憲曆 -(中略)- 西洋人霖課戴進賢來見于館中 以書謝之 兼論天主之學 且問曆數之術 其答不甚明白 且期更對論確 -(中略)-

○ 踈齋與西洋人蘇霖戴進賢書

冒印仙堂 歡迎苦舊 旋蒙臨顧 重以嘉貺 東西十萬里之人 成此奇緣 眞是異事 情好款曲 寔出望外 自顧薄劣 何以獲此 中心感愧 耿耿數數 竊聞百餘年來 貴邦有志之士 出可死浮大海 入中國而未歸者 踵相接地 謂必有所願欲 基於好生者矣 昨膽殿閣 崇深金碧 炫晃異像高掛 香燭在卓 疑若釋子之伽藍 橫書細字 籤軸充棟 又似梵唄之文書 勅見驚疑 茫然不知何故 及讀所示利艾諸先生之書 蓋其對越上帝 勉復性初 似與吾儒法門 無基異同 不可與黃老之淸淨 瞿曇之寂滅同日之論 又未嘗絶倫背理 以塞忠孝之道 海內之誦羲文周孔之言者 孰不樂聞 然天主之降 彷彿牟尼之生 地獄之說 反取報應之論 何地 思以此易天下則難矣 嚮者中國之賢 如葉蒼霞【向高】諸公 極意辨論於寬閑之濱 猶未能湯然相合 況此霸旅倉卒 何能以依俙迷見 開悟於片言之間也 是以不敢多談 且惟曆象之學 堯舜之所以敬換民時 有國之不可廢者也 中國世守其法中 多喪亂舊法 日晦如漢之壺遂洛下閎 唐之一行 亦多自得於荒廢之餘 歲差年數 多少無定例 元時測晷甚廣 而大統曆節候 久而微差 一自時憲曆之出 時節無愆 七政不差 東國亦聞西士之有大功矣 昨承盛敎 不用前世之法云 然則歲差不定幾年幾度 只以星度日晷 隨差隨改歟 必有其法矣 分野之說 中國自上世所傳 如大火當宋 箕尾守燕之類 今雖地名有沿革之殊 區域可知 而昨者盛敎 不分曉於此 豈分野之法 貴邦之所不用歟? 地球 東人亦曾見其圖說矣 從

古論天地之形者 皆言天圓而地方 獨此法以爲地亦從天之圓 中高而四邊
下 不知緣何推測若是 乃用天度畫地里也 周髀鷄子黃之說 稱近於此 亦
不以天度定地里 至若諸巴之地 必非今人所目見 又何以知其如此乎 禦寇
十洲 釋氏四大部洲之說 亦近之 或出於此等傳聞歟 以此言之 中仰觀天
國僅當二十八宿中 一宿之分 貴邦之不用分野之法 抑以此歟? 仰觀天象
者 不但識星躔而己 甘石之術 以形色凌犯 占人事之吉凶 貴邦亦兼用此
術否 九章之術 座門所謂下藝之一 中國固多神于算者 巧曆則尤難其人
貴邦此術絶異萬國 厥初何所傳受歟 同文算指 曾亦窺見矣 凡算 有實有
法 以乘以除 皆取其有其數者 只曆算空中命法數 以乘除其命之也 亦有
法歟 鳴鐘之制 儘奇妙矣 日本通南船 東人數十年 僅一見之制 造不精
未數目 必多差錯 弃之不用 亦可惜也 貴邦所造 應不如是 渾天儀 中國
歷代多造 而下設機輪以水激之之法 不傳於東國 貴邦或有文字記其制法
歟 東人於此等事 甚鹵莽 凡以智曉遇以先覺覺後覺 亦豈非天主之仁也
或可示其法書否 芽基之見 故質高明者 不止于此 恐煩同敎 子萬不宣 只
乞明答所稟 以啓昏蒙

置 見者駭之 卽依舊合成 自是始覺其法 時年僅十餘歲 -(下略)-

【역문】「초3일 신축」[83]

-(상략)- 황명(皇朝)에선 대통력(大統曆)을 쓴다. 서양인 마태오 리치
(利瑪竇)가 입계하길 정간(禎間)은 역법(曆法)에 정밀하나 대통(大統)에
오차가 있다 하였다. 당시의 논의가 고치고자 했으니 그러하지 못했
다. 청나라 사람은 그 사이를 좇아 고쳐 시헌력(時憲曆)을 만들었다.

---

83) 『이재난고』책3, 권18, 辛卯, 七月에 수록된 글로 번역은 황윤석 저, 역주 김승
룡 외, 앞의 책, 2015 신언.

-(중략)- 서양사람 소림(蘇霖)과 대진현(戴進賢)이 객사 중에 와서 만났다. 글로써 인사했다. 아울러 천주(天主)의 학문을 논하고 또 역수(曆數)의 기술을 물었으나 그의 대답은 매우 명백하진 않았다. 장차 다음 대면엔 논의가 정확하길 기대한다.

○ 소재(疎齋)가 서양사람 소림(蘇霖)과 대진현(戴進賢)에게 준 편지

불쑥 선당(仙堂)을 방문했는데 친구처럼 환영하시고, 이어 곁에서 돌보아주심[臨顧]을 입었는데 게다가 좋은 선물[嘉貺]까지 주시니 동서로 10만 리의 사람이 이런 기이한 인연이 된 것이 참으로 특이한 일입니다. 정성과 호의가 곡진함은 실로 뜻밖이라 스스로 박 하고 못남을 돌아보니 어찌 이를 얻을 수 있겠습니까? 마음속으로 감동스러우면서도 부끄러움이 셀 수 없이 교차합니다[耿耿數數]. 적이 듣건대, 100여 년 동안 당신 나라의 뜻있는 인사가 오만 죽음을 무릅쓰고 큰 바다를 건너 중국에 들어갔다 돌아가지 않은 자가 발꿈치가 서로 이어진다 합니다. 생각건대 반드시 원하고 바라는 바가 살려는 마음보다 심한 것이 있을 것입니다. 어제 전각(殿閣)의 높고 깊숙한 곳을 보니 금벽(金碧)이 휘황찬란하고, 이상한 형상이 높이 걸려 있으며, 향과 촛불은 탁자에 있어, 불교[釋子]의 가람(伽藍)같다 의심했습니다. 작은 글씨로 가로쓰기를 한 조그마한 책[籤軸]이 서가에 가득하여 또한 범패(梵唄)의 문서 같았습니다. 처음 만나면서 깜짝 놀라고 의심하니 아득히 무슨 까닭인지 모르겠습니다. 보여주신 이애(利艾) 여러 선생의 책을 읽고서 대략 그 경개를 알았습니다. 아! 세간의 도를 즐거워하는 선비가 발원하는 것이 모두 당신 나라의 인사와 같으면 천고 성현의 학문이 전해지지 않음을 어찌 근심하겠습니까? 그 고심함은 가히 귀신도 감동시킬 것입니다. 성품의 처음을 회복하려 힘씀은 우리 유가의 법문(法門)과 비슷하여 심히 다를 게 없으니 황노(黃老)의 청정(淸淨) 및 구

담(瞿曇)의 적멸(寂滅)과 같이 논의할 수 없습니다. 또한 일찍이 윤리를 끊고 이치를 저버려 충효의 도리를 막은 적도 없습니다. 해내(海內)의 복희[羲]문왕[文]주공[周]공자[孔]의 말을 외우는 자들이 누군들 즐거이 듣지 않겠습니까? 그러나 천주(天主)의 강림은 부처[牟尼]의 탄신과 비슷하고, 지옥 이야기는 도리어 인과 응보의 논리를 취했으니 어째서입니까? 생각건대 이로써 천하를 바꾸기는 어려울 것입니다. 전에 중국의 현인으로 섭창하(葉蒼霞) 여러 사람의 경우는 조용하고 한가로운 물가에서 뜻을 다하여 변론했음에도 오히려 능히 모두 서로 합의하지 못했는데 하물며 타향살이에 갑자기 어찌 능히 어리석고 미혹된 식견으로 조각말 사이에 깨달을 수 있겠습니까? 이 때문에 감히 더 말하진 않겠습니다. 또한 역상(曆象)의 학문은 요순(堯舜)이 경수민시(敬授民時)한 것이라 나라를 가진 자가 버릴 수 없는 것입니다. 중국은 대대로 그 법을 지켰으나 중간에 많이 잃고 어지러워졌고 옛법도 날로 어두워졌습니다. 한(漢)의 호수(壺遂)·낙하굉(洛下閎)과 당(唐)의 일행(一行) 같은 자가 또한 황폐한 나머지에 서 많이 자득했으나 세차(歲差)와 년수(年數)엔 다소간 정해진 예는 없었습니다. 원(元) 때 깊고 넓게 그림자를 측정했으나 대통력(大統曆) 절후는 오래될수록 점차 차이 났습니다. 한번 시헌력(時憲曆)이 나오면서부터 시절(時節)엔 틀림이 없고 칠정(七政)은 차이 나지 않았으니 조선[東國]에서도 서양 인사에게 큰 공이 있다고 들었습니다. 어제 당신의 가르침을 받들었는데 전세(前世)의 법을 쓰진 않았더군요. 그렇다면 세차(歲差)에 몇 년과 몇 도를 정하지 않고 단지 별 도수와 해 그림자로 차이 날 때마다 고치는 것입니까? 필경 법식이 있을 것입니다. 분야(分野)의 학설은 중국에서 상세(上世)부터 전하는 것으로 대화(大火)는 송(朱)에 해당하고, 기미(箕尾)는 연(燕)을 지킨다는 종류와 같습니다. 지금 비록 지명(地名)에 연혁의 다름이 있으나 구역은 알 수 있습니다. 그러나 어제 당신의 가르침에 이것을 갈라 깨우쳐주지 않았으니 아마도 분야(分野)의 법이 당신 나라에서 사용하지 않아서 인지요? 지구는 저[東]시도 일찍이 그 도설(圖說)을 보았습니다. 예부터 천지의 형체를 논하는 자는 모두 천원지방(天圓地方)을 말했습니다만, 유독 이법은 지구도 역시 하늘을 따라 둥글다고 합니다. 중앙이 높고 사방 가장자리가 낮다면 무엇으로 이렇게 추측(推測)했는지 모르겠습니다만, 이에 천도(天度)로 지리(地里)를 구획하였습니다. 주비(周髀)의 달걀노른자[鷄子黃] 학설이 자못 이에 가까우나, 역시 천도(天度)로 지리(地里)를 정한 것은 아닙니다. 제파(諸巴)의 지역같은 데 이르러선 필경 지금 사람이 직접 볼 수 있는 것이 아니니 또 어떻게 그것이 이 같음을 알겠습니까? 어구(禦寇)의 10주(洲)와 석씨(釋氏)의 4대부주(四大部洲)의 학설이 또한 가까우니, 혹 이런 것을 전해 들은 데서 나왔습니까? 이로써 말하면 중국은 겨우 28수(宿) 중에 1수(宿)의 분수에 해당하니 당신 나라에서 분야(分野)의 법을 쓰지 않은 것은 이 때문입니까? 천체 형상을 올려다보면 다만 별의 궤도만 알 뿐만이 아닙니다. 감석(甘石)의 술수는 형체와 색깔이 침범[凌犯]한 것으로 인간 일의 길흉을 점치는데, 당신 나라에서도 이런 술수를 아울러 사용하는지요? 구장(九章)의 술수는 성인 문하[聖門]에서 이른바 육예(六藝)의 하나여서 중국엔 셈에 신통한 자는 본디 많으나 역법에 공교로운 경우는 그런 사람이 매우 드뭅니다. 당신 나라의 이 술수는 많은 나라와 매우 다릅니다. 애초에 무엇을 전수했는지요? 『동문산지(同文算指)』는 일찍이 또한 얼핏 보았습니다. 무릇 산수는 실수[實]가 있고 산법[法]이 있어 그것을 곱하고 그것을 나누는데, 모두 그 숫자가 있는 것을 취합니다. 단지 역산(曆算)은 공중(空中)이어서 법수(法數)를 명하여 곱하고 나누니 명(命)할 때에도 법(法)이 있습니까? 자명종[鳴鐘]의 제작은 매우 기묘합니다 일본(日本)이 남쪽에 배를 소통시켜 저[東]시는 수십 년 동안에 겨우 한번 보았으나, 제작이 정밀하지 않은지 몇 달 지나지 않아 필경 오차가 많아져 버리고 사용하지 않았으니 또한 애석합니다. 당신 나라에서 만든 것은 응당 이렇지 않을 것입니다. 혼천의(渾天儀)는 중국에서 역대로 많이 만들었습니다. 그러나 아래에 기륜(機輪)을 설치하여 물로 격동시키는 법은 조선[東國]에 전해지지 않았습니다. 당신 나라에 혹시나 그 제조법은 문자로 기록한 것이 있습니까? 제[東]시는 이런 일에 매우 무지[鹵莽]합니다. 무릇 지혜로운 자가 어리석은 자를 깨우치고, 먼저 깨달은 자가 뒤에 깨달으려는 자를 깨닫게 한다면 역시 천주(天主)의 인(仁)이 아니겠습니까? 혹시나 그 법서(法書)를 보여줄 순 없겠습니까? 어리석고 무지한[芽塞] 식견으로 고명(高明)에 질문하고픈 게 여기에 그치지 않으나 회답의 말씀이 번다할까 염려스러워 천만가지를 펼치지 못합니다. 단지 분명한 답을 주시어 어두운 저[昏蒙]를 일깨워 주십시오 -(하략)-

「朔日 乙卯」

-(上略)- 二十日 廉生永瑞 以自鳴鐘有病者 來留五日 至二十四日 先以五兩錢送去 期以三月來理 -(下略)-

【역문】「초하루 을묘」[84]

-(상략)- 20일 염영서(廉永瑞)가 자명종이 고장 난 것 때문에 방문하여 5일간 머물렀다. 24일에 먼저 5냥을 보내고 3월 안에 고쳐주기로 약속하였다. -(하략)-

---

84) 『이재난고』 책4, 권19, 甲午, 正月

「輪鐘記」

　瑞原廉生永瑞　松京忠敬公悌臣雲仍也　自錦城轉萬菖山　探蔘種黍以自
給　餘力叔夜柳下業　嘗與羅老景績　偕製輪鐘　又偕篤籠水閣主人洪大容德
保　製大璣衡于錦城館　功費四五萬文　德保有中國杭州故人陸飛者　爲記其
閣　而羅老以璣衡附見生　實有助焉　壬辰　又爲丘珍朴上舍燦璿燦瑛從兄弟
所邀　赴興陽虎山　留數年　篤製輪鐘二架　是其一也　二朴與德保　俱余渼上
同遊　觀其所好　則其人可知　-(中略)-　輪鐘者　東俗所呼自鳴鐘也　刱自泰
西諸國　明萬曆中　耶蘇會士利瑪竇　傳入中國　歷燕市而東　亦有江浙海舶
轉出日本　依製來者要之　非好古者不有也　其其制　或銅　或錫或鐵　而銅錫
華而已　惟鐵剛耐久　不遽磨損　故余所得諸廉生者　外以其華　內以其剛　爲
其外多靜而內多動也　爰有天地板　各一正方而不已薄　乾艮巽坤四隅及坎
離震中　其柱者各一　並長而直　厚居廣半　而坎离及中者　廣又倍　其上洞天
下植地　孔受軸　而面張屏　則一也

【역문】「윤종기」[85]

　서원(瑞原) 염영서(廉永瑞)는 개성 충경공(忠敬公) 염제신(廉悌臣)의
후손[雲仍]이다. 나주[錦城]에서 만복산(萬菖山)으로 옮겨와 인삼을 캐고
기장을 심으로 생활하였고, 힘이 남으면 숙야(叔夜)·유하혜(柳下惠)의
업을 일삼았다. 일찍이 나경적(羅景績)과 함께 윤종(輪鐘)을 만들었다.
또 농수각(籠水閣) 주인 덕보(德保) 홍대용(洪大容)과 함께 금성관(錦城
館)에 큰 기형(璣衡)을 만들었는데 비용이 4~5만 문이었다. 덕보와 친
분이 있는 지금은 고인이 된 중국 항주 출신의 육비(陸飛)가 농수각의

85)『이재난고』책4, 권19, 乙未, 三月, 二十七日

기문을 지었다.[86] 나경적이 기형을 염영서에게 부탁했는데 실로 도움이 있었다. 임진년(1772) 구진에 사는 상사 박찬선(朴燦璿)·찬영(朴燦瑛) 형제가 부르자 흥양(興陽) 호산(虎山)으로 가서 수년을 머무르며 윤종 2가를 만들었는데 이것이 그중 하나다. 박찬선 형제와 덕보는 나와 함께 미수에서 노닐었는데 좋아하는 것을 보면 그 사람을 알 수 있다. -(중략)- 윤종은 우리나라에서는 자명종[87]이라고 부른다. 서양의

---

86) 홍대용은 1766년에 연행하여 북경 유리창(流璃廠)에서 2월 28일부터 29일까지 육비(陸飛) 등과 필담을 나누었다. 이때 육비에게 자신이 만든 농수각의 기문을 써줄 것을 부탁한 바 있다 부탁하는 글에서 홍대용은 "내 나라에 나경적(羅景績)이라는 이가 있어서, 노경에 동복(同福 : 전라도 화순)에 은거하여 측후(測候)에 대해 깊이 연구하였고, 그 문인 안처인(安處仁)은 스승이 만든 것을 더욱 깊이 연구하여 이에 관한 교묘한 생각들이 많았으므로 담헌은 이들을 찾아보고 함께 구제(舊制)를 수정하여 3년이 걸려서 혼천의(渾天儀) 한 대를 만들어 이미 얻어 두었던 서양의 후종(候鐘)과 함께 내가 사는 집안의 농수각(籠水閣)이란 곳에 보존해 두고 아침저녁으로 관찰 연구한다."고 밝혔다 홍대용의 부탁을 받고 육비는 기문을 써주었다.(『담헌서』 외집 부록 「애오려제영(愛吾廬題詠) : 농수각기(籠水閣記)」) 김이안(金履安) 역시 기문을 썼는데 그에 따르면, 홍대용이 호남에 갔다가 돌아와 김이안에게 말하기를 나경적이라는 기사(奇士)를 만났는데 나이 70여 세였으며 선기옥형(璿機玉衡)에 대해 깊이 있어 함께 힘을 합쳐 완성하기를 약속하였다고 하였다 이에 김이안이 빨리 만들도록 재촉하였고 홍대용은 나경적과 함께 3년 만에 기구를 완성하고 농수각(籠水閣)을 지어 그 안에 보관하였다. (『담헌서』 외집 부록 「애오려제영(愛吾廬題詠) : 농수각기(籠水閣記)」.)

87) 자명종 : 마태오 리치가 가져와 만력제에게 바치면서 처음 알려졌다. 1631년(인조9) 정두원(鄭斗源)이 명나라에 사신으로 갔다가 로드리게스(陸若漢)에게 선물로 받아와 조선에도 소개되었다. 효종 때에 밀양사람 유여발(劉興發)이 일본 상인이 가지고 온 자명종에 대해 연구한 끝에 그 구조를 터득하였다고 하며, 1669년(현종10) 천문학 교수 송이영(宋以穎)이 자명종을 만들었다는 기록이 있다. 1715년(숙종14) 관상감 관원 허원(許遠)이 청나라에서 가져온 자명종을 본떠 새로운 자명종을 만들었고 1723년(경종 3)에는 일정 시간이 되면 소리가 울리는 문진종(問辰鐘)이 만들어졌다. 자명종에 대해서는 이은영, 「조선후기 연행사의 천주당 방문과 서양문물 체험」, 이화여자대학교 석사학위논문, 2015, 140~145쪽 참조.

여러 나라에서 처음 만들어 명나라 만력 연간에 야소회(耶蘇會) 선비 이마두가 중국에 전해 들여왔다. 북경을 거쳐 우리나라로 왔고 강소성과 절강성의 배를 통해 일본으로 전해졌다. 만들어져 전래한 것을 맞이하였는데 요컨대 옛것을 좋아하지 않는 사람은 갖지 않았다. 그 제도는 혹은 구리, 혹은 주석, 혹은 철로 만들었는데 구리와 주석으로 만든 것은 화려할 뿐이며, 철로 만든 것만이 내구성이 강해 빨리 닳지 않는다. 내가 염영서가 만든 것을 얻었는데 겉은 화려하고 안은 튼튼하며 바깥은 아주 조용한데 안에서는 많이 움직인다. 천지를 형상하는 널판이 있어 각각 하나의 정방을 이루고 너무 얇지 않다. 건·간·손·곤 네 모퉁이 및 감·이·진 가운데에 기둥이 각 한 개씩 있는데 모두 길고 곧으며 두께는 넓이의 반이다. 감·이와 가운데 것은 넓이가 곱절이다. 그 위는 하늘로 뚫려 있고 아래는 땅에 세웠으며, 구멍에 축을 끼우고 면에는 병풍을 두른 것은 즉 한 가지이다.

「初四日 癸卯」

-(上略)- 又言 中國近有一法 出自西洋新傳者 能用機輪 使一婦孺運
之 而千斤大石 可輸如草芥之輕者 驟聞可疑 而其必有理 但未知幾時傳
至東國耳 余問姜曰 世稱左右 於詩文書畫律呂 皆所究悟 未知律呂一家
能有定論否 姜曰 此皆非如我所可窺者 且如律呂正義一書 雖出於西洋人
以爲青帝所纂 而按其書 茫然不可測 奈何 -(下略)-

【역문】「초4일 계묘」[88]

-(상략)- 또 말하기를 "중국에 근래 서양으로부터 새로 전해진 한
가지 기술이 있는데 능히 기륜(機輪)을 사용하여 한 명의 부녀자나 아
이에게 그것을 움직이게 하더라도 천근이나 되는 큰 돌도 가벼운 지
푸라기처럼 옮깁니다. 들으면 의심할 만하지만 그것은 필시 이치가
있을 것입니다. 다만 어느 때에 우리나라에 전해질지 알지 못하겠습
니다." 하였다 내가 강씨에게 묻기를 "세상에서 그대를 칭하기를 시·
문·서화·율려에 모두 궁구한 바가 있어 깨달았다고 하는데 율려의 학
문에 정론(定論)이 있는지 모르겠습니다." 하니, 강이 말하기를 "이는
저 같은 사람이 엿볼 수 있는 바가 아닙니다. 또 『율려정의(律呂正義)』
같은 책은 비록 서양인에게서 나왔지만 청나라 황제가 찬집(纂輯)한
것입니다. 그 책을 살펴보면 아득하여 헤아릴 수 없으니 어찌하겠습
니까." 하였다. -(하략)-

---

88) 『이재난고』 책4, 권22, 丙申, 八月

「五日 甲辰」

-(上略)- 轉訪洪監察大容德保【渼上丈席 改字弘之】于大貞洞 德保見
余驚喜 亟問易學留意處 以至律曆淵源 說話縷縷 因以出示曰 此實平生
所願講者 而無人可與開口 老兄 春間之行 事不偶然 而乍來旋遞 已極可
恨 今則春桂二坊 俱罷矣 若幸猶有公論 知老兄尚在八耋慈侍之下 而爲
之牽復入京 則豈惟世道之慰 亦老兄爲養之喜 而如弟謏見 尤可有所講磨
矣 因要余留宿 余辭以歸期未遠 當入泮 圖得歸資 德保又言 旣欲趁卒哭
參與闕外散班 則何不前一夕來留此處以待耶 地近闕下 重可便也 余諾之
是時 德保出曆象考成後編七冊 許余借 歸本宅待後便還送曰 此等文字
必付當付者 可矣 -(下略)-

【역문】「5일 갑진」89)

-(상략)- ○발길을 돌려 대정동(大貞洞)으로 감찰 덕보【미상장석(渼上
丈席)90)이 자(字)를 홍지(弘之)로 고쳐주었다.】홍대용을 찾아갔다.
덕보가 나를 보고 깜짝 놀라며 기뻐하더니 갑자기 역학에 유의할 곳
을 물었는데 『율력연원』에 이르기까지 이야기가 계속 이어졌다. 『율
력연원』을 꺼내 보이며 말하기를 "이것이 실로 평생 연구하고자 원했

---

89) 『이재난고』 책4, 권22, 丙申, 八月
90) 미상장석(渼上丈席) : 미상은 석실서원(石室書院)이 있던 남양주 미호(渼湖), 장
  석은 스승의 강석(講席)을 말한다. 미상장석은 즉 석실서원에서 후학을 양성하
  던 김원행(金元行, 1702~1772)을 가리킨다. 홍대용이 김원행의 지도를 받았다.
  황윤석은 28세가 되던 해에 부친의 강압으로 김원행을 찾았는데 3년 만인 1756
  년 입문을 허락받아 이후 김원행이 세상을 떠나기 전인 1772년까지 16년 동안
  김원행을 스승으로 모시며 많은 영향을 받았다. (조준호 등, 『석실서원』, 2018,
  한국학중앙연구원출판부 참고)

던 것인데 더불어 입을 떼볼 사람이 없었습니다. 노형께서 봄에 행차했을 때 일이 우연치 않게 잠깐 사이에 바로 교체되어 매우 아쉬웠습니다. 지금은 춘방(春坊)·계방(桂坊)이 모두 혁파되었습니다. 다행히 공론이 있다면 노형이 아직 여든이 되신 자친을 모시고 있음을 알 것입니다. 그 때문에라도 억지로 다시 서울에 오시게 된다면 어찌 단지 세도에만 위로가 되겠습니까. 노형은 봉양하는 기쁨이 있을 것이고 저에게도 단견(短見)을 강마(講磨)할 기회가 될 것입니다." 하였다. 그리고 나에게 머물러 자고 가라고 청하였다. 나는 머지않아 귀향해야 해서 반중에 들어가 돌아갈 노자를 구해야 한다고 사양하였다. 덕보가 또 말하기를 "졸곡에 나아와 궐 밖의 산반(散班)과 더불어 참여하고자 하신다면 어찌 하루 전날 저녁에 이곳에 와서 머물며 기다리지 않으시겠습니까? 지역이 대궐 아래에 가까워서 더욱 편리할 텐데요." 하여 내가 그러겠다고 하였다. 이때 덕보가 『역상고성』 후편 7책을 꺼내 빌리게 해주면서 본댁에 돌아가서 나중에 인편을 기다려 돌려보내 달라 말하기를 "이러한 문자는 필시 마땅히 드려야 할 분에게 드리는 것이 좋습니다." 하였다. -(하략)-

「九日 戊申」

-(上略)- 是日 觀德保所藏曆象攷成上下後編及數理精蘊 幷八線對數表對數闡微表 又觀泰西坤輿全圖 康熙甲寅西士南懷仁所增修者 共八疊爲圖者二 各列赤道 半天爲一圖【德保又言 家藏蓍草 一握五十莖 卽中國人所以遠饋者云 産于伏羲文王塚上 而我國方言所謂삐양뼤也】是夕 歸泮中 更閱曆象攷成後編 -(下略)-

【역문】「9일 무신」[91]

-(상략)- 이날 덕보가 소장한 『역상고성(曆象攷成)』 상·하·후편 및 『수리정온(數理精蘊)』과 아울러 『팔선대수표(八線對數表)』『대수천미표(對數闡微表)』를 보았다. 또 『태서곤여전도(泰西坤輿全圖)』를 보았는데 강희 갑인년에 서양 선비 남회인(南懷仁)[92]이 증수(增修)한 것으로 모두 8첩이었다. 그림이 2개인데 각각 적도(赤道)를 열거하고 하늘을 반으로 나누어 1도(一圖)로 만들었다.【덕보가 또 말하기를 "집에 소장하고 있는 시초(蓍草)는 한 움큼이 50줄기인데 중국인이 멀리서 보내준 것입니다." 하였다. 복희 문왕의 무덤 위에서 생산된 대나무로 우리나라 방언으로는 '삐양뼤'라고 한다.】이날 저녁 반중으로 돌아와 다시 『역상고성』 후편을 열람하였다. -(하략)-

---

91) 『이재난고』 책4, 권22, 丙申, 八月
92) 남회인(南懷仁, Ferdinand Verbiest, 1623~1688)

「十日 辛丑」

○ 又及數理精蘊曆象故成 入京請借之說 則倅作小札于孝敬橋南開川
邊中路人朴景俞 付余入京 覓傳借看 -(下略)-

【역문】「10일 신축」[93]

○ 또『수리정온』·『역상고성』을 언급하면서 서울에 가거든 빌려달
라고 했더니 사또가 효경교(孝經橋) 남개천변(南開川邊)에 사는 중인 박
경유(朴景俞)에게 짧은 편지를 써서 내게 주며 서울에 들어가거든 찾
아가 전하고 빌려보라고 했다. -(하략)-

---

93)『이재난고』책4, 권24, 戊戌, 二月

「十五日 乙巳」

轉訪金注書鍾純 ■昭格洞 要借數理精蘊 則云方借在鄕友家 -(下略)-

【역문】「15일 을사」[94]

　■ 소격동(■昭格洞)[95]에 사는 주서(注書) 김종순(金鍾純)을 방문하여
『수리정온』을 빌려달라고 요청하니 지금 고향 친구에게 빌려주었다
고 하였다. -(하략)-

---

94) 『이재난고』 책4, 권24, 戊戌, 四月
95) 판독이 불가한 한자는 ■로 표기하였다.

「與鄭進士東驥」

比殊阻音 不審侍學增相 令從氏啟居一般否 胤錫 奔走未已 恐或成狂
疾 不知造物 故令乃爾 即時時贍想之勤 無由一造如意 重可歎耳 人生苦
樂 固非談命者可質 而古亦有紀之者 所諾曆通寫本 今試踐之 如何 或猶
未完役否 七政百中之唐本 亦願幷示早晏自面扣不審統惟助下 戊戌四月
二十一日 胤錫拜 -(中略)-

　　○ 鄭上舍東驥書來 幷得前書及曆通寫本三冊兼紅袿 所謂曆通者 大
西洋人穆尼閣口譯 而北海薛鳳祚儀甫編輯者也 -(下略)-

【역문】「진사 정동기(鄭東驥)에게」[96]

　근래 소식이 격조했는데 모르겠습니다. 시하에서 학문이 더욱 진전
되었겠지요. 종씨(從氏)의 기거는 여전한지요. 저는 분주함이 끝나지
않아 혹 광질(狂疾)을 이룰까 걱정입니다. 조물이 그렇게 명하여 그러
한지도 모르겠습니다. 때때로 부지런히 바라보며 생각하지만, 뜻대로
한번 나아갈 길이 없으니 거듭 탄식합니다. 인생의 고락은 본래 운명
을 말하는 자에게 물어볼 것은 아닙니다. 『역통(曆通)』[97] 사본(寫本)을
허락하셨는데 지금 그렇게 해주실 수 있는지요. 혹 아직 다 끝내지 못
하셨습니까 『칠정백중력(七政百中曆)』의 중국본 또한 조만간 아울러

---

96) 『이재난고』 책4, 권24, 戊戌, 四月, 二十一日, 辛亥
97) 『역통(曆通)』: 설봉조(1628~1680)가 편찬한 『역학회통(曆學會通)』을 말한다.
　　설봉조는 프랑스 태생의 예수회 선교사 스모골랜스키(Jan Mikołaj Smogulecki,
　　1610~1656)에게 천문학과 수학을 배웠다. 그는 코페르니쿠스 체계를 수용했으
　　며 수리·의학·물리 등의 방면에서도 많은 기여를 했다. 30여 년에 걸친 연구
　　결과를 『역학회통』으로 집대성하였다. 『역학회통』에 대해서는 王雪源,「薛凤祚
　　与《历学会通》」,『山东图书館學刊』5, 2010 참고.

보여주시기 바랍니다. 뵙고 문의해야 하는데도 살피지 못했으나 오직 도움을 주시기 바랍니다. 무술년 4월 21일 윤석 올림 -(중략)-

○상사 정동기의 편지가 왔다. 아울러 앞의 편지 및 『역통』 사본 3책을 붉은 보자기에 싸서 보내왔다. 이른바 『역통』이란 것은 대서양인 목니각(穆尼閣)[98]이 구역(口譯)하고 북해(北海) 설봉조(薛鳳祚) 의보(儀甫)가 편집한 것이다. -(하략)-

---

98) 목니각(穆尼閣, J.N.Smogokenski, 1610~1656)

「初三日 辛酉」

-(上略)- 今按西人對數表 見數理精蘊 以假相加而眞之承 以假相減而
得眞之除 以假加倍而得眞之方乘 以假折半而得眞之方除 卽此珠算定子
之理也

【역문】「윤6월 초3일 신유」[99)]

-(상략)- 지금 서양인의 대수표를 살펴보기 위해『수리정온』을 보
았다. 가상의 갑을 더해 진수에 올리고 가상의 값을 감해 진수의 나머
지를 얻고 가상의 값을 곱하여 진수의 방승(方乘)을 얻고 가상의 값을
절반으로 나누어 진수의 방여(方除)를 얻으니 이것이 주산(珠算) 정자
의 이치이다.

---

99)『이재난고』책5, 권25, 戊戌, 閏六月

「卽事二絶」

-(上略)-

其二 心學程朱天學西 圖書律曆一圓齊 東人色色渾偏見 誰與窮幽得喝迷

-(下略)-

【역문】「즉사(卽事) 절구 두 수」100)

-(상략)-

둘째 수

심학(心學)은 정주(程朱)이고 천학(天學)은 서양[西]이니

도서와 율력(律曆) 온 하늘에 가지런하네.

동인(東人)은 색색이 온통 편견이니

누구와 깊이 궁구하여 미혹함을 꾸짖을까.

-(하략)-

---

100) 『이재난고』 책5, 권26, 戊戌, 閏六月, 十九日, 丁丑

「二十五日 癸丑」

-(上略)-

　六　西洋　在西南海中　去中國極遠　古無可考　明萬曆中　有利瑪竇　始汎
海　抵廣州香山澳【亦作奧】二十九年　入京師　自稱大西洋人　留不去　自是
其徒來者益衆　四十四年　禮官沈淮晏文輝等　斥其惑衆　疑爲佛郎機假託
帝始令俱遣赴廣東還本國　遷延不行　-(中略)-　其地之遠近　舊史不載　今據
利瑪竇南懷仁等所記　歐邏巴州之地　共七十餘國　其大者曰以西把尼亞　曰
拂郎察　曰意大里亞　曰熱爾瑪尼亞　曰佛蘭地亞　曰波羅泥亞　曰翁加里亞
曰大泥亞諸國　曰尼勒祭亞　曰莫斯哥未亞　此與大明會典　西洋瑣里國　非
一國也【意大里　卽意達里】-(下略)-

【역문】「25일 계축」101)

　-(상략)-

　6. 서양 서남해 가운데에 있다. 중국으로부터 거리가 아주 멀어 옛
날에는 상고할 수 없다. 명나라 만력 연간에 이마두가 처음으로 바다
를 건너 광주 향산오(香山澳)102)【또는 오(奧)라 한다.】에 이르렀다가
만력 29년(1601) 경사에 입성하여 대서양인이라고 자칭하며 머물면서
가지 않았다. 이때부터 그 무리가 중국으로 오는 자들이 더욱 많아져
만력 44년에 예관 심회(沈淮)·안문휘(晏文輝) 등이 그들이 대중을 미혹

---

101) 『이재난고』 책5, 권25, 戊戌, 閏六月
102) 향산오(香山澳) : 오늘날의 마카오를 가리킨다. 아오먼은 해상 교통의 요지로
　　　일찍부터 외국과의 교류가 많았다. 1557년 포르투갈 인들이 중국으로부터 마카
　　　오 거주를 허가받았고 포르투갈 인들에 의해 마카오로 알려지게 되었다. 1582
　　　년 마태오 리치는 이곳에 도착하였다.

한다 하며 배척하고 프랑스가 가탁하는 것이라 의심하여 황제가 비로소 모두 광동(廣東)으로 보내 본국으로 돌아가게 하였으나 시간을 끌며 가지 않았다.103) -(중략)- 그 나라의 멀고 가까움이 옛 사서에는 기록되지 않았는데 지금 이마두(利瑪竇)·남회인(南懷仁) 등이 쓴 것을 살펴보니 구라파주의 땅이다. 모두 70여 국으로 큰 나라는 서파니아[에스파냐], 불랑제[프랑스], 의대리아[이탈리아], 열이마니아[독일], 불란지아[플랑드르], 파라니아[폴란드], 옹가리아[우크라이나], 대니아제국[덴마크제국], 니륵제아[그리스], 막사가미아[모스크바] 라고 부르는데 이는 『대명회전(大明會典)』에도 기록되었다. 서양의 자질구레한 리국(里國)은 하나의 나라가 아니다. 【의대리는 의달리이다.】

---

103) 선교사 바뇨니(Vagnoni, A, 高一志) 등이 남경에 거주하면서 천주교를 전파하여 천주교를 믿는 자들이 늘어나자 1616년(만력 44) 예과급사중(禮科給事中) 여무자(余懋孶)가 상소하여 바뇨니 등이 군중을 선동하고 미혹시키고 있다면서 예수회 선교사를 배척할 것을 청하였다. 만력제는 청을 받아들여 바뇨니 등을 광동으로 보내 본국으로 돌아가게 하도록 명하였다. (『神宗顯皇帝實錄』 권547, 萬曆 44년 7월 20일·12월 12일 참조.)

「八日 乙未」

　-(上略)- 午後 張察訪顯慶來訪 言頃見大提學徐台命膺 及其子參判
浩修 則父子方幷撰東國儀象志 蓋倣淸康熙中 西洋人南懷仁儀象志也
-(下略)-

【역문】「8일 을미」[104]

　-(상략)- 오후에 찰방(察訪) 장현경(張顯慶)이 찾아와서 말하기를 "지
난번에 대제학(大提學) 서명응(徐命膺) 대감 및 그 아들 참판 호수(浩修)
를 만나니 부자가 모두 『동국의상지(東國儀象志)』를 편찬하고 있었는
데 대개 청 강희 연간에 서양인 남회인(南懷仁)의 『의상지(儀象志)』[105]
를 본뜬 것입니다."라고 하였다. -(하략)-

104) 『이재난고』 책5, 권26, 戊戌, 七月
105) 『의상지(儀象志)』: 벨기에 태생의 선교사 페르비스트(Ferdinand Verbiest, 南懷
　　仁)가 간행한 역서로, 『영대의상지(靈臺儀象志)』라고도 한다. 중국인 유성덕(劉
　　聖德)의 도움을 받아 1674년 흠천감에서 출판하였다. 페르비스트가 만든 여러
　　관측 기기의 구조와 원리, 제작법과 이들 기기를 사용하여 천체를 관측하는 데
　　필요한 각종 표 등을 수록되어 있다. 1715년(숙종 41) 관상감정(觀象監正)으로
　　있던 역관 허원(許遠)이 청나라에 가서 하석(河錫)에게 역법을 배우고 돌아올
　　때 가지고 온 후 관상감에서 다시 간행하여 조선에서도 널리 활용되었다.

「初六日 壬辰」

-(上略)- 聞六曹街東南隅市上 有西洋曆法二冊唐本 卽湯若望所撰也
更令尋覓 則無之云 -(下略)-

【역문】「초6일 임진」[106]

 -(상략)- 소문에 육조거리 동남쪽 귀퉁이 시장가에 서양 역법 2책
중국본이 있는데 탕약망(湯若望)이 편찬한 것이라고 한다. 재차 찾아
보게 하였는데 없다고 한다. -(하략)-

---

106) 『이재난고』 책5, 권26, 戊戌, 九月

「七日 癸巳」

-(上略)- 張詣闕受牌 先訪金碩士致益仲謙【卽洪泰仁大容內兄】於宗薄
寺大門之外東邊 所謂長生殿洞也 金於余赴直宗薄數年時 甚欲見余 而余
以其一門有大臣【金台致仁】爲嫌 不肯先訪 今春 余以公禮投刺於金台鐘
秀也 金適在座 而余旣未識面目 及其退而聞諸司僕李僚廷恢 則曰 俄者
所見 卽所謂其門中學者金致益也 其言固輕薄 而余猶惜未及接話 今十月
行經泰仁也 洪使君 旣爲余留書 因附書于金 已爲兩間紹介相見之道 又
請轉借數理曆象兩書全函 故余始躬訪 金亦欣瀉有欲縷縷 而其家有兒病
方迎醫診視 余不須久留 故只借數曆全函共五十冊【數理精蘊三十二冊】
曆象考成一十八冊 付部隷先去 -(下略)-

【역문】「7일 계사」107)

궐에 나아가 패(牌)를 받으려다 먼저 김석사(金碩士) 치익(致益) 중겸
(仲謙)【곧 태인 홍대용(洪大容)의 고종사촌 형이다.】을 종부시(宗薄寺)
대문 밖 동쪽으로 찾아갔으니 이른바 장생전동(長生殿洞)이다. 김석사
는 내가 종부시(宗薄寺)로 부직(赴直)하는 수년 동안에 나를 매우 만나
고 싶어 했으나 내가 그 가문에 대신(大臣)【김치인(金致仁) 대감】이 있
어 의심받을까 하여 먼저 방문하려 하지 않았다. 올해 봄, 나는 공례
(公禮)로 김종수 대감께 명함을 드렸다. 김석사가 때마침 자리에 있었
지만 내가 원래 얼굴을 알지 못하여 물러났다. 물러날 때에 사복(司僕)
으로 있는 동료 이정회(李廷恢)가 "조금 전에 본 사람이 곧 그 문중의
학자 김치익입니다." 하는 것을 들었다. 그의 말이 진실로 경박했지만

---

107) 『이재난고』 책5, 권27, 戊戌, 十一月

나는 마주하고 이야기하지 못한 일을 애석히 여겼다. 올 10월, 태인을 지날 때 홍사군이 나를 위해 편지를 가지고 있다가 뒤이어 김치인에게 편지를 부치어 양편을 서로 소개하여 만나게 하는 방법을 마련해 놓았다. 또 『수리정온(數理精蘊)』과 『역상고성(曆象考成)』 두 책 전함을 빌리기를 청했다. 그래서 내가 처음으로 방문했더니 김치인도 역시 흔쾌히 쏟아 내어 자세히 하고자 하였지만 그의 집에 아이가 병이 들어 마침 의원을 맞아 진찰[診視]하니 나는 오랫동안 머물 수 없었다. 곧 『수리정온』과 『역상고성』 전함 모두 5십 책【『수리정온』 32책】과 『역상고성』 18책을 빌려 부례(部隸)에게 주어 먼저 가게 하였다. -(하략)-

「二十六日 壬子」

-(上略)- 李德懋言 近日京中 以西學數理專門者 徐命膺及子浩修 而
又有李蘗 卽武人格之弟也 廢擧不出 爲人高潔 方居紵洞 又有鄭厚祚 卽
文官喆祚之弟也 專意於天下輿圖之學 嘗言大淸一統志輿圖固精 而猶不
如大淸會典所載者云 -(下略)-

【역문】「26일 임자」[108]

　-(상략)- 이덕무(李德懋)가 말하기를 "요즘 서울에서 서학과 수리를
전문으로 하는 사람은 서명응과 아들 호수이다. 그리고 또 이벽(李蘗)
이 있으니 그는 무인 이격(李格)의 아우이다. 과거를 그만두고 밖을 나
오지 않는데 사람됨이 고결하며 지금 저동(紵洞)에 살고 있다. 또 정후
조(鄭厚祚)[109]가 있으니 문관 철조(喆祚)의 아우이다. 그는 세계지도 공
부에 뜻을 두었는데 『대청일통지(大淸一統志)』가 진실로 정밀하지만,
여전히 『대청회전(大淸會典)』이 담고 있는 것만 같지 못하다."라고 하
였다. -(하략)-

---

108) 『이재난고』 책5, 권27, 戊戌, 十一月
109) 정후조(鄭厚祚) : 정철조의 아우로 지리 방면에 조예가 깊었다. 정철조와 함께
　　지도 연구에 매진하였는데 이들 형제가 만든 지도는 정상기의 지도를 발전시켜
　　19세기 김정호로 이어지는 가교 역할을 한 것으로 평가된다. 황윤석이 정철조
　　를 방문하였을 때 정철조는 '동국팔도지도'를 내어 보여주었는데 이는 정상기
　　가 만든 것을 정철조 형제가 보완한 것이었다. (안대회, 「조선의 다빈치, 정철조
　　(鄭喆祚)」, 『문헌과 해석』36, 2006, 114~115쪽 참고.)

「二日 戊午」

　-(上略)- 頃以西洋新法曆書全帙　及數理精蘊之八線對數諸表六冊　命
趙吏搜出定價以來　而終不能得　乃以新法曆書中　八線舊表一冊先來者　定
價二錢給買　蓋八線舊表　只就逐度逐分下所推定　而不給於各分之每十秒所
列　故視精蘊之八線新表　稍欠精密　而猶勝於無故　不得不買取也 -(下略)-

【역문】「3일 무오」110)

　-(상략)- 지난번에『서양신법역서(西洋新法曆書)』전질과『수리정온』
의 팔선대수제표(八線對數諸表) 6책을 아전 조씨에게 찾아서 정가로 가
져오게 했지만 끝내 얻을 수 없었다. 그래서『신법역서』가운데 먼저
온 팔선구표 1책을 정가 2전을 주고 샀다. 대개 팔선구표는 다만 축도
(逐度)·축분(逐分)에 따라 추정한 것인데 각 분의 10초마다 나열된 것
을 갖추지 못하였다. 그래서『수리정온』의 팔선신표(八線新表)와 비교
하면 조금 정밀함이 부족하지만 없는 것보다는 나아서 어쩔 수 없이
사들였다. -(하략)-

---

110)『이재난고』책5, 권27, 戊戌, 十二月

「十二日 丙申」

-(上略)- 李君以錫頃言 靈光人李珩鎭與宋之璉張宗極 幷留意三式家
聞京城有曆象考成數理精蘊等書 甚欲一寓目云 -(下略)-

【역문】「13일 병신」111)

-(상략)- 이이석(李以錫)이 지난번에 말하기를 영광 출신 이형진(李珩鎭)과 송지련(宋之璉), 장종극(張宗極)은 모두 삼식(三式)112)에 뜻을 둔 자들로 한성에『역상고성(曆象考成)』,『수리정온(數理精蘊)』과 같은 책이 있다는 것을 듣고 한 번이라도 너무 보고 싶어 한다고 하였다. -(하략)-

---

111)『이재난고』책5, 권28, 乙亥, 三月
112) 삼식(三式) : 모두 길흉을 점치는 술수(術數)의 일종이다. 태을·기문·육임(六壬)을 삼식(三式)이라고 부르는데 태을은 천원(天元)을 위주로 하여 나라의 일을 헤아리고 기문은 지원(地元)을 위주로 하여 단체의 일을 육임은 인원(人元)을 위주로 하여 개인의 일을 헤아린다고 한다.

「十五日 丁酉」

○ 又送書于宗簿洞金南原之子致益 卽洪泰仁德保內兄也 因以德保數
理精蘊全秩・曆象考成全帙 共五十冊 一梧匣還附 要附書德保 以吿領受
之意 -(下略)-

【역문】「15일 정유」113)

○ 또 종부동(宗簿洞) 김남원(金南原)의 아들 치익(致益)에게 편지를
보냈는데 그는 곧 덕보(德保) 홍태인[홍대용]의 내형(內兄)이다. 덕보의
『수리정온(數理精蘊)』 전질과 『역상고성(曆象考成)』 전질 등 총 50책,
오동나무 1갑을 돌려보내니, 받았음을 알려달라는 내용으로 덕보에게
편지를 부쳐달라고 부탁하였다. -(하략)-

113) 『이재난고』 책6, 권30, 丁酉, 七月

「十七日 己亥」

○ 金斯文致益答書追至　謂受洪泰仁數理曆象二書　早晚當書報泰仁
-(下略)-

【역문】「17일 기해」[114]

○ 사문(斯文) 김치익(金致益)이 보낸 편지가 뒤늦게 왔다. 편지에서 말하기를 "홍대용의 『수리정온(數理精蘊)』과 『역상고성(曆象考成)』 두 책을 받았음을 조만간 홍대용에게 편지하여 알리겠습니다."라 하였다. -(하략)-

---

114) 『이재난고』 책6, 권33, 己亥, 七月

「初五日 癸未」

○ 送一官隷傳書于水樓 推曆象考成八線表 將以還官改粧也 -(下略)-

【역문】「초9일 계미」[115]

○ 한 명의 관례(官隷)를 보내 수루(水樓)에게 편지를 전하며 『역상고성(曆象考成)』·『팔선표(八線表)』를 가져오게 하였다. 장차 임소로 돌아올 때 개장(改粧)할 것이다. -(하략)-

---

115) 『이재난고』 책6, 권33, 庚子, 五月

「初六日 甲申」

○ 官隷 自秋里水樓歸 得宋先達書 及士謙書 曆象考成六冊八線表一
冊 –(下略)–

【역문】「초6일 갑신」[116]

○ 관례가 추리(秋里) 수루(水樓)로부터 돌아왔다. 송선생의 편지와
사겸(士謙)의 편지『역상고성(曆象考成)』6책과『팔선표(八線表)』1책을
가지고 왔다.

---

116)『이재난고』책6, 권33, 庚子, 五月

「與金判書鍾秀書」

-(上略)- 昔歲下敎敎學者先以六藝者 極實且確 而窮鄕苦鮮此等文字
如數理精蘊曆象考成前後編及律呂正義 總名爲律曆淵源者 或有可令轉
購者 則因北風惠德音如何 -(下略)-

【역문】「판서 김종수에게 주는 편지」[117]

-(상략)- 지난해에 내리신 교학자는 육예를 먼저 해야 한다는 가르
침은 극히 확실합니다. 그런데 후미진 시골에는 이러한 글이 매우 드
뭅니다. 『수리정온(數理精蘊)』·『역상고성(曆象考成)』 전·후편과 『율려
정의(律呂正義)』를 총칭한 『율력연원(律曆淵源)』 같은 것을 혹 구입해
줄 수 있는 사람이 있으며 북풍에 좋은 소식을 알려주시는 것은 어떻
겠습니까. -(하략)-

---

117) 『이재난고』 책7, 권36, 乙巳, 正月, 十一日, 辛酉

「二十五日 丙寅」

-(上略)- 僿說 引湯若望主制群徵曰 太陽西行四刻約應地四百五十二
萬里 則一刻行一百一十三萬里 一日九十六刻 則一億八百四十八萬里 爲
天周又曰 物行之速 莫如銃彈 經刻之一分【一刻一十五分】得九里 如意繞
地一周非七日 不可是太陽四刻出行 乃銃丸三百四十八日之行 銃丸七日
行九萬

【역문】「25일 병인」118)

-(상략)-『성호사설(星湖僿說)』에서 탕약망(湯若望)의 『주제군징(主制
群徵)』119)을 인용하여 말하기를 "태양이 서쪽으로 4각을 서행하는 것
은 응당 지구의 4백 5십 2만이니 1각은 1백 1십 3만 리이다. 하루가
96각이면 1억 8백 4십 8만 리이다." 하였고 천주(天周)에 대하여 또 말
하기를 "물건이 움직이는 빠르기는 총탄만 한 것이 없으니 1분 사이에
【1각은 15분이다】 9리를 갈 수 있다. 만일 지구를 한 바퀴 도는 데 7일
이 걸리지 않을 수 없으니 이는 태양이 4각을 동안 가는 거리는 총탄
이 3백 8십일을 가고 총환이 7일 동안 9만 리를 가는 것이 된다."120)
라 하였다.

118)『이재난고』책7, 권39, 丙午, 七月
119)『주제군징(主制群徵)』: 예수회 소속의 독일인 신부 아담 샬(Adam Schall von
   Belll, 湯若望, 1591~1666)이 1629년 저술한 천주교 서적이다.『주제군징(主制群
   徵)』은 '세상을 주제하는 천주에 대한 많은 증거'라는 뜻을 지니고 있다. 즉 천
   주가 실존한다는 점을 여러 가지 근거를 들어 증명한 책이다. 조선에는 1732
   년 연행한 이의현(李宜顯)이 천주당에 갔다가 선물로 받아오면서 전해졌다. 특
   히『주제군징』에 포함된 서약 의학 내용은 이익이나 이규경 등 여러 지식인의
   관심을 받았다.
120)『성호사설(星湖僿說)』에서 ~ 라 하였다 :『성호사설』권3, 천지문(天地門),「일
   천지행(日天之行)」에 보인다.

「二十七日 戊辰」

-(上略)- 又言 德保遊北京 遇乾隆親兄弟藩王之世子於書隷中 見贈以
西洋問辰鐘一部 體比胡桃纔大 以兩半殼開閉 中有一最小輪鐘 自鳴 時
時刻刻倶報 而輪牙細如縷 所用鐵疑非鐵也 本價 銀八十兩 西洋製也 傳
至京中 爲卿相宗室駙馬所傳玩 多欲攘者 忽有傷損 付書世子請修改 而
書與鐘倶佚 蓋必譯官革 利貨于欲攘者耳 又云 嫡伯氏 平生酷好古道 如
古典今文及渾儀輪鐘 以至西洋諸書 無不蒐聚 而嫡姪 則不肯須史寓目而
留念 恒要民次知 以民亦癖于此類也 今淸州長命驛庄舍 別有草堂 扁曰
籠水閣 中藏渾儀輪鐘等物 手澤宛然 不忍持歸 今民家所有輪鐘 乃一別
件鐵製者 亦往往齒礙 蓋至精之物 不得無病耳 城主 如欲爲玩 當以奉借
又言 家有朝野彙言一帙

【역문】「27일 무진」121)

-(상략)- 또 "덕보[홍대용]가 북경에 갔을 때 건륭제[乾隆]의 친형제
인 번왕(藩王)의 세자를 서점[書館]에서 만나 서양 문신종(問辰鐘) 하나
를 선물 받았습니다. 몸체는 호(胡)에서 열리는 복숭아보다 조금 더
크고 양쪽으로 열고 닫습니다. 가운데는 아주 작은 윤종(輪鐘)이 하나
있습니다. 저절로 울며 시시각각 때를 모두 알렸고 윤아(輪牙)는 실처
럼 세밀합니다. 철을 사용했으나 아닌 것 같기도 합니다. 본래 가격
은 은(銀) 80냥이고 서양에서 제조되었습니다. 전해져 한양에 들어와
경(卿)·상(相)·종실(宗室)·부마(駙馬)가 완미하는 바가 되자 훔치려는
자가 많았습니다. 갑작스레 손상되어 세자에게 편지를 부쳐 개수를

---

121) 『이재난고』 책7 권39, 丙午, 七月

청하였으나 편지와 종을 모두 잃어버렸습니다. 대개 필시 역관 무리가 훔치려는 자들에게 재물을 불려줬을 것입니다." 하였다. 또 말하기를 "적백[홍대용]은 평생토록 고전(古典)·금문(今文) 및 혼의(渾儀)·윤종을 매우 좋아하여 여러 서양 서적에 이르기까지 수집하지 않음이 없었는데 적질(嫡姪)은 잠깐이라도 눈을 붙박아두고 유념하기를 좋아하지 않아 항상 백성에게 차지(次知)하기를 요구하니 백성 또한 이런 종류들에 골몰하는 벽(癖)이 생겼습니다. 지금 청주(淸州) 장명역(長命驛) 농막에 별도로 초당(草堂)이 있어 '농수각(籠水閣)'이라 편액하고 그 안에 천의·윤종 등의 물건을 보관했는데 손때[手澤]가 완연하여 차마 가지고 돌아가지 못합니다. 요즘 민가(民家)에서 소유한 윤종은 바로 철로 만든 별도의 1건인데 또한 종종 톱니바퀴에 문제가 생깁니다. 대개 아주 정밀한 물건은 병통이 없을 수 없습니다. 성주[황윤석]께서 완미하고자 하시면 마땅히 빌려드리겠습니다." 하였다. 또 말하길 "집에 『조야휘언(朝野彙言)』 1질이 있습니다." 하였다.

「十二日 辛亥」

晚霜 昨夜 洪墅言 其嫡伯父榮川【德保】家所藏律歷淵源二帙櫃安者 及
曆象後編 其胤已以春夏間 折價五十兩 賣于權勢家 余聞而悵然曰 無論
此冊之希有 ■復有能眞慕院丈 眞爲此冊主人者 君若入京 開悟從氏 令
冊儈因高價還退 則吾當用高價買取 君能用力否 洪生曰 十八日 當有事
入京 敢不用力 -(下略)-

【역문】「12일 신해」122)

　새벽에 눈 지난 밤 홍서(洪墅)가 말하기를, "본가의 백부 영천【덕보
[洪大容]】의 집에 소장되어 있던 상자에 보관한『율력연원(律曆淵源)』2
질과『역상고성(曆象考成)』후편을 그의 맏아들이 이미 봄·여름 사이
에 50냥을 받고 권세가에게 팔았습니다."라고 하였다. 내가 듣고 서글
퍼서 말하기를 "이 책이 희귀한 것은 논하지 않더라도 ■復有能眞慕院
丈123) 진실로 이 책의 진정한 주인이 될 수 있는 사람이 다시 있겠습
니까. 그대가 만약 한양에 온다면 종씨를 깨우쳐 책쾌로 하여금 높은
가격을 주고 찾아오도록 하십시오. 그렇게 한다면 내가 마땅히 높은
가격으로 사겠습니다. 그대가 힘쓸 수 있겠습니까?" 하자 홍서가 말하
기를 "18일에 일이 있어 서울에 들어가니 어찌 힘쓰지 않겠습니까."
하였다. -(하략)-

122)『이재난고』책7, 권40, 丙午, 十二月
123) 판독하기 어려운 글자가 있는 부분은 번역하지 않았다.

「二十一日 己未」

-(上略)- 西洋人半萬濟 所著靈言蠡酌 有曰 魂有三 生魂 覺魂 靈魂
草木之魂 有生無覺無靈 禽獸之魂 有生有覺無靈 人之魂 有生有覺有
靈 此說 正與荀子同 豈可以遠人而忽之也 此本僿說 而余所脩補者也
-(下略)-

【역문】「21일 기미」124)

　-(상략)- 서양인 반만제(半萬濟)125)가 지은 『영언여작(靈言蠡勺)』126)
에서 말하기를 "혼에는 세 가지가 있으니 생혼(生魂)·각혼(覺魂)·영혼
(靈魂)이다. 초목의 혼은 생혼만 있고 각혼과 영혼은 없으며, 금수는
생혼과 각혼은 있으나 영혼은 없는데, 사람에게는 생혼·각혼·영혼이
다 있다." 하였다 이 설은 바로 순자(荀子)의 설127)과 정확히 같으니
어찌 원인(遠人)의 말이라 하여 그 말을 소홀히 하겠는가. 이는 『성호
사설』을 근본으로128) 하여 내가 수정하여 보충한 것이다. -(하략)-

---

124) 『이재난고』 책7, 권40, 丁未, 二月
125) 반만제(半萬濟) : 『영언여작』의 저자 삼비아시(Sambiasi Franciscus, 1582~1649)
　　를 말한다.
126) 『영언여작(靈言蠡勺)』 : 중국에서 최초로 서양철학을 소개한 서적으로 1624년
　　삼비아시가 저술하였다. 『영언여작』은 표주박으로 바닷물을 재듯이 영혼에 대
　　해 논한다는 뜻이다. 삼비아시는 스콜라철학의 핵심 주제였던 영혼(아니마)의
　　실체 등에 대해 논하였다. 조선에도 일찍 소개되어 여러 지식인에 의해 열람되
　　었으며, 신후담(慎後聃, 1702~1761)은 『서학변(西學辨)』에서 『영언여작』을 정면
　　으로 비판하기도 하였다.
127) 순자의 설 : "水火有氣而無生 草木有生而無知 禽獸有知而無義 人有氣有生有知有
　　義 故最爲天下貴也" (『순자(荀子)』 제9, 「왕제편(王制篇)」.)
128) 이는 『성호사설』을 근본으로 : 순자의 설이 『성호사설』 권3,0 시문문(詩文門)

「순자해폐편(荀子解蔽篇)」에 설명되어 있지만 『영언여작』에 대한 언급은 없다. 다만 『순암집(醇庵集)』에 『영언여작』의 내용과 순자의 이야기가 비교되어 설명되어 있는데 여기에서는 『영언여작』이라 하지 않고 마태오 리치의 말이라고 하였다. (『순암집(順菴集)』 권17, 잡저(雜著), 「천학문답(天學問答)」)

「二十六日 戊午」

　-(上略)- 聞 癸卯甲辰間 京中有以西洋文字 多出賊招者 有命悉搜西
洋書 自刑曹焚毀 而有李檗者 名在文孝世子册封時 桂坊薦中 而爲其罪
首 就拿自明 未久亦沒 近聞 其書 乃利瑪竇所作天主實義二册也 盖西洋
人之曆象數理律呂工匠四家 眞卓絕千古 西洋所謂天主實義者 乃所以包
三教而立一宗 惟以尊天爲務 而其 實則異端也 顧其根本 又自回回教門
而出 故其同類相愛 甚於骨肉 一與會聚 便許死生 自萬曆晚年東 而又東
則李晬光芝峯類說 非不記其大略 而東人聞見 猶罕及者 若湖南 則惟李
監司基敬家 近纔有之 比歲京中士民 盛嗜此書 五人會 則五人結社 十人
會 則十人結社 便不知死生苦樂之可分 而盛極禍作 至有焚毀之擧 湖西
內浦一處 亦以此書 生大獄 甚矣 邪說之易惑也 將亦元明淸人 白蓮會之
餘套哉 然其曆象數理律呂工匠之法 則有不容因彼而廢 -(下略)-

【역문】「26일 무오」[129]

　-(상략)- 들으니 계묘년(1783)과 갑진년(1784) 사이에 서울에서 서
양 글에 대한 이야기가 적들의 공초에서 많이 나오자 서양서(西洋書)
를 모두 찾아 형조에서 불사르라는 명이 있었다.[130] 이벽(李檗)[131]이

---

129) 『이재난고』 책8, 권41, 戊午, 四月
130) 조선에서 천주교는 1783~1784년을 기점으로 본격적으로 확산되기 시작하였다.
　　특히 1784년 이승훈(李承薰)이 북경에서 세례를 받고 돌아온 것은 천주교 확산
　　의 중요한 계기가 되었다. 안정복(安鼎福)은 "계묘년(1783)부터 갑진년(1784)에
　　이르기까지 젊은 층에서 재주 있는 자들이 천학(天學)의 설을 주창하니 마치 상
　　제께서 친히 내려와서 그들을 사자(使者)로 임명해 준 것 같았다."라고 표현하
　　기도 하였다. 1785년 추조적발사건(秋曹摘發事件)이 발생하는 등 천주교가 사회
　　문제가 되자 결국 정조는 1788년에 전국에 천주교 관계 서적을 색출, 소각하도

라는 사람은 이름이 문효세자(文孝世子)를 책봉할 때 계방(桂坊)에서
천거한 사람 중에 있었는데 그 죄를 지은 자들의 우두머리로 잡혀 와
서 스스로 변명한 뒤 얼마 지나지 않아서 숨겼다고 한다. 근래 들으니
그 서양책은 이마두(利瑪竇)가 지은 『천주실의(天主實義)』 2책이라고
한다. 대개 서양인의 역상·수리·율려·공장 네 분야는 진실로 천고에
탁월하다. 서양의 이른바 『천주실의』라는 것은 삼교(三敎)를 포괄하여
일종(一宗)을 세운 것으로 오직 천하를 높이는 것을 의무로 삼았으나
사실은 이단이다. 그 근본을 살펴보니 회회교(回回敎)로부터 나온 것
이므로 동류(同類)가 서로 사랑함이 골육지친(骨肉之親)보다 심하여 하
나같이 모여 생사를 허락하였다. 만력 만년부터 계속 동쪽으로 전해
오니 이수광이 『지봉유설』에서 그 대략을 기록하였지만, 우리나라 사
람의 견문으로는 미치기 힘든 것이었다. 호남(湖南)과 같은 곳에서는
다만 감사(監司) 이기경(李基敬)의 집안만 요사이 가지고 있고 해마다
경기·한성의 사민(士民)은 이 책을 매우 좋아하여 다섯 사람이 모이면
다섯 사람이 결사하고, 열 사람이 모이면 열 사람이 결사하는데 사생
고락(死生苦樂)이 나뉘는 것을 전혀 알지 못하여 화 크게 일어나는 것
이 극에 달하고 재앙이 일어나 서양서를 불사르기에 이르렀다. 호서
(湖西) 내포(內浦) 한 곳132)에서 또한 이 책으로 인하여 대옥(大獄)이

　　　록 지시하였다.
131) 이벽(李檗, 1754~1785) : 본관은 경주(慶州). 자는 덕조(德操) 호는 광암(曠菴) 세
　　　례명은 요한세자이다. 정약용(丁若鏞)의 맏형 정약현의 처남이다. 1784년 이승
　　　훈이 중국에서 세례를 받고 오자 그에게 세례를 받아 천주교 신자가 되었다.
　　　1785년 을사추조적발사건(乙秋曹摘發事件)이 일어나면서 배교(背敎)를 강요당
　　　하고 아버지에 의해 집안에 갇혔다가 요절하였다.
132) 호서 내포 한 곳 : 충청도 내포지역은 서울에 이어 천주교가 수용된 곳이다. 이
　　　지역은 양반이나 중인층이 주도한 것이 아니라 일반 양인이 중심이 되는 신앙
　　　공동체를 형성했다. 내포 지역 천주교 확산의 중심에는 '내포의 사도'라 불린
　　　이존창(李存昌)이 있다. 이존창은 권일신(權日身)으로부터 교리를 배워 입교하

발생하였다. 사설(邪說)이 쉽게 현혹시키는 것이 심하니 장차 원·명·청사람의 백련회(白蓮會)의 여투(餘套)가 될 것인가. 그러나 그들의 역상·수리·율려·공장의 법은 천주교 때문에 폐할 필요는 없다. -(하략)-

---

였다. 이후 가성직제도(假聖職制度)하에 신부가 되어 충청도 지방을 맡아 전교에 힘써 내포(內浦)의 사도로 불리었다. 그는 중국 주문모(周文謨) 신부를 맞아들일 수 있도록 주도하기도 하였다. 1791년 신해박해 때 체포되어 고문에 이기지 못하고 한때 배교하기도 하였으나, 배교를 뉘우치고 더욱 열심히 전교하였는데 이존창으로 인해 내포와 인근 지방은 충청도 천주교의 중심지가 되었다. 1795년 체포되어 천안으로 이송, 연금 생활을 하던 중, 1801년 신유박해 때 다시 체포되어 한양으로 압송, 4월 8일 정약종(丁若鍾) 등과 함께 사형선고를 받고 공주 감영으로 이송되어 참수되었다. 김수태, 「조선 후기 내포 지역 天主敎의 확산과 李存昌」, 『지방사와 지방문화』 7 (1), 역사문화학회, 2004 참고.

「十一日 乙卯」

-(上略)- 聞 金生相集 曾游沃川陽山倉 見金氏貫安東者 言 自大西洋
人 自稱行敎 入大明以來 西來者益衆 蓋充斥天下 西國王 欲其敎必徧行
無處不行 依例資送童身男子十五人 稱耶蘇宗門 舶行至日本 日本人以爲
妖賊 盡殺之 其人將死猶言 我乃奉天行仁 欲天下無人不仁 而爾乃殺我
非我可哀 爾可哀也 西國王聞之 又送十五人 日本人又殺之 西國王 復送
十五人 日本人始乃稍稍傾嚮 近世奉其敎者 滿一國 蓋聞 其人舶行東來
者 惟童身過赤道熱界下者 得無病全生 苟一犯色者 過熱界 必病而死 今
我本國 自京達外 如南人一隊 擧多誦法天主實義二卷之說 頃七八年間
雖有朝令搜焚流竄之禁 而猶滋惑不回 余謂天主實義 眞異端邪說 雖自謂
別文於三敎以外 而亦只偸老佛之糟粕者爾 然西洋之律曆數三家 與夫工
冶丹靑之法 亦不可無傳 烏可一向盡禁哉 -(下略)

【역문】「11일 을묘」[133]

-(상략)- 들으니 김상집(金相集)이 일찍이 옥천(沃川) 양산창(陽山倉)
을 유람하다가 안동(安東)이 본관인 김씨를 보았는데 "대서양인(大西洋
人)이 종교를 행한다고 스스로 칭하며 명나라에 들어온 이래 서양에서
온 자들이 더욱 많아져 대개 천하에 들끓었습니다. 서양국의 왕이 그
들의 종교를 두루 행하고자 하니 가지 않는 곳이 없었습니다. 관례대
로 동정(童貞)인 남자 15인을 보내어 야소(耶蘇) 종파를 칭하며 배가
일본에 이르렀는데 일본인이 요적(妖賊)으로 여겨 그들을 전부 죽였습
니다. 그들이 죽으면서 유언하기를 '내가 하늘을 받들어 인을 행하여

---

133) 『이재난고』 책8, 권46, 乙卯, 四月

천하 사람에 불인(不仁)함이 없고자 하였는데 그대가 이내 나를 죽이니 내가 애처로운 것이 아니고 그대가 애처롭다'라 하였습니다. 서양국 왕이 그것을 듣고 다시 15인을 보내자 일본인이 또다시 그들을 죽였다. 서양국 왕이 다시 15인을 보내니 일본인이 비로소 조금씩 쏠리게 되어 근래 그 종교를 받드는 자가 온 나라에 가득합니다."라고 하였다. 대개 들으니 그들 중 배를 타고 동쪽으로 오는 자는 오직 동정[童身]으로 적도(赤道) 열계(熱界) 아래를 지나는 자만이 병이 없이 온전히 살 수 있으며, 만약 한 번이라고 색을 범한 자는 반드시 병으로 죽는다고 한다. 지금 우리나라에서는 한양으로부터 외방까지 남인(南人) 무리는 대부분 『천주실의(天主實義)』 2권의 설을 외우고 본받았다. 요사이 7, 8년 사이에 비록 조정의 명령으로 찾아서 불태우고 유배를 보내는 금령이 있었지만, 오히려 더욱 천주교에 미혹되어 제자리로 돌아오지 못한다. 나는 『천주실의』는 진실로 이단(異端)이며 사설(邪說)이라고 생각한다. 비록 스스로는 삼교(三敎) 이외에 별문(別文)이라 하지만 역시 단지 노자와 불교의 찌꺼기를 훔쳤을 뿐이다. 그러나 서양의 율·역·수 세 분야는 저 공야(工冶)·단청(丹靑)의 법과 함께 전하지 않을 수 없으니 어찌 전부 다 금하겠는가. ―(하략)―

〈역주: 신경미〉

『頤齋遺稿』

「題曆象考成」

我英宗大王四十五年己丑 賤臣胤錫以奉事直義盈庫 適聞觀象監正李廷鵬屢紀名曆 尾者換稱李鵬爲本庫所管貢物主人 令書員輩就購曆象考成 僅得下編之土木火金水五星表各一卷及後編之日躔月離交食三表四卷 其後始遇有欲賣上下編全部者 爲有錢家所奪 嗣借後編全部 亦止寓目而莫之詳 戊戌乃令兒輩與其諸友寫後編之躔離交食三步法二卷 己亥直長陵 手寫下編之躔離交食五星恒星九曆法及恒星表共四卷 而乾隆甲子新測恒星表亦因寫附後編交食表之末 是首尾湊砌者略約十有五卷 又以八線表不可無者 而新本字密卷多 爰用崇禎曆書舊本代之 幷考成標以實齋藏焉 區區心力之費 歷歷時用之宜 尙可於此有徵 蓋自梅瑴成承其祖勿菴文鼎家學演崇禎法 以康熙甲子爲曆元 而其主稱以御製考成上下編 至西人噶西尼改以雍正癸卯爲元 以爲後編 則法視舊有異 又乾隆甲子恒星表亦改 而其自西遞傳而東也 上下編行自乙巳 後編行自甲子 恒星新表又行自戊子 而上下編之躔離交食恒星四表 今則廢矣 世有博雅之士 能獲上下及後之全 與夫律呂正義數理精蘊 倂之爲律曆淵源則幸孰大焉

---

* 『이재유고』는 황윤석(1729~1791)의 문집이다. 원집 권1에 사(辭) 3편, 부(賦) 3편, 시 170수, 권2에 시 230수, 권3~5에 시 135수, 악부(樂府) 3편, 서(書) 184편, 권6에 서(序) 16편, 기(記) 10편, 제발(題跋) 34편, 권7에 제발 15편, 잠(箴) 5편, 찬(贊) 2편, 소(疏) 2편, 혼서(婚書) 4편, 상량문(上樑文) 5편, 축문(祝文) 20편, 제문(祭文) 19편, 권8~10에 애사(哀詞) 3편, 묘표(墓表) 3편, 묘지명(墓誌銘) 3편, 묘갈명(墓碣銘) 2편, 행장(行狀) 24편, 유사(遺事) 2편, 전(傳) 4편, 권11에 전 6편, 잡저(雜著) 15편, 권12에 잡저 17편, 발문 등이 수록되어 있다. (한국민족문화대백과)

【역문】「역상고성(曆象考成)에 제하다」1)

우리 영조대왕 45년 기축년(1769), 천신(賤臣)이었던 내[黃胤錫]가 봉
사(奉事)의 직임으로 의영고(義盈庫)에 근무를 서고 있었다. 때마침 듣
기로 관상감(觀象監) 정(正) 이정붕(李廷鵬)이 몇 차례에 걸쳐 역서를
저술하다가 이붕(李鵬)이라 이름을 바꾸고는 본고에서 관리하는 공물
주인(貢物主人)이 되어 서원배(書員輩)들에게 역상고성(曆象考成)을 구입
하게 하여 겨우 하편(下編)의 토·목·수·화·금의 오성표(五星表) 각 1권
과 후편(後編)의 일전(日躔)·월리(月離)·교식(交食)의 삼표(三表) 사권(四
卷)을 얻었다고 한다. 그 후에 비로소 상하편(上下編) 전부를 팔고자
하는 사람을 우연히 만났지만 부잣집에 선수를 빼앗기고 말았다. 후
에 후편 전부를 빌릴 수 있었지만 또한 눈으로 훑는데 그치고 상세히
살필 수는 없었다. 무술년(1778)에 아이들과 그 친구들에게 후편의 일
전·월리 교식의 세 보법(步法) 두 권을 베껴 적게 하였다. 기해년
(1779) 장릉(長陵) 령(令)으로 재직 시 하편의 일전·월리·교식·오성·항
성의 아홉 역법 및 항성표를 손수 베껴 적으니 모두 4권이었다. 건륭
갑자년(1744) 새로 측량한 항성표 또한 계속 베껴서 후편의 교식표 말
미에 붙여 넣었으니 이것이 앞뒤로 모으고 모은 역상고성으로 약 열
다섯 권에 이른다. 또 팔선표(八線表)는 없어서는 안 되지만 새로 찍은
판본의 글자가 빽빽하고 양이 방대하여 『숭정역서(崇禎曆書)』의 옛 판
본으로 대신하니 『역상고성』과 함께 '실제(實齋)'2)라고 표기하여 여기
에 함께 보관한다. 구구하게 사용한 심력과 뚜렷한 시대적 필요가 그
래도 이 책을 통해 밝혀질 것이다. 『역상고성』은 매곡성(梅瑴成)이 그

---

1) 『이재유고』 권12, 題跋
2) 실제(實齋) : 황윤석의 호이다.

의 할아버지 물암(勿菴) 매문정(梅文鼎)의 가학을 계승하여 숭정 역법(曆法)을 넓힌 것으로, 강희(康熙) 갑자년(1684)을 역원(曆元)으로 삼았는데 황제가 『어제고성(御製考成)』 상하편이라고 이름 붙였다. 서양인 갈서니(噶西尼, Jean Dominique Cassini, 1625~1712)가 옹정(雍正) 계묘년(1723)을 새로운 역원으로 삼고 후편(後篇)이라 이름 붙였으니 법칙도 예전과 비교해서 차이가 있고, 건륭 갑자년의 항성표도 수정하였으니 그것은 서방에서부터 점차 동쪽으로 전해졌기 때문이다. 상·하편은 을사년(1725)부터 적용되었고 후편은 갑자년(1744)부터 적용되었으며[3] 새로운 항성표는 무자년(1768)부터 시행되었다. 상·하편의 일전·월리·교식·항성의 네 가지 표는 지금은 쓰이지 않는다. 세상에 학문이 넓고 고상한 선비가 있어 『역상고성』 상·하편 및 후편의 전책과 저 『율려정의(律呂正義)』·『수리정온(數理精蘊)』을 얻어 이들을 합쳐 『율력연원(律曆淵源)』으로 만든다면 어떤 것이 이보다 큰 다행이겠는가?

---

3) 상·하편은~적용되었으며 : 『역상고성』 상·하편이 적용된 것은 1726년이었고, 『역상고성』 후편이 적용된 것은 1734년의 일이다.

「題張廷玉明史天文志 呂晩邨四書講義謄本後」

按張廷玉修明史 其天文曆象 多採崇禎年間西洋人湯若望等說 葢利瑪
竇餘論 而廷玉當淸乾隆之際 同時戴進賢亦西洋人 如本史曆法沿革 實所
贊成云 戊寅卽崇禎十一年也 大抵西說 只據常度言之 便與王安石三不足
畏者 駁駁同歸 晩邨所以深闢也 爲人君者可不鑑哉

【역문】「장정옥(張廷玉)의 『명사(明史)』천문지(天文志), 여유량(呂留良)의
『사서강의(四書講義)』등사본 뒤에 제하다」4)

장정옥(張廷玉, 1672~1755)의 『명사(明史)』를 살펴보건대, 그 천문역
상의 내용은 대부분 숭정연간(1628~1644)의 서양인 탕약망(湯若望)5),
등의 학설을 채집한 것이니 이는 이마두(利瑪竇)6)가 남긴 이야기들이
다. 그리고 장정옥은 청나라 건륭제(乾隆帝) 시기의 인물로, 같은 시대
의 대진현(戴進賢)7) 또한 서양인이었다. 장정옥은 본사[明史]의 역법연
혁은 실로 서양인들의 도움으로 이루어진 것이라 하며 '무인년(戊寅
年), 즉 숭정(崇禎) 11년(1638)부터 일이다.'라고 하였다. 대저 서양 학
문의 설이라는 것은 단지 상도(常度)를 가지고 말해보더라도 곧 왕안
석의 '삼부족외(三不足畏)'설8)과 같은 곳으로 귀결될 뿐이니 이것이 만

---

4) 『이재유고』권12, 題跋
5) 탕약망(湯若望, Adam Schall von Bell, 1592~1666)
6) 이마두(利瑪竇, Matteo Ricci, 1552~1610)
7) 대진현(戴進賢, Ignatius Kögler, 1680~1722)
8) 왕안석(王安石)의 삼부족(三不足) : 북송대 왕안석이 변법을 건의하자 좌중에서
   왕안석을 비판하며 "천변(天變)은 두려워할 것이 없고, 조종(祖宗)의 법은 본받
   을 것이 없고, 사람들의 말은 돌아볼 것이 없다.(天變不足畏 祖宗不足法 人言不
   足恤)"라고 말한 것에서 유래한다. 『송사(宋史)』권327, 왕안석열전(王安石列傳).

촌(晩邨) 여유량(呂留良)이 서양의 학문을 깊이 배격한 이유이다. 어찌
임금된 이에게 귀감이 되지 않겠는가?

「題曆引」

　新法曆引一卷二十七章　蓋論曆理本原　而韓相興一所購到也　昔崇禎中
徐光啓李天經與西儒熊三發湯若望羅雅谷諸人　奉勅修正大統法　是書作於
其時　新法既成　毅宗將頒之天下　竟爲虜中所攘　今稱時憲者是爾　世人知
尊大統　而外時憲可矣　苟因其所外而思　夫出於所尊　則豈不益釜鬻之感乎
抑西法傳諸我東而行之者　昉自潛谷金文貞公　其諸孫有曰大谷子名錫文
字炳如　所著易學二十四圖解　自謂決千古之疑　闡萬世之眞　又有待於子雲
之知也　余讀其書想其人　實非昔賢佞臣　要之元明以下所希覯者　若曆象元
會之說　雖兟兟以邵利爲歸　朕亦有時喝祖　噫我東得有斯人耶　顧平生祿仕
書且僅不失傳　當宁丙午其年六十九　則余幼時殆幷世矣　而未之及也　歲戊
子自莊陵遷義盈奉事　按壁記有其名若序　余職亦其職　矧又適得是書哉　遂
識于此　庶有知其不偶朕者

【역문】「『역인』에 제하다」9)

　『신법역인(新法曆引)』 1권 27장은 역리(曆理)의 본원(本原)을 논한 것
으로 한흥일(韓興一, 1587~1651)이 구매해 가지고 온 것이다. 옛날 숭
정연간10)(1628~1644) 서광계(徐光啓, 1562~1633), 이천경(李天經, 1579~
1659)이 서양의 웅삼발(熊三發)11), 탕약망(湯若望)12), 나아곡(羅雅谷)13)
등 여러 사람들과 황제의 명을 받들어 대통법(大統法)을 수정하였는데

---

　9)『이재유고』권12, 題跋
　10) 숭정연간 : 1628~1644
　11) 웅삼발(熊三發, Sabbathino de Ursis, 1575~1620)
　12) 탕약망(湯若望, Adam Schall von Bell, 1592~1666)
　13) 나아곡(羅雅谷, Jacques Rho, 1592~1638)

이 책은 그 시기에 쓰인 것이다. 신법이 완성되자 의종(毅宗)은 이 책을 천하에 반포하려 하였으나 끝내 오랑캐들에게 나라를 빼앗기고 말았다. 지금 시헌력(時憲曆)이라 부르는 것이 바로 이 역법이니 세인들은 대통력을 높이고 시헌력을 도외시해야 한다고 알고 있다. 하지만 만일 그 도외시한 시헌력의 근원을 따져본다면 대저 저 높여야 할 대통력에서 비롯된 것이니 [시헌력을 살펴보는 것이] 어찌 명나라를 사모하는 마음에 보탬이 되지 않겠는가?14) 또한 서법이 우리 조선에 전해져서 행해진 것은 문정공(文貞公) 잠곡(潛谷) 김육(金堉) 공부터였다. 그 족손(族孫) 가운데 대곡(大谷)이라는 사람이 있었으니 이름은 석문(錫文)이고 자는 병여(炳如)였다. 『역학이십사도해(易學二十四圖解)』를 저술하였는데 스스로 말하기를, "천고의 의문을 해결하고 만세의 진리를 밝혔다."라 하고, 또 "자운15)의 지혜에 뜻을 둔 바가 있다."고 하였다. 내가 그의 저술을 읽고 그 사람됨을 생각해보니 예전의 성현이나 영신(佞臣)16)과 같은 부류는 아니었다. 요컨대 원(元)과 명(明) 이후로는 역상(曆象)이나 원회운세(元會運世)와 같은 설을 공부하는 이는 보기 드물었는데, 비록 전전긍긍하며 소옹(邵雍)과 이마두(利瑪竇)를 귀의처로 삼으면서도 또한 때때로 조사(祖師)들을 꾸짖으니 아 우리 동방에서도 이러한 인재를 얻었도다! 평생 관직을 역임하면서도 저술활동 또한 끊어지지 않았다. 영조 병오년(1726) 그의 나이 69세였으니 내가 어렸을 적에 그와 한 시대에 살았지만 미처 보지는 못하였다.17) 무자

---

14) 하지만 만일~보탬이 되지 않겠는가 : 金鬵之感.『시경』,「비풍」편에 "물고기를 쪄먹을 이 누군가? 내가 가마솥 닦겠노라. 누가 주(周)나라로 돌아갈 것인가? 진정 좋은 말 일러 주리.(誰能亨魚? 溉之釜鬵. 誰將西歸? 懷之好音)"에서 유래한 것으로, 망해가는 나라에 대한 애환을 드러낸다.
15) 자운 : 전한(前漢)시대 양웅(揚雄)을 가리킨다.
16) 영신(佞臣) : 간사하고 아첨하는 신하.
17) 영조 병오년~미처 보지는 못하였다 : 황윤석은 1729년생으로 김석문이 세상을

년(영조 44, 1768) 장릉(莊陵) 참봉(參奉)에서 의영고(義盈庫) 봉사(奉事)로 자리를 옮기고[18] 의영고 내의 벽기(壁記)를 살펴보는데 그의 이름과 서문이 보였다. 내가 그와 같은 직임에 제수되었기 때문인데[19] 게다가 때마침 이 책까지 얻어 보게 된 것이다. 마침내 여기에 글을 덧붙이게 되었으니 아마도 우연은 아닐 것이다.

떠난 1735년에 7세였다.

18) 의영고 봉사로 자리를 옮기고 : 『승정원일기』 영조 44년 6월 17일 계유조

19) 내가 그와 같은~때문인데 : 김석문 역시 의영고 봉사직을 역임하였다. 『승정원일기』 숙종 32년 8월 10일 을미조.

「題數理精蘊寫本」

大明遺民黃子 旣得清主所撰律曆淵源 閱之歎曰深矣遠矣 精矣密矣 詳矣明矣 誠秦漢以下律曆數三家所未始有 向使我早觀 豈其三十年疲思生病 至於如此 朕亦幸而用力 故一朝沛朕迎解 是小事耳猶朕 矧進乎此者乎 蓋東人先輩已能言經禮矣 亦往往有差 乃若理數之微 無過律曆 而初未或過其門而窺其堂第 大言曰非急務而已 此自獨善自好者論之 不爲無當 將以經國理天下 此書詎在可略 夫體明用適 方是儒者大全之學 是不可不知也 獨恨明季實始權輿是役 而律未及定 曆則成矣而未頒 竟爲時憲所攘 朕今日歐羅巴之秘已罄 滿洲之勤亦多 毋論西東 其追明義和后夔商高之緒餘則一爾 禮失求野 庸不朕哉 若我東又由是溯諸所原 則不妨資慕風泉 我乃姑取數理一部 絫者節之 缺者補之 未發者引而伸之 庶備私玆 其不及律呂曆象二部者 良以律之尺寸 曆之差分 後出雖巧 容有千古未缺之案 惟數爲能御之而有定 明乎數 鮮不括乎律曆 有心之士 毋徒恕其艱寫則幾矣

【역문】「『수리정온(數理精蘊)』 사본(寫本)에 제하다」[20]

대명의 유민 황자가 이미 청주가 찬한 『율력연원(律曆淵源)』을 얻어서 살펴보고는 감탄하며 말하길, "심원하고 정밀하면서도, 상세하도다."라 하였으니 진실로 진한이래로 율(律)·력(曆)·수(數) 세 가지 분야에 없었던 수준이었다. 만일 내가 이 책을 일찍 볼 수 있었다면 어찌 30년간 심지가 피폐해지고 병이 생기는 지경에 이르렀겠는가? 그러나 다행히도 힘을 쓴 덕분에 하루아침에 갑자기 책을 구해보게 되었으니

---

20) 『이재유고』 권12, 題跋

이것이 조그만 일이라도 기쁜 일이건만 하물며 이 책을 얻을 수 있는 경우는 어떻겠는가? 무릇 우리 동방의 선유들도 이미 경례(經禮)[21]에 대해 말할 수 있는 경지에 올랐지만 또한 이따금씩 착오가 생긴다. 그러나 『주역(周易)』의 이치와 상수(象數)의 은미함과 같은 부분에 있어서는 『율력연원』의 수준을 뛰어넘을 수 없어서 애초에 그 문지방을 넘어서거나 그 마룻바닥을 넘보지도 못하고는[22] 단지 큰 소리로 "급한 일이 아니다."라고 떠들 뿐이었다. 이는 홀로 선을 행하고 제 한 몸만 아끼는 사람의 입장에서 논해보더라도 반드시 궁구해야 하는 것이니 장차 나라를 경략하고 천하를 다스리는 입장에서 이 책을 어찌 건너뛸 수 있겠는가? 무릇 체(體)가 밝아지고 용(用)에 알맞게 하는 것은 곧 유자(儒者)들이 천지자연의 위대함을 공부하는 것이니 이를 알지 않을 수 없다. 단지 한스러운 것은 명나라 말엽에서야 비로소 율력을 바로잡는 일을 시작한 것이다. 율은 바로잡지 못하고 력만 완성되었지만 미처 반포하지 못하였으니 마침내 시헌력(時憲曆)에 그 자리를 빼앗기게 되었다. 그리하여 오늘날 구라파(歐羅巴)의 비기가 이미 바닥나고 만주(滿洲)의 수고가 또한 많아졌다. 동서를 막론하고 희화(羲和)[23]씨와 후기(后夔)[24]와 상고(商高)[25]의 유풍을 좇아서 밝혀야 하는 문제에 있어서는 동일하다. "예가 없어지면 야(野)에서 찾는다"[26]고

---

21) 경례(經禮) : 반드시 지켜야 할 변하지 않는 예법. 상황에 따라 변하는 예법은 변례(變禮) 혹은 곡례(曲禮)라 부른다.
22) 그 문지방을~넘보지도 못하고는 : 학문의 수준을 말하는 것이다. 크게 문(門)에 들어서는 것과 당(堂)에 오르는 것, 그리고 실(室)에 들어서는 경지로 나누어져 있다. 『논어집주(論語集註)』 선진(先進), 14장.
23) 희화(羲和) : 요(堯) 임금 때에 천문을 관측하고 역법을 제정했다고 하는 희씨(羲氏)와 화씨(和氏)를 통칭.
24) 후기(后夔) : 순(舜) 임금 때에 음악을 관장했던 신하.
25) 상고(商高) : 주공(周公) 단(旦)을 섬기던 천문학자.
26) 예가 없어지면 야에서 찾는다 : 『漢書』 藝文志에 기록된 공자의 말로 원문에는

하였으니 어찌 그러지 않을 수 있겠는가? 만약 우리 동방에서 또 성현들의 말씀을 따라 율력의 연원을 거슬러 올라가면 풍천(風泉)27)을 사모하는 바탕이 되는데 방해가 되지 않을 것이다. 내가 이에 우선 『수리정온(數理精蘊)』 1부28)를 얻어다가 번잡한 것은 요약하고, 빠진 것은 보충하였으며, 드러내지 않은 것은 다른 것에서 인용하여 밝혀놓았으니 사사로이 살펴볼만 할 것이다. 미처 살펴보지 못한 『율려정의(律呂正義)』와 『역상고성(曆象考成)』 2부는 진실로 율이 조금 어긋나고 력이 다소 차이나서 뒤에 나온 것이 비록 더 뛰어나더라도 어찌 천고의 흠이 없는 책이 있겠는가? 오직 수리만이 능히 제어하여 확정할 수 있으니 수리에 밝으면서 율력을 다스리지 못하는 사람이 드문 것이다. 생각을 가진 선비들이 한갓 베끼기 어려운 것만 생각하지 않기를 바랄 뿐이다.

『한서』에는 "禮失而求諸野"라고 기록되어 있다(『漢書』 卷30, 藝文志 第10, 諸子略, 小說家).

27) 풍천(風泉) : 『시경(詩經)』의 비풍편(匪風篇)과 하천편(下泉篇)을 가리키는 것으로, 위의 편목은 모두 제후국(諸侯國)의 사람들이 주(周) 나라를 생각하여 지은 시들이다. 여기서는 명(明) 나라를 상징한다.

28) 『수리정온』 : 『율력연원』은 총 100권으로 『역상고성(曆象考成)』, 『율려정의(律呂正義)』, 『수리정온』으로 구성되어 있다. 본문에 따르면 황윤석은 우선 수리정온을 얻었던 것으로 보인다.

「題李 缺缺 所賦老人星詩後」

-(上略)- 崇禎戊辰 徐光啓李天經等 與西洋人撰新法曆書 立星宿黃赤
經緯表 而老人星入黃道未宮八度半【經也】出黃道南七十五度【緯也】又
入赤道未宮四度半弱【經也】出赤道南五十一度半強【緯也】此自燕京測
定 而赤道北極出地三十九度五十五分 爰考天下赤道北極須出地三十八
度半弱以下者 乃始得見老人星矣 -(下略)-

【역문】「이씨가 지은 노인성 시에 덧붙여 쓰다」29)

-(상략)- 숭정 무진년(1628) 서광계(徐光啓)와 이천경(李天經) 등이
서양인들과 함께 『신법역서(新法曆書)』를 편찬하여 성수황적경위표(星
宿黃赤經緯表)를 세웠는데 노인성은 황도(黃道)의 미궁(未宮)30) 8도 반
에서 나타나서,【경도이다.】황도의 남쪽 75도에서 사라진다.【위도이
다.】또 적도의 미궁 4도 반약(半弱)31)에서 나타나고,【경도이다.】적도
의 남쪽 51도 반강(半強)32)에서 사라진다.【위도이다.】이는 연경에서
측정한 것인데, 연경은 적도 북극출지 39도 55분이다. 이에 천하를 살
펴보건대 적도 북극출지가 38도 반약 이하인 경우에야 비로소 노인성
을 볼 수 있다. -(하략)-

---

29) 『이재유고』권12, 題跋
30) 미궁(未宮) : 태양이 운행하는 황도를 12구역으로 나눈 것을 황도 12궁이라 한
　　 다. 각각의 구역은 12간지를 이용하여 명명하였고, 미궁은 그 중 하나이다.
31) 반약(半弱) : 5/12를 뜻한다.
32) 반강(半強) : 7/12를 뜻한다.

「自鳴鐘」

余曾聞楚山李上舍彥復新購自鳴鐘 其直六十兩 其制精巧 今秋歸自玉
川 歷訪請見 其形方而長 其廣居長之半 上設一小鐘 鐘右設擊具 下橫一
衡 衡背作鉏鋙刻 兩端懸小錘 其下平布一方鐵若宇 其四隅各立一條方鐵
柱 其左邊側施一方鐵薄而長 以十二時每時八刻之數 周圍而刻之 最中橫
施一小杠 所以旋杠者內面諸環之爲也 杠之少外有一圓黑鐵 作花蕚三十
葉 每葉刻一小窾 應一月三十日 其朔日位設一小圓鐵 即太陽也 其外則
施一圓赤鐵 作一小窾 以爲月輪 周而望之 便有弦望晦朔之分 上下弦月
缺其半 缺處黑 不缺處白 望則全白而圓 朔晦則全黑 與日疊合如合璧 四
面周布四片方鐵若壁 其連貼處施小鐵樞 任意闔開 最中立一條薄鐵 以中
分其廣焉 左曰先天 右曰後天 各有二三箇鐵環 環背各有鉏鋙刻 應刻分
其環之傍立薄鐵焉 下面立四腳椅子 高三尺許 其上安鐘 先後天二區下面
各橫設圓環 環形如腰鼓 而腰纏帒子 帒子餘長五六寸 垂于椅下 末施大
錘可拱把 施此肰後上面鉏鋙刻之環 被其傍鐵子之所軋 徐徐環匝 其聲錚
錚 無是環則無以斡矣 子午時九鳴 丑未時八鳴 寅申時七鳴 卯酉時六鳴
辰戌時五鳴 巳亥時四鳴 應先天十二支之數 每時初必一鳴 所以報其八界
也 每時正必如其數鳴 如子午時初一鳴 所以報子午之初入也 子午時正必
九鳴 所以報的爲子午也 蓋是鐘始出西洋 或云歷倭國傳至我國 其能倣製
者 京城則崔天若洪壽海 湖南則同福縣人羅景勳而已 有白銅爲之 或以銅
鐵或以木之堅緻者 余昔聞其名 今始半餉詳察 眞所謂璇璣之運 在吾目中
者矣 遂以一律略記其制云 西洋妙制落吾東 十二鐘聲軋白銅 月自三旬盈
不缺 天從百歲變須通 鐵環鉏鋙元排分 金秤動搖豈爲風 倘識此間無限妙
許君親往見崔洪

【역문】「자명종」33)

　내가 일찍이 초산(楚山)34)의 생원35) 이언복(李彦復)이 새로 자명종
을 구입하였다는 이야기를 들었는데, 그 값이 60냥이고 그 제도가 정
교하였다. 올해 가을36) 옥천에서 돌아오는 길에 언복의 집을 방문해
자명종을 보여 달라고 부탁하였다. 자명종의 형태는 반듯하고 길었는
데, 그 폭은 길이의 반쯤 되었다. 위쪽에는 작은 종 하나가 달려있고,
종 오른쪽에 종을 치는 기구가 달려있었다. 그 아래쪽에는 가로로 저
울대가 매달려 있고 저울대 뒤쪽으로는 톱니바퀴가 설치되어 있으며,
저울대 양쪽 끝으로는 작은 저울추가 매달려 있다. 다시 그 밑에는 네
모난 철판이 받치고 있어서 마치 집과 같은 형태였는데, 그 네 모퉁이
에는 각기 철 기둥 하나씩 세워져 있었다. 그 왼쪽 편에 하나의 반듯
한 철이 얇고 길게 설치되어 있는데, 12시간의 매 시각을 8각으로 나
누어 원에 나누어 새겨놓았다. 가장 중심에는 가로로 하나의 작은 막
대기가 설치되어 있는데 그 안쪽에 설치된 여러 톱니바퀴들이 막대기
를 회전시켰다. 막대기의 조금 바깥쪽으로 하나의 원과 검은색 철이
있는데 30개의 꽃잎으로 된 꽃받침문양이었다. 매 잎마다 하나의 조
그만 구멍이 새겨져 있었는데, 한 달 30일을 가리키는 것이었다. 초하
룻날에 해당하는 위치에는 하나의 동그란 철이 새겨져 있는데 태양을
상징하는 것이었다. 그 바깥으로 하나의 동그랗고 붉은 철이 새겨져
있고 조그만 구멍이 하나 뚫려 있는데 둥근 달이라고 한다. 그것을 삥

---

33) 『이재유고』 권01, 詩
34) 초산(楚山) : 전라북도 정읍시 시기동에 있는 산으로 현재 전라북도 정읍시 시
　　기동에 있다.
35) 초산의 생원 이언복 : 원문으로는 상사(上舍)라고 되어 있다. 사마방목을 확인
　　한 결과 영조 17년(1741) 이언복이 생원시에 합격하였기 때문에 생원이라고 번
　　역하였다.
36) 올해 가을 : 1746년(영조 22) 8월을 가리킨다.

둘러서 바라보면 곧 초승달과 보름, 그믐과 초하루의 구분이 있으니 상현(上弦)과 하현(下弦)에는 달이 반쯤 이지러져 있는데 이지러진 부분은 검은 색으로, 이지러지지 않은 부분은 흰색으로 표시된다. 보름에는 하얀색의 완전한 원으로, 그믐은 완전히 검은 색으로 표시된다. 태양과 포개질 때에는 마치 두 개의 벽옥이 합쳐지는 듯 했다. 네 면에는 4개의 작고 반듯한 철들이 벽처럼 세워져 있고, 그 네 면이 이어지는 곳에는 작은 기둥 철들을 세워서 마음대로 열었다 닫을 수 있게 하였다. 가장 중심에는 하나의 얇고 긴 철을 세워서 좌우를 나누었는데 좌측은 선천(先天)이라 하고, 우측은 후천(後天)이라 하였다. 좌우 양쪽에 모두 2~3개의 고리로 된 철이 둘러져 있고 그 뒤쪽으로는 톱니가 새겨져 있는데 각(刻)과 분(分)에 해당하였다. 그 고리의 곁에 얇은 철들이 세워져 있다. 아래쪽으로 네 개의 다리가 세워져 있는데 높이가 삼척 쯤 되고 그 위에 종이 달려 있었다. 선천과 후천 두 구역 아래쪽으로 각기 가로로 둥근 고리가 설치되어 있었다. 고리의 모양은 마치 장구와 같았는데 잘록한 허리 부분은 주머니가 매져 있었다. 주머니는 길이가 5~6촌쯤 되었고 의자 밑에 드리워져 있었다. 끝에는 큰 추가 매달려 있는데 한 아름 쯤 되었다. 이것이 설치되어야 위쪽의 톱니바퀴 고리가 옆의 철 조각들이 움직이는 것에 따라 천천히 원운동을 하는 것인데 그 소리가 쟁쟁한 쇠붙이 소리가 났다. 이 고리가 없다면 시계가 돌 수 없을 것이다. 자시(子時)와 오시(午時)에 9번, 축시(丑時)와 미시(未時)에는 8번, 인시(寅時)와 신시(申時)에는 7번, 묘시(卯時)와 유시(酉時)에는 6번, 진시(辰時)와 술시(戌時)에는 5번, 사시(巳時)와 해시(亥時)에는 4번 자명종이 우니, 선천 12간지와 부합하는 것이다. 매 시에 이르면 반드시 한 번 울어서 새로운 시각에 들어갔음을 알려주며 매시 정각에 반드시 위의 숫자대로 운다.【자시와 오시 처음에 한 번 울어서 자시와 오시에 처음 접어들었음을 알려준다. 자시와 오시 정각에는 반드시 아홉 번 울어서 완전히 자시와 오시 가운데에 이르렀음을 알려주는 것이다.】 무릇 자명종은 처음 서양에서 나왔는데, 혹자는 일본을 거쳐 우리나라에 전해졌다 한다. 자명종을 따라 만들 수 있는 사람으로는 경성에는 최천약(崔天若)[37]과 홍수해(洪壽海)가 있으며, 호남 지역에는 동복현(同福縣)[38] 사람 나경훈(羅景勳)[39]이 있다. 보통은 백통(白銅)으로 만드는데 혹은 강철로, 혹은 단단한 나무로 만들기도 하였다. 내가 예전에 자명종이란 이름을 들었는데 지금에서야 잠시라도 자세히 살펴볼 수 있었으니 진실로 '선기의 운행[璇璣之運]'이라는 것이 내 눈 안에 머문 듯 했다. 마침내 율시 한 수로 그 제도를 간략히 기록한다.

> 서양의 기묘한 솜씨 우리 동방까지 흘러오니　　　西洋妙制落吾東
> 열두시각의 종소리와 백동의 삐걱거리는 소리라네.　十二鐘聲軋白銅
> 달은 한 달 마다 가득차고　　　　　　　　　　　月自三旬盈不缺
> 하늘은 백년마다 변통하니　　　　　　　　　　　天從百歲變須通

---

37) 최천약(崔天若, 1684~1755) : 최천약(崔天若)은 숙종과 영조 대에 과학 기술 분야에서 두드러진 활동을 펼친 인물이다. 최천약(崔天躍), 최천약(崔千若), 최천약(崔千約) 등으로도 불린다. 『영조실록(英祖實錄)』, 『일성록(日省錄)』, 『승정원일기(承政院日記)』를 비롯한 각종 의궤(儀軌)에 이름이 남아 있다. 그는 숙종 대 이미 각종 천문 기계를 제작하였으며, 이후 영조의 명령을 받들어 독자적으로 자명종을 제작하고, 그 외 무기를 비롯한 각종 기계를 제작한 기술자였으며, 자와 악기를 비롯하여 온갖 조각품을 만들었다. 또한 국가적 공사였던 왕릉 건설에도 활발하게 참여하였다.
38) 동복현同福縣 : 지금의 전라남도 화순군 동복면·이서면·북면·남면 일대에 있던 옛 고을.
39) 나경적(羅景績, 1690~1762) : 나경훈은 나경적의 오기로 보인다. 나경적의 본관은 금성(錦城), 자는 중집(仲集), 호는 석당(石塘)이다. 화순 실학의 선구자로, 1760년(영조 36) 나주에서 홍대용, 제자 안처인(安處仁)과 나주에서 철제 혼천의를 만들었다.

철로 만든 고리와 톱니가 시간을 나누고　　　　　鐵環鉏鋙元排分
금빛 저울의 움직임, 어찌 바람이 그리 한 것이겠는가.

　　　　　　　　　　　　　　　　　　　　　金秤動搖豈爲風

만일 이 안에 무한한 묘용이 숨어 있는 것 안다면　倘識此間無限妙
그대, 최천약과 홍수해를 직접 찾아가게 될 걸세　　許君親往見崔洪

「題明史曆志鈔本」

按張廷玉江南桐城人 號硯齋 雍正中修明史 乾隆初成其志 天文及曆則
出自西洋人戴進賢來仕燕都爲欽天監官者 而大統回回二法多闕謬 回回
尤甚 遂令有明一代之制 無以傳於久遠 惜哉 余謂我世宗大王當正統年
距洪武修大統譯回回之世纔七十餘年 有所輯七政內外篇 內則大統 外則
回回 行之至今 雖明運已訖 時憲更新 大統回回 史亦周徵於崇禎燹餘 而
海東古籍 尚宛狀在 玆誠得因仍據依 改明志而正之補之 則禮失求野 寧
不信歟 奈世無一人留意則已甚陋 而觀象生徒又反秘不肯示余 余將安所
藉手 重可歎也 後十九年己酉夏 始得七政內篇上中下 以本史之大統高麗
史之授時參校 則內篇所參曆經通軌與夫所刱本國漢城極度漏刻者 往往
不無可議 而外篇回回 猶未得夫同編而可徵者則尤悵狀而已

【역문】「『명사(明史)』 역지(曆志) 초본(鈔本)에 제하다」[40]

　살펴보건대, 장정옥(張廷玉)[41]은 중국의 강남(江南) 동성(桐城)[42] 사
람으로 호는 연재(硯齋)이다. 옹정제 시기에 『명사(明史)』를 집필하였
으며, 건륭제 치세 초기에 그 지(志)를 처음 완성하였다.[43] 천문지(天

---

40) 『이재유고』 권12, 題跋
41) 장정옥(張廷玉, 1672~1755) : 안휘성 출신. 뛰어난 문장 솜씨로 강희, 옹정, 건륭
　　세 황제를 거쳐 요직을 역임하였다. 『명사(明史)』 편찬의 총책임을 맡아 1735
　　년(옹정 13, 영조 11)에 완성시켰다.
42) 동성(桐城) : 지금의 중국 안후이성[安徽省] 통청현.
43) 『명사(明史)』 : 홍무 원년(1368) 명나라의 건립으로부터 숭정 17년(1644) 멸망
　　까지의 역사를 기록하고 있다. 모두 332권이며, 목록 4권이 있다. 청 순치 2년
　　(1645)에 명사관을 설치하고 편찬작업을 시작하여 건륭(乾隆) 4년(1739)에 완
　　성, 간행되었으며 3차례에 걸쳐 수정되었다.

文志)와 역지(曆志)는 연경(燕京)으로 와서 입사하여 흠천감(欽天監) 관원이 된 서양인 대진현(戴進賢)[44]이 서술하였기 때문에 대통력(大統曆)[45]과 회회력(回回曆)[46] 두 법에 대해 오류가 많고, 특히 회회력이 심하다고 하였다. 그리하여 마침내는 명나라의 제도는 오래도록 전할 것이 없다고 하였다. 아쉽도다. 내가 일전에 관상감에 말하길, "우리 세종대왕께서 정통(正統) 연간(1436~1449) 시기를 맞이하였는데, 이는 홍무제가 대통력을 만들고, 회회력을 번역한 시기로부터 70여년이 지난 후였다. 이 때 세종이 『칠정산내외편(七政算內外篇)』을 편집하였으니 내편은 대통력을 따랐고, 외편은 회회력을 따라서 지금까지도 행해지고 있다. 비록 명나라의 시운(時運)이 이미 다하여 역법은 시헌력(時憲曆)으로 개정되었으며 대통력과 회회력에 관련된 사적(史籍) 또한

---

44) 대진현(戴進賢, P. I. Koegler, 1680~1748) : 대진현은 쾨글러(Kögler)의 한자식 표기이다. 쾨글러는 1714년에 사제서품을 받았으며, 선교활동을 목적으로 자원하여서, 1716년에 중국 마카오에 도착하였다. 그는 청나라에서 천문 및 역법을 관장하는 흠천감(欽天監)의 관리가 되었다. 1738년 예수회 중국관구 부관구장을 역임하였으며, 1746년 북경에서 사망하였다. 저서로는 『책산(策算)』, 『황도총성도(黄道總星圖)』, 『예감록(睿鑑錄)』, 『역상고성후편(曆象考成後編)』, 『흠정의상고성(欽定儀像考成)』 등이 있다.

45) 대통력(大統曆) : 대통력은 명나라 때의 역법이다. 명나라 건국 초에 대통민력이 만들어졌으나, 원나라 때의 곽수경이 만든 수시력을 따른 것이다. 그 후 태조 홍무 17년(1384)에 누각박사 원통(元統)이 수시력을 약간 수정하여 『대통력법통궤』를 만들었다. 이 대통력은 명나라 말기까지 260여 년 동안 사용되었고, 우리나라에는 고려 말기에 들어와 조선 효종 4년(1653) 시헌력을 쓸 때까지 사용되었다.

46) 회회력(回回曆) : 원·명 시대에 중국에 전래된 아라비아의 천문서를 말하며 『일한천문표』를 참고로 한 것으로 여겨진다. 현재도 이슬람에서 쓰이고 있는 유일한 순태음력이다. 이 역에서는 윤달은 전혀 두지 않아 계절의 변화와는 전혀 관계가 없고, 다만 역일을 달의 삭망에 맞추려고 힘썼다. 이 회회력이 원명시대에 중국에 들어와 많은 영향을 끼치고, 다시 한반도에 들어와서 <칠정산외편>의 모체가 되었다.

숭정(崇禎) 연간(1628~1644)의 병화로 타버려 고증할 수 없게 되었지만 우리 조선의 고적(古籍)들은 여전히 선명하게 남아있다. 이에 진실로 우리 문헌에 의거하여 명나라의 역지(曆志)를 고쳐 바로잡고 보충한다면 '예가 없어지면 야(野)에서 찾는다'는 말을 어찌 믿지 않을 수 있겠는가?"라고 하였다.[47] 하지만 어찌 세상에 이런 일에 마음을 둔 자가 한 명도 없는가? 이미 심하게 비루해졌지만 관상감(觀象監) 생도들이 또 관련 자료들을 도리어 숨기고 나에게 보여주려 하지 않으니 내가 장차 어디에서 손을 빌리겠는가? 거듭 한탄할 뿐이다. 이후로 19년이 흐른 기유년(정조 13, 1789) 여름 비로소 『칠정산내편』 上中下권을 얻어 『명사』의 대통력과 『고려사(高麗史)』의 수시력(授時曆)을 교차로 검토하였다. 『칠정산내편』에서 참고한 『회회력경통(回回曆經通)』과 『대통력법통궤(大統曆法通軌)』, 그리고 조선 한성(漢城)의 극도(極度), 누각(漏刻)은 때때로 논의할 부분이 없지 않지만 외편의 회회력에 대해서는 함께 편집해서 징험할 수가 없으니 더욱 참담할 뿐이다.

---

47) 위와 같은 요지의 이야기는 『이재유고(頤齋遺藁)』 권12, 題跋, 書觀象監月食單子後에 보인다.

「書觀象監月食單子後」

　右卽本監所推算也　時憲法固出西洋　稱以最密　未或失食　而十一月十五
日己亥亥正三刻十一分爲定朢　所以食旣食甚時刻　在其左右也　初虧至食
旣三刻十三分　食旣至食甚三刻四分　食甚至生光三刻五分　生光至復圓三
刻十三分　凡此五限測驗　必不毫差　而今夜時至　雲翳不可見　只得依例鳴
鉦救食而已　雖則雲翳　而初虧以後漸覺暗　生光以後旋漸覺明　明暗之分
略約可見耳　其曰內篇外篇者　卽我世宗朝所編七政內外篇也　內篇則元授
時明大統　而名異而實仍不至大相遠者也　外篇則明朝所參用回回法也　大
統回回　今雖幷列明史　而淸人張廷玉短於史學　闕訛甚多　亦緣明季大亂之
後　載籍散佚故耳　以視我朝鄭麟趾所編高麗史曆志　可謂同病也　余嘗欲取
七政內外篇　以正明史誤處　庶幾禮失求野之意耳　其曰大明曆法不食者　此
乃南史所載宋祖冲之所製　而金元承用者　非明朝之所用也　又自近年以來
更點鉦鼓　晨昏大鐘　大抵報不以眞　所謂罷漏鐘聲　恒在鷄初鳴以前　伏聞
聖上每夜聞罷漏必就寢　而寶算漸隆　保護尤愼　故自下促報罷漏　因以如此
太早　朕而更點天時也　鐘鼓軍令也　敬天時謹軍令之道　果如是哉　事事承
奉　不自覺其過恭之歸甚哉　若今夜救食則虧圓明暗　自有定刻　本監禁漏
必依定式　不容有爽　而雲翳不見　更點亦未免促急　但比他日差緩　鷄三鳴四
更五點而鐘始擊矣　抑內外篇大明諸法　年遠世久　不翅大差　今不必馴用　而
朝家自用時憲之後　猶依祖宗故事　眷眷存羊　亦不忘明制之意也　嗚呼盛哉

【역문】「관상감(觀象監) 월식(月食) 단자(單子)에 덧붙여 쓰다」[48]

　이상은 곧 본감[觀象監]에서 추산한 것이다. 시헌법(時憲法)은 본래

---

48) 『이재유고』 권12, 題跋

서양에서 나온 것으로 가장 정밀하다고 알려져 있으니 혹시라도 일식을 못 맞추는 경우가 없다. 11월 15일 기해일 해정(亥正) 3각 11분을 보름날로 정하고 식기(食旣)[49]와 식심(食甚)[50] 시각을 그 앞뒤로 두었다. 초휴(初虧)[51]에서부터 식기까지가 3각 13분이었고 식기부터 식심까지가 3각 4분이었으며 식심에서 생광(生光)[52]까지가 3각 5분이었고 생광으로부터 복원(復圓)[53]까지가 3각 13분이었으니 무릇 이 오한(五限)[54]을 측정하여 반드시 털끝만큼의 오차도 없다. 그런데 오늘 밤은 구름이 가려 단지 예에 의거하여 징을 쳐 구식(救食)[55]하였다. 비록 구름이 가리긴 하였지만 초휴 이후로 점차 어두워지고 생광 이후로는 점차 밝아졌으니 월식으로 인한 밝고 어두움의 구분을 대략적이나마 알 수 있었다. 내편이니 외편이니 하는 것들은 곧 우리 세종대왕이 편찬한 『칠정산내외편(七政算內外篇)』이다. 내편은 원나라 수시력(授時曆)[56]과 명나라 대통력(大統曆)으로 이름은 다르지만 실상은 큰 차이가

---

49) 식기(食旣) : 일식이나 월식에서 해 또는 달이 가려지고 얼마 뒤의 시기를 가리킨다.
50) 식심(食甚) : 일식이나 월식에서 해 또는 달이 가장 많이 가려진 때를 가리킨다.
51) 초휴(初虧) : 일식이나 월식에서 해 또는 달이 처음으로 가려진 때를 가리킨다.
52) 생광(生光) : 일식이나 월식에서 해 또는 달이 다시 빛나기 시작한 때를 가리킨다.
53) 복원(復圓) : 일식이나 월식에서 해 또는 달이 원형을 완전히 회복한 때를 가리킨다.
54) 오한(五限) : 초휴, 식기, 식심, 생광, 그리고 복원의 분초를 가리킨다.
55) 구식(救食) : 일식이나 월식이 있을 때, 임금이 각사의 당상관과 낭관을 거느리고 기도를 드리던 일.
56) 수시력(授時曆) : 원나라의 지원(至元) 18년(1281)에 허형(許衡)·왕순(王恂)·곽수경(郭守敬) 등에 의하여 편찬되어 시행된 역법으로 명나라에서는 이름만 바뀐 대통력(大統曆)으로 시행되어 1644년까지 약 400년 가까이 사용되었다. 우리나라에서는 고려 충선왕 때에 전래되어 그 일부만이 사용되었고, 1442년(세종 24)에 이르러 수시력과 대통력이 『칠정산내편(七政算內篇)』으로 편찬되어 1653년(효종 4) 시헌력(時憲曆)으로 바꾸어 쓸 때까지 사용되었다.

있는 것은 아니다. 외편은 명나라에서 참고한 회회력(回回曆) 역법이
다. 대통력과 회회력은 지금 비록 명사에 나란히 열거되어 있지만 청
나라 사람 장정옥(張廷玉)이 사학(史學)에 부족함이 있어 빠지고 잘못
된 곳이 매우 많다. 또한 명나라 말 큰 혼란 이후로 서적이 산실되었
기 때문이다. 그러므로 우리 조선의 정인지(鄭麟趾)가 편찬한 『고려사
(高麗史)』 역지(曆志)와 비교해본다면 같은 병폐가 있다 이를 만하다.
내가 일찍이 『칠정산내외편』을 얻어서 『명사』의 잘못된 곳을 바로잡
으려 하였으니 '예가 없어지면 야(野)에서 찾는다'는 뜻을 이루길 바랐
던 것이다. '대명의 역법상으로는 월식하지 않는다'고 할 때의 역법은
『남사(南史)』에 실린 송나라[57] 조충지(祖冲之)가 제작하여 금나라와 원
나라가 이어 사용한 것으로 명나라에서 사용하던 것이 아니다. 또 지
난 몇 해 전부터 경점(更點)시에 징과 북을 치는 것과 새벽과 해질녘
에는 큰 종을 치는 것이 대체로 들어맞지 않으니 이른바 파루(罷漏)의
종소리가 항상 닭의 첫 울음소리 이전에 있었다. 듣기로 성상께서 매
일 밤 파루의 종소리를 듣고 반드시 취침하시는데 임금님 연세가 갈
수록 많아지셔서 건강을 지키는데 더욱 신중하게 되었다. 그러므로
아랫사람들이 파루 종소리를 서둘러 친 것이니 이로 인해서 이와 같
이 시간이 빨라지게 된 것이다. 그러나 경점은 천시(天時)이고 종고(鐘
鼓)는 군령(軍令)이니 천시를 공경하고 군령을 삼가는 도리에 있어서
과연 이와 같을 수 있겠는가? 하는 일마다 임금을 받들다 지나친 공손
의 우환에 빠지는 것도 스스로 깨닫지 못하는가? 오늘밤 구식과 같은
경우에 휴원(虧圓)과 명암(明暗)이 본디 정해진 시각이 있으니 관상감
금루(禁漏)는 반드시 정식(定式)에 의거하여 조금의 오차도 용납하지
않는다. 그런데 월식을 구름에 가려 볼 수 없고 경점 또한 급하게 치

---

57) 남사에 실린 송나라 : 420~479년까지 존속하였던 남조의 송(宋)나라를 말한다.

는 것을 면치 못하여 단지 다른 날에 비해 조금 늦추었을 뿐이니 닭이 세 번 울었던 4경 5점 때에서야 종을 처음 친 것이다. 또한 『칠정산내외편』에 수록된 대명의 여러 역법이 오래되어서 큰 오차가 생겨날 뿐만이 아니니 지금 반드시 그대로 사용해서는 안 된다. 그러나 조정에서 시헌력을 사용한 이후로도 여전히 조종고사(祖宗故事)에 의지하며 늘상 옛 제도를 잊지 않으니 또한 명나라의 제도를 잊지 않는 뜻이로다. 오호라 성대하도다!

「重製乾坤籌記」

-(上略)- 萬曆末爰有大西洋人傳同文籌指 亦用寫字橫行 卽婆羅門之
遺也 崇禎中又有西洋楮籌 以楮製之而亦寫字于其面 縱橫列之 與鋪地錦
無異 淸康熙中宣城梅文鼎撰筆籌 亦用寫字竪行 而淸聖祖所撰數理精蘊
竟用同文橫行之法 大抵世愈下而愈尙奇 或筆或珠或楮或橫或竪 而其數
理則一也 顧余獨念祖氏測圓密法 古今獨步 雖以西人亦不能外其範圍 況
所定正籌之象乾策 負籌之象坤策 尤有本乎易繫 安可惟奇是尙 而捨正而
不由乎 則用竹製之宜亦可也 但竹爲物易傷 古人亦往往代以象牙 故今輒
命工用牛脛骨製之 數三月乃畢 歸而弄之 以時而玩適則不猶賢於博奕乎
噫此余精神心術之所寓 不獨手澤而已 爲余子孫者 尙傳之勿失

【역문】「건곤주기(乾坤籌記)를 거듭 짓다」[58]

-(상략)- 만력(萬曆) 연간(1573~1620) 후반기에 대서양(大西洋) 사람
이 『동문주지(同文籌指)』를 전하였는데 또한 서역의 숫자를 사용해서
교차시킨 것이니 곧 바라문의 유산이다. 숭정 연간(1628~1644)에 서
양의 저주(楮籌)라는 것이 등장하였는데, 닥나무로 만들고 또한 숫자
를 그 위에 적어 종횡으로 나열한 것으로 포지금과 다른 것이 없었다.
청(淸) 강희(康熙) 연간(1662~1722)에 선성(宣城) 사람 매문정(梅文鼎)이
찬술한 『필주(筆籌)』에서도 숫자를 사용하여 세로로 나열한 것이다.
청 성조(聖祖) 강희제가 찬술한 『수리정온(數理精蘊)』[59]에서 마침내 동
문횡행(同文橫行)의 법이 사용되었다. 대체로 시대가 내려올수록 기이

---

58) 『頤齋遺稿』 권11, 記
59) 『수리정온(數理精蘊)』: 청나라 강희제의 명에 따라 천문학, 수학, 음악 등 여러
   분야를 100권으로 집대성한 『율력연원(律曆淵源)』에 포함된 수학 서적이다.

한 것을 숭상하게 되니 혹 필(筆), 주(珠), 저(楮), 횡(橫), 수(竪)라 하지만 수의 이치는 한 가지이다. 돌아보건대, 내 생각엔 조충지의 측원(測圓) 수법이 고금에 독보적이다. 비록 서양인들이라 하더라도 그 범위에서 벗어나지 못하니 하물며 정호(正號)의 상(象) 건책(乾策)과 부호(負號)의 상 곤책(坤策)과 같이 『주역』 계사(繫辭)에 근본을 두고 있는 경우는 어떻겠는가? 어찌 기이한 것만 숭상하면서 정도를 버리고 따르지 않을 수 있겠는가? 정도를 따른다면 대나무를 사용하여 제작하는 것이 의당 또한 옳을 것이다. 다만 대나무의 성질이 쉬이 손상되므로 옛사람들도 왕왕 상아로써 대신한 것이다. 그러므로 지금 매번 공장(工匠)으로 소 정강이뼈를 사용하여 제작하도록 한다면 서너달이면 완료될 것이니 집에 돌아가서 버려두고 가끔씩 꺼내 가지고 놀더라도 박혁(博奕)보단 낫지 않겠는가? 아! 이 글은 내 정신과 마음이 담긴 것이니 단순한 수택(手澤)은 아니다. 나의 자손들은 반드시 서로 전하며 잃어버리지 말도록 하라!

〈역주 : 이명제〉

『左蘇山人文集』

「與河生慶禹書」

大抵九章之數法 皆三代之遺敎 而西人之所西人所立 許多名目 皆按高
法而申明之 惟角度八線二條 卽西人之所創設也 今夫西人所自訖以爲獨
得之見 而力詆中士之未達者 卽地球之說也 七政各行一重天之說 然地圓
之說 周髀算經已著其理 各重天之說 朱夫子已發其端 彼努目張拳 著書
數萬言 自以爲發千古未發之蘊 不知古人言之已悉也

【역문】「여하생경우서」1)

　무릇 '구장(九章)의 수법(數法)'2)은 모두 삼대의 유교(遺敎)이며, 서양
인들이 세운 허다한 명목은 모두 고법(古法)을 살펴 밝힌 것이다. 오직
각도(角度)와 팔선(八線) 두 가지만 서양인들이 처음 만든 것이다. 지
금 서양인들이 스스로 얻은 견해라고 자랑하며 중국 선비들이 통달하
지 못한 것을 힘써 비방하는 것이 '지구설'이며 '칠정각행일중천설(七

---

*『좌소산인문집』은 서유본(徐有本, 1762~1822)의 문집이다. 서유본은 본관은 달성
　(達城). 자(字)는 혼원(混原), 호는 좌소산인(左蘇山人)이다. 서호수(徐浩修)의 장남
　이며, 서유구(徐有榘)와 친형이기도 하다. 과거에 급제하지 못하여 평생을 학자로
　살았는데 경학 연구에 주력하였다. 보수적인 학풍을 견지하였던 그는 서양 과학
　의 원류가 중국에 있다는 '중국원류설'을 주장하였다.
1) 『좌소산인문집』 卷4
2) 구장(九章)의 수법(數法) : 전한 시대에 편찬된 것으로 추정되는 중국의 수학서인
　『구장산술(九章算術)』의 계산법을 의미한다. 『구장산술』은 모두 9개의 장으로
　구성되어 있는데 동양 산학의 원류가 되었다.

政各行一重天說)'이다. 그러나 지원설은 『주비산경(周髀算經)』에 그 이치가 이미 드러나 있고 '각중천(各重天)'의 설은 주자께서 이미 그 단서를 발하였다. 저들이 힘써 수 만 언의 글을 써서 천고에 밝히지 못한 것을 밝혔다고 하니 고인(古人)을 모르는 말이다.

〈역주 : 노대환〉

『晝永編』

近日 西洋之俗以數爲敎 故日月星辰之行 方圓平置輕重之理 瞭如指掌
亦其俗也 以之造曆而如合符節 以之製器而俱出常情之外 中國人始見此
數 亦安得不動魄驚奇而惑之也 惑此不已 遂信其道

【역문】

　　근일 서양의 습속은 수(數)로 가르침으로 삼는다. 그런 까닭에 일월
(日月)·성신(星辰)의 운행과 방원(方圓)·평치(平置)·경중(輕重)의 이치를
손바닥을 가리키는 것처럼 훤히 아니 역시 그들의 습속이다. 그것으
로 역을 만들면 부절(符節)을 합한 것처럼 들어맞고, 그것으로 기구를
제조하면 모두 상정을 뛰어넘는다. 중국인들이 처음 이 수(數)를 보고
어찌 놀라고 미혹되지 않을 수 있겠는가. 미혹이 이에 그치지 않으니
드디어 그 도(道)를 믿게 된다.

〈역주 : 노대환〉

---

* 『주영편』은 조선 후기의 학자 정동유(鄭東愈, 1744~1808)가 천문·역상(曆象)·풍
속·제도·언어·문학·풍습·물산(物産) 등 여러 분야에 걸쳐 고증, 비판을 가하면서
적은 만필집으로 4권 4책 또는 4권 2책으로 되어있다. 이 책을 통해 기존의 학문
적 질서에 구애받지 않고 합리적인 지식을 추구하였던 저자의 사상을 엿볼 수 있
다. (한국민족문화대백과)

『豹菴稿』

「西洋琴」

西洋琴制 以木作小凾 上狹而下廣 以桐板加其面 絙以銅絃四五十 以
兩木片依凾面廣狹而斜拄之 廣面之絃長而聲大 狹面之絃短而聲細 每四
絃合作一聲 以小竹箆叩之 其聲鏘然可聽 或大或細 亦可隨曲作聲 而但
與琵琶有異 不可作捼攏之勢 則其音只似鍾磬與方響 雖有淸濁高下 似無
悠揚韻折之致 東人或有貿至者 未知其鼓法與聲調之如何耳

【역문】「서양금」1)

양금(洋琴)2)의 제도는 나무를 가지고 작은 상자를 만드는데 위는 좁
고 아래는 넓다. 오동나무 판자를 그 앞면에 덧붙이고 구리현 40~50
줄을 매며, 두 나무 조각을 상자의 넓고 좁은 면에 기울여서 고인다.

---

* 강세황(姜世晃, 1713~1791)의 시문집 『표암집』은 6권 3책으로 이루어진 필사본이
다. 자구, 어구 등 자학(字學)에 대한 고증 및 당시 중국을 통하여 견문한 서구
문명에 대한 견해 등 강세황의 학문·사상·작품 세계를 알아보는 데 귀중한 자료
가 되고 있다. (한국민족문화대백과)
1) 『표암고』 권5, 題跋
2) 양금(洋琴) : 양금은 서양에서 수입된 악기로 명말 마태오 리치가 중국에 처음
전한 것으로 알려져 있다. '서양금(西洋琴)', '구라파철사금(歐邏鐵絲琴)'이라고
도 한다. 양금이 조선에 언제 들어왔는지는 분명치 않는데 여러 기록으로 보아
영조 대에 전래된 것으로 추정된다. 양금의 조선 전래에 대해서는 조유회, 「조선
후기 실학자의 음악관 연구 : 홍대용과 이규경을 중심으로」, 성균관대학교 박사
학위 논문, 2008, 28~34쪽, 참고.

넓은 면의 현은 길고 소리가 크고, 좁은 면의 현은 짧고 소리가 가늘다. 네 현이 합쳐져 하나의 소리를 만드는데, 작은 대나무 껍질로 두드린다. 그 소리는 쨍쨍하여 들을 만한데, 혹은 크고 혹은 가늘며 또한 곡조에 맞추어 소리를 낸다. 다만 비파와 다른 점은 비틀거나 누를 수 없어 소리가 단지 종경(鍾磬)3)이나 방향(方響)4)과 비슷하다. 청탁이나 높낮이가 있기는 하지만 길게 펼쳐지고 소리가 꺾어지는 운치는 없는 듯하다. 우리나라 사람 가운데 혹 그것을 사오는 사람이 있는데, 그 연주법과 성조가 어떠한지는 알 수가 없다.

〈역주 : 노대환〉

---

3) 종경(鍾磬) : 타악기의 한 종류로 편종(編鍾)·편경(編磬)을 말한다.
4) 방향(方響) : 경(磬)의 일종으로 타악기이다.

『欽英』

水西見譯幾何原本引 萬曆丁未 利瑪竇所作 蓋西洋治算數者 名曰幾何
家云

【역문】「1776년 12월 27일」

　수서(水西)에서 『기하원본』 서문[1]을 번역한 것을 보았는데, 만력(萬
曆: 明 神宗의 연호) 정미년(丁未年: 1607년)에 이마두(利瑪竇)가 지었다.
서양에서는 산수(算數)를 연구하는 사람을 기하가(幾何家)로 부른다고
한다.

---

*『흠영』은 유만주(兪晩柱, 1755~1788)가 쓴 1775년 1월 1일부터 죽기 직전인 1787
　년 12월 14일까지 13년간 쓴 일기이다. 『흠영』은 유만주의 독서일기라고 할 만큼
　책에 대한 정보가 많이 기록되어있다. 마태오 리치의 『기하원본』을 비롯하여 『교
　우론』 등 서양 서적에 대한 정보도 포함되어 있어 당시 조선의 독서문화를 살필
　수 있는 자료이다.
1)『기하원본』 서문 : 마태오 리치가 번역한 『기하원본(幾何原本)』에 서태(西泰)가
　붙인 서문.

「1779年 6月 28日」

　太西利氏友論 甚奇 友非他 卽我之半 乃第二我也 故當視友如己焉 友之與我 雖有二身 二身之內 其心一而已 相須相佑 爲結友之由 孝子繼父之所交友 如受父之産業 平居無事 難指友之眞僞 臨難則友之情顯焉 蓋事急之際 友之眞者益近密 僞者盡踈散矣 友之先宜察 友之後宜信 友之饋友而望報非友也 與市易等耳 夫事情莫測 友誼難憑 今日之友 後或變而成仇 可不敬愼乎 各人不能全盡各事 故上帝命之交友 以彼此胥助 德志相似 其友始固 友如醫 醫者誠愛病者 必惡其病 彼以捄病之故 傷其體苦其口 醫者不忍病者之身 友者宜忍友之惡乎 諫之諫之 何恤其耳之逆 何畏其額之蹙 友人無所善我 與仇人無所害我等焉 友者過譽之害 較仇者過訾之害猶大焉 友之定 於我之不定事 試之可見矣 友者古之尊名 今出之以售 比之於貨 惜哉 多有密友 便無密友也 視友如己者 則跛者遍 弱者強 患者幸 病者愈 何必多言耶 死者猶生也 我有二友 相訟于前 我不欲爲之聽判 恐一以我爲仇也 我有二仇 相訟於前 我猶可爲之聽判 必一以我爲友也 友友之友 仇友之仇 爲厚友也 上帝給人雙目雙耳雙手雙足 欲兩友相助 視其人之友如林 則知其德之盛 視其人之友落落如晨星 則知其德之薄 我榮時請而方來 患時不請而自來 夫友哉 古有二人同行 一極富一極貧 或曰 此二人 爲友至密矣 實法德聞之曰 旣然 何一爲富者 一爲貧者哉 人無友 如天無日 如身無目矣 友也爲貧之財 爲弱之力 爲病之藥焉

【역문】「1779년 6월 28일」

　태서(太西: 유럽) 이씨(利氏: 마태오 리치)의 우론(友論)은 매우 기이하다.[2] 벗은 다른 사람이 아니고 나의 반쪽이니 제이(第二)의 나다. 따라서 마땅히 벗을 나처럼 여겨야 한다. 벗이 나와 비록 몸은 다르지만 두 몸 안의 그 마음은 하나일 따름이다. 서로 의지하고 서로 돕는 것이 벗을 맺는 이유이다. 효자는 아버지가 사귄 벗을 계승하기를 아버지의 산업을 받는 것처럼 해야 한다. 평소 일이 없을 적에는 벗의 진위를 알기 어렵지만, 어려움이 닥치면 우정이 드러난다. 일이 급할 적에 진실 된 벗은 더욱 가까워지지만 가짜 벗은 소원해져 흩어진다. 벗하기 전에 마땅히 살펴야 하지만 벗한 뒤에는 마땅히 믿어야 한다. 벗이 친구에게 물건을 보내면서 보답을 바란다면 벗이 아니며 장에서 물건을 바꾸는 것과 마찬가지일 뿐이다. 일의 형편은 헤 아리기 어렵고 우의는 의지하기 어려우니, 지금의 벗이 뒤에는 혹은 변하여 원수가 되기도 하니 삼가지 않을 수 있겠는가? 각각의 사람이 각각의 일을 완전하게 다 할 수는 없는 까닭에 상제가 벗을 사귀어 피차 서로 돕도록 명하였다. 덕과 뜻이 서로 비슷하면 그 벗됨이 비로소 견고해진다. 벗은 의원과 같으니 의원이 병자를 진실로 사랑하면 반드시 그 병을 미워한다. 의원이 병을 고치느라 자신의 몸을 상하고 자신의 입을 쓰게 한다. 의원은 병자의 몸을 차마 그대로 두지 못하는데, 벗이 친구의 악행을 차마 그대로 볼 수 있겠는가? 잘못을 바로잡게 이야기하고 또 이야기해야지, 어찌 친구의 귀에 거슬릴까 걱정하거나, 어찌 친구의 이마가 찡그려지는 것을 두려워하겠는가. 벗이 나를 잘 대해주지 않는 것은 원수가 나를 해하지 않는 것과 같다. 벗이 지나치게 칭찬하는 해악이 원수가 지나치게 헐뜯는 해악보다 오히려 더 크다. 벗으로 삼을지는 나의 정해지지 않은 일로 그를 시험해보면 벗으로 알 수 있다. 벗은 옛날의 '존명(尊名)'인데 지금은 내 다 팔면서 물건에 비유하

---

2) 이하 끝까지는 「交友論」의 내용을 발췌한 것이다.

니 애석하도다! 친밀한 벗이 많은 것은 곧 친밀한 벗이 없는 것이다. 친구를 내 몸처럼 여기면 먼 자는 가까워지고 약자는 강해지고, 근심이 있는 자는 행복해지며, 병자는 치유되니, 굳이 많은 말을 하겠는가. 죽은 자도 오히려 살아나기도 한다. 나의 두 벗이 앞에서 서로 싸운다면 나는 이야기를 그들을 위해 듣고 판단하려고 하지 않으니, 둘 가운데 하나가 나를 원수로 여기지 않을까 염려하기 때문이다. 나의 두 원수가 앞에서 서로 싸우고 있다면 나는 오히려 그들을 위하여 이야기를 듣고 판단할 수 있으니, 분명 둘 가운데 하나가 나를 벗으로 삼게 될 것이다. 친구의 친구를 벗으로 삼고 친구의 원수를 원수로 삼는 것이 우정을 두텁게 하는 것이다. 상제가 사람에게 두 눈, 두 귀, 두 손, 두 발을 주신 것은 그 둘이 친구처럼 서로 돕게 하고자 해서이다. 그 사람의 친구가 숲과 같이 많은 것을 보면 그 사람의 덕이 훌륭한 것을 알 수 있다. 그 사람의 친구가 새벽별처럼 드문 것을 보면 그 사람의 덕이 적은 것을 알 수 있다. 내가 영화로울 때는 청해야 오고 근심이 있을 때는 청하지 않아도 스스로 오는 사람이 바로 벗이다. 옛날에 두 사람이 함께 가는데 한 사람은 매우 부유하고 한 사람은 아주 가난하였다. 어떤 사람이 말하기를 "이 두 사람은 그 벗됨이 지극히 친밀하다"라고 하니, 두법덕(竇法德)[3]이 듣고서 말하기를, "그렇다면 어찌하여 한 사람은 부유하고 한 사람은 가난한 것인가?" 하였다. 사람이 친구가 없는 것은 하늘에 해가 없고 몸에 눈이 없는 것과 같다. 벗은 가난할 때의 재물이며 약할 때의 힘이고 병에 걸렸을 때의 약이다.

---

3) 두법덕(竇法德) : 그리스의 철학자 테오프라스토스(Theophrastus)를 말한다.

「1779年 11月 2日」

嘗讀西儒利瑪竇所撰天地形說 天體一大圓也 地定居於中 上下四旁皆
人物 而脚心與脚心相對 蓋天氣清而升 地氣濁而沈 四圍皆天 則地自不
得不定居於中 以至中之處 爲至下之處 故人物無不得中而立 此闡堯舜曦
和以來所未發 眞卓越千古

【역문】「1779년 11월 2일」

　일찍이 서유(西儒) 이마두(利瑪竇)[4]가 지은 「천지형설(天地形說)」을
읽어보았더니, 천체(天体)는 하나의 큰 원(圓)이며 땅은 그 가운데 자
리 잡고 있고, 상하사방은 다 사람이 서로 발바닥을 맞대고 있다고 하
였다. 대개 하늘의 기운은 맑아서 올라가고 땅의 기운은 탁하여 가라
앉으니, 사위(四圍)가 모두 하늘이라면 땅은 저절로 그 가운데 자리 잡
을 수밖에 없다. 완전한 중심이 가장 낮은 곳이 되므로 사람은 중심을
잡아서 설 수 있다. 이는 요순(堯舜)과 희화(曦和) 이래 발명하지 못했
던 것을 천명한 것이니 진실로 천고에 탁월하다.

---

　4) 이마두(利瑪竇, Matteo Ricci, 1552~1610)

「1781年 7月 5日」

　銀河爲水之精氣 如陽精之爲日 陰精之爲月 近看未必有形 而遠看故如
是 聞西洋劉松齡之言謂 銀河是衆小星 其國有萬里鏡 歷歷可見 其說亦
頗近理 余按先生格得精 而又擧洋人之測 以爲近理乃者 未知其然 乃若
仙家以銀河爲水者 世人多信之 然水有形質 安得寄在虛空乎

【역문】「1781년 7월 5일」

　은하(銀河)는 물의 정기(精氣)이니, 양의 정기가 해가 되고 음의 정
기가 달이 되는 것과 같다. 가까이에서 보면 꼭 형체가 있지는 않지
만, 멀리서 보기 때문에 이와 같다. 들건대, 서양인 유송령(劉松齡)[5]의
말에 이르기를 은하는 여러 소성(小星)인데 그 나라에 만리경(萬里鏡)
이 있어 역력히 볼 수 있으니 그 설이 또한 자못 이치에 가깝다고 하
였다. 내가 살펴보건대, 선생은[6] 궁구하여 정수를 얻었는데 또한 서
양 사람이 관측하였다고 이치에 가깝다고 하였으니 그런지 모르겠다.
만일 선가(仙家)에서 은하를 물이라고 하는 것을 세상 사람들이 많이
믿는다. 하지만 물에는 형질이 있으니 어찌 허공에 붙어 있을 수 있겠
는가?

---

5) 유송령(劉松齡, August von Hallerstein, 1703~1771) : 독일계 예수회 출신 선교사
　로 중국에 건너와 흠천감정(欽天監正)을 맡았다. 1765년에 연행했던 홍대용은
　유송령과 흠천감부정(副正) 포우관(鮑友管, Anton Gogeisl)을 만나 필담을 나눈
　바 있다. 필담 내용은 「유포문답(劉鮑問答)」으로 정리되어 있다.
6) 선생은 朱子를 가리키는 것으로 생각된다.

「1781年 9月 21日」

　　說曰 -(中略)- 今見西國六片方星圖 與中國差別 又或有有絡而無星者
此卽其地視遠鏡之所燭也 如金星大於月 日大於地毬 銀河爲星氣 金木二
星有珥類 非目力可得斷 非鑿空 當從之 且舊圖止是蓋天圖 不及渾天全
圖 人居大地一隅 其不能遍觀則固也 因此而生 不識更有下面一片在者滔
滔 其局於見聞如此

【역문】「1781년 9월 21일」

　　설(說)7)에 이르기를, "-(중략)- 지금 서양의 육편(六片) 방성도(方星
圖)8)를 보면 중국 것과는 차이가 있다. 또한 간혹 연결된 선은 있지만
별은 없으니 이것은 그곳에서 망원경으로 본 것이다. 금성이 달보다
크고, 태양이 지구보다 크며, 은하는 별의 정기이고, 금성과 목성에
귀가 있는 것 등은 눈으로 판단할 수 있는 것이 아니라 터무니없지 않
으니 마땅히 따라야 한다. 또 옛 천문도는 단지 개천도(蓋天圖)일뿐 혼
천(渾天)의 전도(全圖)는 되지 못한다. 사람이 대지의 한쪽 귀퉁이에
거처하고 있어 두루 볼 수 없는 것은 분명하다. 이렇게 사니 아랫면에
또 한 편이 있어야 된다는 것을 모르는 자들이 도도하게 군다. 견문에
국한되는 것이 이러하다."고 하였다.

---

　7) 설(說) : 『성호사설유선(星湖僿說類選)』을 말한다. 이 내용은 『성호사설』권2, 「방
　　성도(方星圖)」와 같다.
　8) 육편(六片) 방성도(方星圖) : 이탈리아 출신의 선교사 민명아(閔明我, Philippus
　　Maria Grimardi, 1639~1712)가 만든 천문도를 가리키는 것으로 보인다. 동양의
　　전통 천문도는 평면으로 되어 있어 중간 부분은 촘촘하고 바깥 부분은 엉성하게
　　표시되는 문제가 있다. 민명아는 천체를 상하 6면체 별자리를 만들어 그러한 단
　　점을 보완하였다.

「1781年 12月 31日」

西洋國 自古不通中國 萬曆二十九年 有稱十字架敎主利瑪竇 與其徒浮
海 至廣東五羊城 轉入閩越 至金陵 自言泛海九年而至此 海水有高低 或
天升 或淵沈 如地有高阜云 出其坤輿萬國圖曰 中國之在天下 僅如掌中
一紋 又出千里鏡·自鳴鐘·擧重·籌法·渾天儀·量天尺等諸物 較中國 賢
愚萬倍 玄談奧說 莫識其隱 南京臺省大駭喜尊稱曰 西儒 至謂西土聖人
再出 實又云 大統曆已壞 會當更修 衆益驚奇 以爲胸包天上之天 目廣地
外之地 咨送京師 禮部疏斥 大西洋不載會典 其有無不可知 請給衣冠還
送本土 帝不聽 使太宗伯馮琦待以賓禮 叩其所學 實言耶蘇天主之敎 天
子異之 詔建天主堂于宣武門內 又設修曆局 使造新曆 實以萬曆辛巳入京
死於庚戌 奉旨以陪臣禮 葬于阜陵城外三里許 −(中略)− 西洋記者 西士南
懷仁因利瑪竇·艾儒畧·高一志·熊三拔諸子所嘗論辨發揮者也 其說 非徒
擴前人所未發 至於職方外紀 皆係異聞 蓋以天下萬國 分爲五大州 一曰
亞細亞州 二曰歐邏巴州 三曰利未亞州 四曰亞墨利加州 五曰墨瓦蠟泥加
州 −(下略)−

【역문】「1781년 12월 13일」

서양국(西洋國)은 예로부터 중국과 통하지 않았었는데, 만력 29년
(1601)에 십자가교주(十字架敎主)라고 칭하는 이마두(利瑪竇)가 그 무리
들과 함께 바다를 건너 광동(廣東) 오양성(五羊城)에 이르러 민월(閩越)
지역으로 들어왔다가 금릉에 이르렀다. 스스로 말하기를, "9년 동안
바다를 떠다니다 이곳에 이르렀는데, 바닷물에 높낮이가 있어 혹 하
늘로 오르기도 하고 혹 깊은 못으로 가라앉기도 하는 것이 마치 땅에

높고 낮은 것이 있는 듯 하였다."라고 하였다. 곤여만국도(坤輿萬國圖)를 펴냈는데 거기에서 말하기를 "중국은 천하에서 겨우 손바닥에 있는 한 무늬 정도다."라고 하였다. 또 천리경(千里鏡)·자명종(自鳴鐘)·거중(擧重)·주법(籌法)·혼천의(渾天儀)·양천척(量天尺) 등의 여러 물품을 보였는데 중국 것과 비교하면 그 뛰어난 것이 만 배는 차이가 났으며, 현담(玄談)과 오설(奧說)은 그 숨은 뜻을 알 수가 없다. 남경(南京)의 대성(臺省)이 크게 놀라고 기뻐하며 높여 말하기를 '서양 선비[西儒]'라 하였고, 심지어 "서쪽 땅에서 성인이 다시 나왔다"고 하였다. 이마두가 또 말하기를, "대통력(大統曆)이 이미 무너졌으니 마땅히 다시 고쳐야 한다."라고 하자, 많은 사람들이 더욱 놀라고 기이하게 여겨 그가 가슴으로 하늘 위의 하늘을 품고, 눈은 땅 바깥의 땅까지 확장한다고 생각하여 북경에 자문을 보냈지만 예부에서 상소하여 배척하기를 "대서양(大西洋)은 『회전(會典)』9)에 실려 있지 않아 있는지 없는지 알 수 없습니다. 청컨대 의관을 주어 다시 본토(本土)로 보내십시오."라고 했지만 황제가 듣지 않고 태종백(太宗伯) 풍기(馮琦)10)로 하여금 빈례(賓禮)로써 대우하게 하였다. 그가 배운 것을 묻자, 이마두는 야소천주(耶蘇天主)의 가르침을 이야기 하였다. 천자가 그것을 기이하게 여겨 선무문(宣武門) 안에 천주당(天主堂)을 지어주라고 명하고, 또 수역국(修曆局)을 설치하여 그로 하여금 새로운 역법을 만들게 하였다. 이마두는 만력 신사년(1581)에 북경에 들어와 경술년(1610)에 사망하였다. 배신

---

9) 『회전(會典)』: 명나라 법전인 『대명회전(大明會典)』을 말한다. 1502년에 서부(徐溥) 등이 홍치제의 명에 따라 편찬하였는데 간행되지 못하다가 이동양(李東陽) 등이 교정 작업을 벌여 1510년 180권으로 간행하였다. 1576년에 만력제의 명으로 다시 중수 작업을 벌여 1587년 282권으로 간행되었다. 이는 만력제의 이름을 따서 『만력회전(萬曆會典)』이라고 하였다.

10) 풍기(馮琦, 1558~1603): 명(明) 나라 만력제 때의 문신으로 예부 상서(禮部尙書) 등을 역임하였다. 저서로 『북해집(北海集)』·『경제유편(經濟類編)』 등이 있다.

(陪臣)의 예로 하라는 뜻을 받들어 부릉성(阜陵城) 밖 3 리쯤에 묻어주었다. -(중략)-『서양기(西洋記)』는 서양 선비 남회인 (南懷仁)[11]이 이마두(利瑪竇)·애유략(艾儒畧)[12]·고일지(高一志)[13]·웅삼발(熊三拔)[14] 등 여러 사람이 일찍이 논변(論辨)한 바를 발휘한 것이다. 그 논설이 이전 사람들이 밝히지 못한 것을 확장시켰을 뿐만 아니라『직방외기(職方外紀)』의 경우는 모두 낯선 이야기들로 대개 천하만국을 오대주(五大州)로 나누었는데 첫째는 아세아주(亞細亞州), 둘째는 구라파주(歐邏巴州), 셋째는 리미아주(利未亞州), 넷째는 아묵리가주(亞墨利加州), 다섯째는 묵와납니가주(墨瓦蠟泥加州)라고 하였다. -(하략)-

---

11) 남회인(南懷仁, Verbiest Ferdinand, 1623~1688)

12) 애유략(艾儒畧, Giulio Aleni, 1582~1649)

13) 고일지(高一志, Alponse Vagnoni, 1566~1640)

14) 웅삼발(熊三拔, Sabbatino de Usis, 1575~1620)

「1784年 閏3月 8日」

書同文亦指舟車之所及而云 至若方外絶國 何緣同得 入天主堂見西洋
人 雖欲說話 顧無由也 朝鮮通事 問漢通事 漢通事 問西洋通事 西洋通
事 聞洋人語而始傳之 是重三譯也 寧可詳盡耶 天主堂壁上畫大地全圖
觀中國 僅着一隅 況鮮邦與

【역문】「1784년 윤3월 8일」

　같은 문자를 쓴다는 것은 역시 수레와 배로 갈 수 있는 데를 가리킨
다. 직방(職方) 밖에 멀리 떨어진 나라가 어떻게 문자가 같을 수 있겠
는가. 천주당(天主堂)에 들어가 서양인을 보고 이야기를 나누고자 하
여도 도무지 방법이 없다. 조선 통사(通事)가 중국 통사에게 물으면 중
국 통사는 서양 통사에게 묻고 서양 통사가 서양인이 말하는 것을 듣
고 비로소 전달한다. 이는 세 번을 거듭해서 통역하는 것이니 어찌 상
세히 다 할 수 있겠는가. 천주당 벽 위에 대지전도(大地全圖)를 그렸는
데 중국을 보면 겨우 한쪽 귀퉁이에 붙어 있으니 하물며 조선 같은 나
라는 어떻겠는가.

「1784年 12月 19日」

仍議醫有王伯之分 所謂王者大經大法也 所謂霸者權制捷奇也 醫者儘
是玄妙學問 豈不解文字者 所可理會哉 中國無醫 醫之術反不及東 至於
西洋醫學 則又絶異

【역문】「1784년 12월 19일」

생각하건대 의술에는 왕도와 패도의 구분이 있다. 왕도라는 것은
대경대법(大經大法)이요 패도라는 것은 변통의 방법으로 기이한 효과
를 거두는 것이다. 의술은 모두가 현묘한 학문인데, 어찌 문자도 이해
하지 못하는 자가 이회(理會)할 수 있겠는가? 중국에는 의학이 없어
의술이 오히려 우리나라에 미치지 못하지만 서양 의학의 경우는 또
매우 기이하다.

「1785年 3月 29日」

聞近日南人故家子弟 多惑習西學 接連中人一派 其習寢廣 雖抵罪而亦
不悟 議是不可以學稱 直一無父無君之悖說神術也 其禍有甚於佛墨 故章
縫方會議具疏辨斥云

【역문】「1785년 3월 29일」

들건대 요사이 남인 고가(古家) 자제들이 많이 미혹되어 서학을 배
우는데, 중인(中人) 일파와 붙어서 그 배우는 것이 점점 넓어져 죄에
걸리는데도 또한 깨닫지 못한다고 한다. 생각하건대 이는 학문이라고
부를 수 없는 것으로, 다만 일개의 아비도 없고 임금도 없는 패설(悖
說)이며 신술(神術)이다. 그 화가 불가(佛家)나 묵가(墨家)보다 심한 까
닭에 선비들이 바야흐로 모여서 의논하여 상소문을 갖추어 변척한다
고 한다.

「1785年 4月 7日」

或問 西洋天學門路 如何作用 如何應之 曰是無父無君之說也 子于父
臣于君者 不講焉 止以其說神奇怳惚 世之不學問無要領者 惑而習之 良
可駭已

【역문】「1785년 4월 7일」

어떤 사람이 묻기를, "서양 천주학의 문로(門路)는 어떻게 작용하며,
어떻게 대응해야 합니까?"라고 하였다. 대답하기를, "이는 아비도 없
고 임금도 없는 설이니, 아비에게 자식이 되고 임금에게 신하인 자는
익히지 않습니다. 다만 그 이야기가 신기하고 황홀하여 세상의 학문
을 하지 않아 요령이 없는 자들이 미혹되어 그것을 배우니 참으로 해
괴할 뿐입니다."라고 하였다.

「1785年 6月 7日」

觀西畵輿圖 終幅有西洋人大地全圖 卽摸本也 南墨塡赤與大河塡黃 同
一村醜

【역문】「1785년 6월 7일」

서양에서 그린 지도를 보았다. 마지막 폭에 서양인의 대지전도(大地全圖)가 있는데 모사본이었다. 남묵(南墨)[15]은 붉은 색으로 칠하고 대하(大河)는 황색으로 칠한 것이 모두 촌스러웠다.

---

15) 남묵(南墨) : 남아메리카를 가리키는 것으로 보인다.

「1786年 5月 26日」

　昏後陪上嶠　燭閱浿摹西洋人大地全圖　便議此越權如掌之小　亦大地中
一片土耳　雖至微小　綵此窮陸　亦可盡利細巴三大洲之域　理其妙哉

【역문】「1786년 5월 26일」

　날이 저문 뒤에 아버지를 모시고 교(嶠)로 올라가 평양 지역에서 모
사한 서양인의 대지전도(大地全圖)를 촛불로 비춰 살펴보았다. 의논하
기를 "이 손바닥처럼 작은 것도 대지 중의 한 조각 땅이니, 비록 지극
히 작지만 이를 가지고 땅을 궁리해보면 이(利)16)·세(細)17)·파(巴)18)
세 대륙의 강역을 다 알 수 있으니, 이치가 묘하다."라고 하였다.

---

16) 이(利) : 리미아(利未亞 : 아프리카), 아묵리가(亞墨利加 : 아메리카)를 가리킨다.
17) 세(細) : 아세아(亞細亞)를 가리킨다.
18) 파(巴) : 구라파(歐羅巴)를 가리킨다.

「1786年 9月 4日」

此外又有所謂西洋天學之書 只是一部勸善文 許多辨說 不過是天命之
謂性注脚敬天二字之疏解 其爲敎劣矣 仙與佛總不出於聖道之範圍 況如
天主等至粗之說耶 試取雞子一箇 熟之以訂天體而分南北極樞軸之相對
又出奎書蔡氏朞閏傳略徵之說 諸佛之敎出于西竺 天地之學 精于西洋

【역문】「1786년 9월 4일」

이밖에 또 이른바 서양 천학(天學)의 서적이 있는데, 이는 다만 한
부의 권선문(勸善文)일 뿐이며, 허다한 변설(辨說)은 『중용』의 '천명지
위성(天命之謂性)'의 주각(注脚)에 있는 '경천(敬天)' 두 글자의 소해(疏
解)에 불과하니, 그 가르침은 보잘것없다. 선교와 불교도 모두 성도(聖
道)의 범위에서 벗어나지 않는데, 하물며 천주(天主) 등과 같이 지극히
조잡한 설(說)이야 어떻겠는가. 시험 삼아 계란 한 개를 가져다가 이
를 삶아서 천체(天體)를 논하고 남극과 북극 추축(樞軸)의 상대로 나누
는 것은, 또 채씨(蔡氏)의 '기윤전략징(朞閏傳略徵)'에서 나온 것이다.
제불(諸佛)의 가르침은 서축(西竺)에서 나왔는데, 천지(天地)에 대한 학
설이 서양 것보다 정밀하다.

〈역주 : 노대환〉

한국연구재단 토대연구지원사업 총서

조선시대 서학 관련 자료 집성 및 번역·해제 6

초판 1쇄 | 2020년 3월 10일
초판 2쇄 | 2021년 8월 10일

지 은 이   동국역사문화연구소 편
역 주 인   노대환, 신경미, 이명제
발 행 인   한정희
발 행 처   경인문화사
편   집   김지선 유지혜 박지현 한주연 이다빈
마 케 팅   전병관 하재일 유인순
출판번호   406-1973-000003호
주   소   경기도 파주시 회동길 445-1 경인빌딩 B동 4층
전   화   031-955-9300 팩 스   031-955-9310
홈페이지   www.kyunginp.co.kr
이 메 일   kyungin@kyunginp.co.kr

ISBN 978-89-499-4878-2 94810
       978-89-499-4871-3 (세트)
값 16,000원